즉사 치트가 너무 최강이라 이세계 녀석들이 전혀 상대가 되지 않습니다만.

Illustration: 나루세 치사토

contents

ACT1

ACT 2

Character

Tomochika Dannoura

고교 2학년. 요기리의 클래스메이트. 미소녀에 가슴도 제법 크지만 말과 행동에 조금 아쉬움이 남는 태클 담당. 요기리와 마찬가지로 〈기프트〉의 인스톨은 받아들이지 못했지만 단노우라류 궁술이라는 궁술에서 파생된 고대 무술을 익혔다.

Yogiri Takatou

고교 2학년. 늘 의욕 없는 모습으로 학교에서는 잠만 잣지만 진지한 표정을 지으면 의외로 미남. 이 세계 특유의 힘〈기프트〉의 인스톨은 받아들이지 못했지만 원래 세계에 있었을 때부터 〈즉사능력〉을 가지고 있었다. 별명 AΩ(알파 오메가).

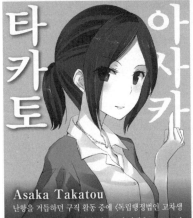

Asaka Takatou

난항을 거듭하던 구직 활동 중에 〈독립행정법인 고차생명과학연구소〉라는 수상한 연구소의 면접을 보고 그 자리에서 얼떨결에 취직한 여대생. 평소엔 긴 머리를 뒤로 모아 하나로 묶고 있다. 취직한 곳에서 AΩ(알파 오메가)와 만나 요기리라는 이름을 붙여줬다.

Mokomoko Dannoura

토모치카의 조상이자 배후령. 헤이안 시대의 유령으로 단노우라류 궁술 중흥의 시조……라고 한다. 토모치카의 언니를 쏙 빼닮은 외모를 가지고 있으며(상당히 풍동하다) 의상은 하얀 카리기누 같은 것을 입고 있다. 은근 디지털 테크놀로지에 정통하다.

Carol S. Lane

요기리와 토모치카의 클래스메이트. 고교 입학에 맞춰 일본에 온 미국인. 료코처럼 요기리를 감시하는 임무를 맡고 있었지만 소속은 '기관'. 이쪽 세계에서의 클래스는 닌자로 전투를 할 때는 빨간 닌자복을 입고 이마로 머리띠를 한다. 무기는 닌자도.

RyoukoNinomiya

요기리와 토모치카의 클래스메이트. 실은 요기리를 격리해 두었던 '연구소'에서 파견되어 그를 감시하는 임무를 맡고 있었다. 스마트폰에 요기리의 감시툴이 인스톨되어 있다. 원래 세계에서는 닌자지만 이쪽 세계에서의 클래스는 사무라이. 전투를 할 때는 하오리와 하카마를 입은 무사.

Risley

오리진 블러드라 불리는 최상위 흡혈귀이기도 했던 현자 레인이 죽지 못하는 자신을 죽여주기를 바라며 요기리와 싸워서 소원대로 죽은 후, 자신이 이상적으로 생각하는 모습으로 조정해서 남겨둔 복제 소녀. 레인의 기억은 일부밖에 물려받지 못했다.

Daimon Hanakawa

요기리와 토모치카의 클래스메이트. 예전에도 소환된 적이 있고 회복술사로서는 최고 레벨인 99이지만 인간으로서의 종족 한계 때문에 이 세계에서는 별로 강한 편이 아니다. 뚱뚱한 오타쿠로 '하오체'를 즐겨 사용한다. 그것과는 별개로 기분 나쁜 성적 취향을 가지고 있다.

Character

테오디지아

Theodisia

에우페미아의 언니. 타치바나 유우키가 반마의 마을을 습격했을 때는 마을을 떠나 있었다. 파괴된 마을로 돌아온 후, 여동생을 찾기 위해 성왕의 기사 선발 시련에 참가해서 요기리 일행과 알게된다. 탑에서 있었던 소동이 끝난 후, 요기리 일행에게 얻은 정보를 바탕으로 다시 여동생을 찾기 위한 여행을 떠나고 마침내 여동생과 무사히 재회한다.

에우페미아

Eufemia

요기리와 토모치카의 클래스메이트인 타치바나 유우키에 예속되어 있었지만 유우키가 요기리에 맞서 싸우다 죽은 후 레인의 권속이 되었고 그녀의 사후에는 후계자 다툼에서 이겨서 오리지널 블러드가 된, 반마(半魔) 소녀. 그 후에는 리즐리를 주인으로 인정하고 그 종자가 되었다.

전혀 상대가 되지 않았습니다만,

최강이란 이세계 녀석들이

즉사 치트가 너무

1화 소박한 마을 소녀
타입이라도 졸자는 전혀 상관없소!

"결국 또 노예 취급이군."

통통한 소년, 하나카와 다이몬은 누구에게랄 것 없이 혼자 중얼거렸다.

원래도 혼자 계속 중얼대서 재수 없는 놈 취급을 받았던 하나카와는 이세계에 오고 나서는 혼잣말이 훨씬 더 심해졌다. 그렇게라도 안 하면 견디기 힘들기 때문이다.

"돼지 군. 뭘 혼자 그렇게 중얼거리고 있어? 짜증나거든?"

등 뒤에서 들려오는 목소리에 하나카와는 움찔했다. 작은 목소리라서 들리지 않을 줄 알았던 것이다.

이곳은 마왕성으로 이어지는 숲속. 하나카와가 처음 소환되었을 때, 와본 적이 있는 곳이었다.

구체적으로는 이만 왕국의 남쪽에 있는, 마왕이 통치하던 마국의 중심부. 마왕성에 이르는 마지막 난관이라 불리던 숲이다.

하지만 그것도 옛날 얘기. 마왕과 마왕군 간부가 모두 쓰러지면서 마왕군의 사역을 받던 마물은 지배에서 풀려나 어딘가로 사라졌다고 한다.

그로 인해 이 숲은 안전해졌냐고 하면 그렇다고도 할 수 없었다. 이곳에는 마물 외에도 흉폭한 야생동물이 서식하고 있기 때문이다.

그런 숲속에서 하나카와는 미끼가 되어 있었다. 야생동물이 습격해올 경우, 제일 먼저 하나카와를 노리게끔 하려고 선두에 서서 걸어가게 만들었다.

그러나 사실 이 작전에는 별 의미가 없다. 이 상황은 그저 그를 괴롭히는 것에 지나지 않았다.

"미, 미안하오."

하나카와는 뒤를 돌아보았다.

그곳에는 세 소년과 한 소녀가 서 있었다. 하나카와까지 포함해 다섯 명이 그룹을 이루고 있는 것이다.

"야, 너 그 말투, 지금 우릴 바보 취급해서 그러는 거냐?"

하나카와를 향해 다가온 사람은 일본인 소년이다.

이름은 마루후지 아키노부. 수학여행 중에 이 세계로 소환된 소년이다.

"아, 아니, 그런 건 절대——에?"

하나카와는 일단 사과하면 될 거라고 생각했다. 실실 웃으면서 잘 넘기자. 필요하면 무릎도 꿇을 수 있다.

하지만 그게 얼마나 안이한 생각인지 금방 알게 되었다.

아키노부가 마구잡이로 검을 찌른 것이다.

망설임 없이 검을 뽑아 하나카와의 둥그런 배에 박았다.

"아악!"

하나카와는 그 자리에 쓰러져 격통에 몸을 비틀었다.

아키노부는 그 한심한 모습을 보고 비웃는다.

"그런 짓을 해도 괜찮아?"

소박한 분위기를 풍기는 미소년이 그 기이한 광경을 보고 깜짝 놀랐다.

이 땅에서 태어나고 자란 소년으로 이름은 라그나. 이 그룹의 리더이다.

"괜찮아요. 그냥 소소하게 장난 좀 쳐본 거예요. 어이, 하나카와. 그 정도 상처는 얼른 치료해. 라그나 군이 걱정하는 거 안 보여? 마치 우리가 나쁜 짓을 하고 있는 것 같잖아. 분위기 파악 좀 해라."

걱정하는 라그나를 교묘하게 구슬리는 건 미타데라 시게히토.

그도 마찬가지로 수학여행 중에 이세계로 소환당한 소년이다.

"하, 하하하하. 이, 이 정도는 괜찮소…… 가 아니라 괜찮습니다. 네."

어미는 자중했다. 계속 말했다간 더 심한 꼴을 당할 거라 직감했기 때문이다.

하나카와는 복부의 상처를 치료하고 일어났다. 다행히 이 정도 상처는 금방 치료할 수 있지만 아프지 않은 건 아니다.

"라그나, 너도 한번 해보는 게 어때? 친목의 증거로."

라그나에게 바짝 붙듯이 서 있는 소녀, 쿠시마 레이가 말했다.

그녀도 일본에서 소환되어 이 세계로 온 하나카와의 클래스메이트다.

그들 셋은 버스에서 탈출해서 마을에 도착하자마자 모습을 감췄다. 그래서 반 아이들 사이에 벌어진 배틀 로얄에 참가하지 않았고, 이렇게 살아남았다.

"그래도……."

라그나는 눈썹을 찌푸렸다. 하나카와에게 가해지는 폭력이 썩 달갑지 않은 모양이다.

──그, 그렇소! 이 잔인한 놈들이 하는 말을 들어선 아니 되오! 당신은 누가 봐도 착한 사람이지 않소! 지금은 저들을 잘 타일러야 하오! 그리고 졸자의 대우를 개선해야 한단 말이오!

쓸데없는 말을 해서 오히려 화를 사면 죽을지도 모른다. 하나카와는 마음속으로 외칠 수밖에 없었다.

"맞아. 역시 폭력은 좋지 않아."

"응. 아무리 친구라도 그건 좀 그렇지."

"그렇지만 폭력이 나쁘다는 건 단면적인 사고라고 생각해."

"그게 무슨 말이지?"

"저 녀석은 이렇게 얻어맞고 칼에 찔리는 걸 엄청 좋아해. 저 것 좀 봐, 아까부터 간절히 원하는 것처럼 이쪽을 쳐다보고 있잖아?"

──그렇게 보지 않았소! 이건 원망하는 얼굴이란 말이오!

"시골에선 쉽게 볼 수 없겠지만 도시에선 흔히 있는 일이야."

"아, 그렇구나. 도시는 정말 대단한 곳이네. 나야 아무것도 모르니까."

──이건 시골이니 도시이니 하는 것과는 하나도 상관없는 문제요!

"후훗. 그런 건 이제부터 배우면 돼. 자, 저 녀석과 사이좋게 지내고 싶으면 어서 아프게 해줘!"

"그렇군······."

대체 뭘 그렇게 감동했는지, 라그나는 고개를 깊게 끄덕이고 있었다.

──그렇긴 뭐가 그렇소! 졸자의 성벽은 주로 시각적인 면에 치중되어 있단 말이오! 피학적인 기호는 없소! 만약 꼭 받아들여야 한다면 미소녀가 짜증나는 얼굴로 짓밟아주는 게 좋을 것 같소!

하나카와는 도망치고 싶었다.

그러나 레이를 비롯한 다른 아이들의 눈은 도망치지 말고 얌전히 받아들이라고 말하고 있었다.

라그나가 가까이 다가와도 하나카와는 아부를 떠는 것 같은 미소를 지을 수밖에 없었다.

그리고 라그나의 주먹이 하나카와의 배에 꽂혔다.

"으으으으으!"

잇따른 격통에 하나카와는 그 자리에 주저앉았다.

"엄청 살짝 때린 건데······."

라그나가 고통에 몸부림치는 하나카와를 보고 불안해하며 묻는다.

"응, 아파하는 것처럼 보이지? 그는 분명 아파하고 있어."

"그러면 안 되잖아."

"하지만 그는 그 고통을 쾌감으로 느끼고 있어. 지금도 네게 친애의 정을 품고 있을 걸? 이것으로 둘 사이는 한 발 더 가까워진 거야."

"그렇군……. 참 다양한 사람들이 있구나."

──웃기지 마시오! 어째서 그런 말을 믿는 것이오!

하나카와는 회복 마법을 사용했다.

그런데 효과가 잘 나타나지 않았다. 지금도 충격파가 복부를 휘젓고 다니며 내장을 엉망진창으로 만들고 있었다.

하나카와는 회복하기 어려운 데미지가 있다는 것을 이제야 알게 되었다.

──으으…… 이렇게 될 바에는 혼자 여행 따윈 하는 게 아니었소…….

하나카와는 요기리 일행으로부터 도망친 걸 후회하고 있었다.

*****

마신의 살로 뒤덮인 마을 상공을 날아 벽을 넘은 하나카와 일행. 탈출은 무사히 성공했다.

"이건…… 정말 참혹하군. 아니, 그래도 살았으니까 기뻐해야 하나."

"아마 벽 근처에 있던 사람들만 탈출에 성공했을 겁니다."

"이게 다 타카토 군 덕분이지. 살의 증식이 멈추지 않으면 마을 밖으로 나와 봤자 아무 소용없으니까."

피난용 글라이더에서 내린 데이비드, 료코, 캐럴, 이렇게 세 사람은 왕도와 난민들을 바라보고 있다.

하나카와는 그 틈에 도망을 쳤다.

반사적인 행동이었다.

도망칠 생각이라면 요기리가 없는 지금이 기회라고 생각한 것이다.

하지만 망설이기도 했다. 정말 도망쳐도 될까. 요기리와 함께 있는 게 더 안전하지 않을까.

그 망설임이 하나카와의 발을 느리게 만들었다. 그는 일단 근처에 있는 바위 뒤로 몸을 숨기는 어중간한 행동을 취한 것이다.

"아, 아니, 잘한 짓이오. 저곳에 있으면 왠지 모르게 동료가 되어 버릴 것 같은 느낌도 들고."

하나카와와 요기리 일행은 목적이 다르다.

요기리 일행은 원래 세계로 돌아갈 생각이지만 하나카와는 이세계에서 즐겁고 재미있게 살고 싶을 뿐이었다.

"아니, 그렇지만 할 수 있는 한, 저 녀석들을 이용하는 방법도 있⋯⋯."

요기리 옆에 있으면 안전하다. 하지만 그런 요기리가 가장 위험하기도 하다.

다른 사람을 짜증나게 하는 재능으로 정평이 나 있는 하나카와이다 보니 언제 그 힘이 그를 향해도 이상하지 않았다.

어떻게 할까 고민하고 있자 토모치카와 요기리가 하늘에서 내려왔다.

"토모치카 땅, 날개가 달려 있다니, 그녀는 천사인가!"

토모치카는 몸에 딱 붙는 검정색 배틀 수트를 입고 있었다. 그 등에는 거대한 날개가 달려 있고 이쪽을 향해 활공해왔다.

그리고 요기리가 토모치카의 허리를 붙들고 있었다.

"졸자가 그 역할을 해도 되지 않았소?!"

부럽게 쳐다보고 있자 두 사람은 착지에 성공했다.

"왕도가 전멸한 건 아니군."

요기리가 왕도를 보고 말한다.

"어라, 하나카와 군은?"

근처 마을로 가기로 했을 즈음에야 토모치카가 하나카와의 부재를 깨달았다.

"그러고 보니 없네."

요기리가 주위를 둘러보고 있다.

"음. 이래봬도 졸자는 회복술사란 말씀. 심지어 레벨도 99나 되어서 이용 가치가 있으니……. 어라, 찾지 않는 것이오?!"

대충 슥 둘러보더니 끝이었다. 요기리는 하나카와 따윈 아무래도 상관없다는 태도였다.

"도망친 건가. 뭐, 데리고 갈 의무도 없으니 상관없지만."

"하나카와 군은 원래 세계로 돌아가고 싶어 하는 것 같지도 않았으니까."

토모치카까지 그런 말을 했다.

"아니, 아니, 확실히 그렇긴 하오만, 함께 가자고 부탁한다면 따라가지 않는 것도 아니오?!"

하지만 바위 뒤에 숨어서 그런 말을 해봤자 아무 소용없다.

하나카와가 혼자 중얼중얼 떠들고 있자 지나가던 마차에서 귀엽게 생긴 여자아이가 내렸다.

그 여자아이가 요기리를 향해 다가가자 곧이어 마차에서 두 미녀가 내린다.

"이…… 이건 또 무슨 일?! 다양한 스타일의 여자들을 마음대로 골라잡을 수 있단 말이오? 웃기지 마시오!"

미녀와 미소녀가 모두 6명인데 반해 남자는 요기리 한 명뿐. 정확히 말하면 데이비드도 있지만 그는 무시해도 될 수준의 존재이니 이것이야말로 하렘이 아니냐고 하나카와는 생각했다.

"조, 졸자는 저런 여자들이 아니라 더 순진무구하고 맹목적으로 졸자를 사랑해주며 수줍어하면서도 그 어떤 야한 짓도 하게 해주는 여자를 찾고 있소! 그러니 하나도 부럽지 않소이다!"

하나카와는 계속 보고 있다가는 질투로 미쳐버릴 것 같아서 서둘러 그 자리를 뒤로 했다.

역시 아무도 하나카와의 존재를 알아차리지 못했고 쫓아오지도 않았다.

"자, 마음을 다잡도록 합시다. 어차피 녀석들과는 스쳐지나가는 인연. 졸자의 즐거우면서 쑥스러운 이세계 라이프와는 아무 상관없는 녀석들이오. 그나저나 드디어 자유의 몸이 되었으니 어디로 가는 게 좋을런지."

다시 이세계에서 즐겁게 지내려면 어떻게 해야 할지 하나카와는 생각했다.

일단 이 근처에서는 벗어나야 할 것 같다.

마신에 의한 피해는 실로 막대해서 그리 간단히 회복할 수 있는 게 아니기 때문이다.

그렇다면 다른 나라가 후보가 되는데 이웃 나라도 곧 혼란에 빠질 것은 불을 보듯 뻔했다. 대량의 난민이 각지로 흩어질 테니 말이다.

"졸자가 처음에 소환된 나라는…… 안 될 것 같군."

예전에 하나카와를 비롯한 사람들을 소환한 건 이만 왕국의 마술사단이었다.

이만 왕국은 마왕을 토벌하기 위해 이세계에서 용사를 불러낸 것이다.

하나카와는 마왕 토벌대의 일원이 되어 모험 끝에 마왕을 물리치는 데 성공했지만 곧장 원래 세계로 추방되었다.

즉 이만 왕국은 마왕 퇴치에 대한 보수를 지불할 생각도 없었고 환대해줄 생각도 없었다. 요컨대 귀찮아서 내쫓았는데 다시 태연하게 나타나면 문제가 되리란 건 쉬이 예상할 수 있었다.

"그런데 이렇게 다시 생각해보니 화가 나는군. 졸자의 복수 노트에 추가해둬야겠소."

지금은 무리라도 조만간 어떤 힘을 얻을 수 있을지도 모른다. 하나카와는 그때를 위해 마음 속 복수 노트에 이만 왕국의 이름을 써넣었다.

"그렇다면 마왕이 죽은 마국은 어떨까."

하나카와는 예전에 한 여행의 종반을 떠올렸다.

마국을 지배하는 자들은 마인이라는 괴물이었지만 대부분의 국민들은 마인에게 학대당하는 평범한 인간들이었다.

즉 마왕과 그 간부들이 다 죽고 없다면 그곳은 비교적 평화로운 나라가 되었을 것이다.

"게다가 그 근방에 있는 마을에 사는 사람들은 소박하고 친절하며 *요바이 같은 풍습도 있는 것 같고!"

결국 그곳과 하나카와는 인연이 없었지만 마왕 토벌군 중에는 꽤 재미를 본 사람도 있었다고 들었다.

"흠, 아주 낯선 곳도 아니니 한번 가보는 것도 나쁘지 않을 것 같소."

어쨌든 계속 이 근처에서 어슬렁거리고 있을 수는 없는 노릇이었다.

얼마 떨어지지 않은 곳에 있다가는 요기리 일행과 우연히 마주쳐서 어색한 분위기를 연출하게 될 예감이 들었다.

"토모치카 땅 일행은 현자를 찾을 테니 현자가 잘 나타나지 않는 곳이 좋은 터!"

하나카와는 이만 왕국에서 현자에 대한 소문을 들어본 적이 없었다. 이만 왕국 주변을 담당하는 현자도 있겠지만 쓸데없이 얼굴을 보이는 스타일은 아닌 것 같았다.

"남은 건 어떻게 가느냐 하는 것인데……. 뭐, 돈만 있으면 어떻게든 될 것이오!"

요기리 일행에게 돈이 될 만한 것들은 다 빼앗겼지만 범용품인 매직 아이템은 아이템 박스에 제법 많이 남아 있었다. 이것을 돈으로 바꾸면 한밑천 챙길 수 있을 것이다.

"소박한 마을 소녀 타입이라도 졸자는 전혀 상관없소!"

---

*요바이: 남자가 밤에 여자의 침소에 몰래 침입해서 성관계를 맺던 일본의 옛 풍습.

제멋대로 하렘을 꿈꾸는 하나카와는 서둘러 마국으로 향하기
로 했다.

*****

마차와 열차를 이용해 하나카와는 간단히 이만 왕국 근처에 도
착했다.

하나카와를 기억하고 있는 사람은 거의 없겠지만 만약을 위해
이만 왕국에는 들르지 않고 바로 마국으로 이동한다.

이 근방은 국경 같은 건 없는 것이나 마찬가지다. 그는 별다른
문제없이 마국으로 들어갈 수 있었다.

"음, 카르오네 산이 보이는군. 그렇다면 마왕성은 저쪽인가."

카르오네 산 정상은 깎여 있어서 방향을 잡는 기준으로 삼기에
는 최적이었다.

예전에 클래스메이트인 히가시다가 열심히 단련한 파이어볼로
날려버렸기 때문이다.

"흠, 역시 마물은 사라지고 없는 것 같군! 이제야 시골 마을에
서 느긋하게 슬로우 라이프를 즐길 수 있겠소!"

하나카와는 숲속에 난 길을 걸어간다.

이 숲을 지나면 마을이 있을 터였다.

마왕성 습격 전날 밤에 들렀던 은신처 비슷한 곳이다.

"그러니까 마왕성 앞에 있는 최후의 마을 같은 거라고나 할까!
거의 자급자족으로, 다른 마을과는 교류가 없기 때문에 여행객

을 정중하게 대접하고 거기에 밤시중으로 환대해주는 풍습이 있다는——."

"꺄악-!"

갑자기 들리는 여자의 비명소리에 하나카와는 그 자리에 멈춰섰다.

"으음! 왠지 이벤트 같은 예감이 드는군!"

조금 앞에 있는 갈림길에서 소녀가 달려왔다.

"무슨 일이오!"

"메, 멧돼지가! 어서 도망치세요!"

"후후후. 졸자의 뒤로 오도록 하시오!"

——으흐흐흐. 멧돼지 정도는 졸자도 그럭저럭 처리할 수 있다오!

하나카와는 회복술사지만 공격 수단이 전혀 없는 것은 아니다.

손가락으로 주탄(呪彈)을 쏠 수 있었다.

권총 정도 위력이지만 야생동물 상대라면 효과는 충분하다.

"멧돼지 정도는…… 응?!"

쿵 하고 대지가 흔들렸다.

뭔가 이상하다고 생각한 순간, 갈림길에서 멧돼지가 얼굴을 내밀었다.

"뭐라고 해야 되나, 원근감이 이상한 것 같은…….."

하나카와는 멧돼지를 올려다보고 있었다.

멧돼지의 머리는 상당히 위에 있었다.

"이게 정말 멧돼지가 맞소?!"

재빨리 감정(鑑定) 스킬을 사용한다.

기프트의 반응이 없는 걸 보면 평범한 야생동물일 것이다. 하지만 그 거대한 몸집은 그것만으로도 충분히 위협적이었다. 적어도 하나카와의 장난감 같은 총알이 통할 것 같진 않았다.

"어, 이건…… 졸자는 어떻게 하면…… 그래, 아이템을!"

하나카와는 아이템 박스 스킬을 이용해 지팡이를 꺼냈다.

한 번 쓰고 버리는 식으로 미리 설정해둔 마법을 쓸 수 있는 아이템이다.

"윈드 커터를 받으시오!"

하나카와는 지팡이를 휘둘렀다.

지팡이 끝에서 바람의 칼날이 발생, 거대 멧돼지를 직격한다.

바람은 멧돼지의 머리부터 엉덩이까지를 깔끔히 둘로 베더니 반대쪽으로 세차게 불어나갔다.

"홋! 아무리 크다 해도 어차피 야생동물에 지나지 않는 것 아니겠소! 인류의 뛰어난 지혜! 인지는 모르겠지만 마법을 사용하기 전에는 이런 것으로……."

멧돼지는 완전히 두동강이 났다.

그러나 죽진 않았다.

보통은 좌우로 두동강이 나면 죽는다.

하지만 멧돼지의 잘린 몸은 단면에서 자란 무수한 검은 실 같은 것으로 이어져 있었다.

그리고 멧돼지의 몸은 다시 착 붙었다.

절단 부위가 검게 짓물러 있지만 거의 원래와 같은 상태다.

"어떻게 된 것이오!"

"심장을 부수지 않으면 안 돼."

그 목소리는 멧돼지가 있는 쪽에서 들려왔다.

자세히 보니 전신이 금색으로 빛나는 소년이 멧돼지의 복부에 손을 찔러 넣고 있었다.

"오빠!"

소녀가 부른다. 소년이 손을 빼내자 멧돼지는 힘을 잃고 그 자리에 쓰러졌다.

"유우. 혼자 숲에 가면 위험하다고 했잖아."

"그치만, 엄마가, 버섯이 부족하다고……."

"그러면 오빠한테 말하면 될걸. 아, 위험에 처한 여동생을 구해주셔서 감사합니다."

"아, 그게, 저, 졸자가 구해준 것이 맞긴 하오?"

"응, 그대로 있었으면 늦었을지도 모르거든. 도시에서 왔어? 이 근방에 사는 멧돼지가 원래 좀 흉폭해. 깜짝 놀랐지?"

"하, 하하……. 흉폭…… 하다는 한마디로 끝날 것 같진 않소이만……."

뭔가 이상하다. 하나카와는 수상쩍게 생각했다.

분명 마물은 사라졌지만 이런 야생동물이 있는 곳에서 평범한 인간이 살아갈 수 있을 리 없었다.

──아니, 그래도 예전 마을 사람을 감정했을 때, 레벨은 높아도 10정도 밖에 되지 않았소. 이런 괴물 멧돼지를 쓰러뜨릴 수 있는 힘은…….

하나카와는 소년을 감정했다.

"흐억!"

하나카와는 놀랄 수밖에 없었다.

클래스는 마을 사람. 하지만 레벨은 무려 5만이었다.

"이, 이게 어떻게 된 일이오?! 마왕 정도는 그냥 이 녀석이 죽여도 되는 레벨이지 않소!"

소년이 두르고 있던 오라가 사라진다. 그러자 레벨은 단숨에 5까지 떨어졌다.

"마왕이라면 근처에 있는 성에 사는, 독특한 차림을 한 사람?"

"응? 그런 인식이오?"

"그러고 보니, 전에도 온 적 있지? 안면이 있는 것 같은데."

"졸자, 하나카와 다이몬이라고 하오. 그게, 예전에 마왕을 퇴치하러 온 적이."

"에? 그 사람이 나쁜 짓이라도 한 거야?"

"글쎄, 아마 그렇지 않았을까 싶지만, 졸자는 말단이라 자세한 건 잘 모르오."

이만 왕국 측의 인식과 이 나라의 현재 상황에는 상당한 차이가 있는 것 같았지만 귀찮아서 적당히 얼버무렸다.

"그렇구나. 난 라그나라고 해. 하나카와 씨는 여긴 어쩐 일로?"

"마을에 잠깐 들렀으면 싶은데 폐가 되겠소?"

"천만에! 외부인은 대환영이야!"

그리하여 하나카와는 무사히 마을에 도착할 수 있었다.

*****

하나카와는 마을에서 큰 환영을 받았다.

마을 사람들의 노래와 춤을 즐기며 배가 터지게 진수성찬을 먹은 후, 사치스러운 욕조에서 몸을 씻었다.

그리고 밤이 되었다.

하나카와는 마을에서 마련해준 방의 침대 위에서 긴장으로 몸을 잔뜩 굳히고 있었다.

"으아아, 이건 아무리 생각해도 그게 아니오? 어떤 여자가 좋은지 집요하게 질문을 받았었고!"

나중에 누가 방으로 올 거라는 얘기였다.

"아~, 졸자도 결정적인 순간에 겁이 많다고 할까, 고르지 못했다고 할까, 그냥 알아서 해달라고 했단 말이오!"

따라서 누가 하나카와의 상대인지는 오기 전까지는 모른다. 바로 그 점이 긴장에 박차를 가하고 있었다.

"그래도 모두 퀄리티가 상당했으니 누가 와도 웰컴! 이오만, 그래도 아줌마는 좀……. 아니, 그래도 처음은 역시 숙련자에게 맡기는 게 더 좋을 것 같은 생각이 들지 않는 것도 아니지만, 아아, 정말 고민이오! 어차피 알아서 해달라고 했으니 이제 와서 고민해봤자 아무 소용없지만 말이오!"

긴장 탓인지, 하나카와는 이상한 고양감에 휩싸여 있었다.

침대 위에서 안절부절 못하고 있다가 때로는 이리저리 뒹굴기도 한다.

얼마나 그러고 있었을까.

기다리다 지쳤을 즈음, 문을 두드리는 소리가 들렸다.

"드디어 왔군! 이것으로 졸자도 성인 남자로서 데뷔를——."

하나카와는 기대로 부푼 가슴을 안고 문으로 가서 손잡이를 잡았다.

그러자 손잡이가 그의 손을 맞잡아왔다.

"응?"

하나카와는 문 손잡이와 악수를 하고 있었다.

문 손잡이였던 것은 어느새 사람의 손으로 변해 있었다.

뭐가 어떻게 된 건지 몰라 멍하게 서 있자 문에서 잇따라 손이 나와 그를 휘감기 시작했다.

"잠깐! 이런 플레이는 원하지 않소?!"

이어서 문이 벌컥 열렸고 하나카와는 그대로 뒤로 나가 떨어졌다. 벽에 부딪친 후, 바닥에 쓰러진다.

하나카와는 신음을 흘리며 입구를 올려다봤다.

"어, 어째서, 당신들이 이곳에……."

그곳에는 안면이 있는 자들이 서 있었다.

클래스메이트다.

심지어 버스에서 나와서 첫 번째 마을에 도착했을 때, 어느새 사라지고 보이지 않았던 세 사람이었다.

"하핫. 돼지 군, 이런 곳에 있었네."

크리에이터(창조주), 마루후지 아키노부.

"그렇긴 한데, 이 녀석, 필요해?"

팜므파탈(운명의 여인), 쿠시마 레이.

"음, 이 녀석 자체는 딱히 쓸모가 없지만 용사를 동료로 삼는 플래그를 세울 때거든."

오라클 마스터(예언자), 미타데라 시게히토.

──아, 이 녀석들은 위험하다.

감정 능력을 이용해 기프트를 읽은 하나카와는 절망적인 기분에 사로잡혔다.

2화 한 번 정도는 수영복 신이나 온천 신 같은 걸 해보는 것도 괜찮지 않을까?

 살로 뒤덮인 마을에서 탈출한 요기리는 지나가던 마차에서 내린 소녀, 리즐리와 마주하고 있었다.

 "네, 저는 전(前) 현자인 것 같아요. 이걸 드릴 테니 제 부탁을 들어주세요!"

 리즐리는 그렇게 말하며 둥근 돌을 내밀었다.

 죽여줬으면 하는 사람이 있다. 그렇게 말했으니 이건 보수로 내미는 것인가 보다.

 "싫어. 다른 사람이 죽이라고 한다고 죽일 수는 없지."

 하지만 말은 그렇게 해도 요기리는 리즐리가 내민 동그란 돌을 받아들었다.

 왜냐하면 그게 바로 현자의 돌이고 요기리가 지금 가장 원하는 물건이기 때문이다.

 "잠깐! 죽여 달라는 부탁은 역시 좀 그렇고 거절하는 것도 이해는 하지만, 그렇다면 그 돌을 받으면 안 되잖아!"

 "그럼 돌려줄게."

 토모치카가 불만을 토로하자 요기리는 일단 현자의 돌을 리즐리에게 돌려줬다.

 "자, 저, 죄송해요. 요기리 씨를 만나게 되어서 너무 흥분했나봐요. 요기리 씨가 영문을 모르는 것도 당연해요."

"응."

갑자기 나타난 낯선 소녀가 떠들어봤자 무슨 말을 하는지 이해가 될 리 만무하다.

요기리는 마차에서 내린 또 한 사람을 향해 시선을 던졌다.

백은색 머리에 갈색 피부를 가진 미녀. 협곡에 있는 탑에서 함께 행동한 적이 있는 테오디지아다.

"이 아이가 여동생?"

요기리는 전혀 닮지 않아서 그렇진 않을 거라 생각하면서도 만약을 위해 물었다.

예전에 테오디지아는 행방불명이 된 여동생을 찾기 위해 탑을 찾아왔다고 했다.

"아니, 그건 아니지만⋯⋯."

테오디지아는 어떻게 설명하면 좋을지 고민하는 것 같았다. 그녀가 고민하고 있으니 마차에서 한 사람이 더 내렸다.

테오디지아처럼 은발에 갈색 피부를 가진 여자다.

요기리는 그 두 사람 같은 종족이 반마(半魔)라 불린다는 게 떠올랐다.

"어머?! 타치바나 군의 친위대에 있던 사람이지?"

안면이 있는지 토모치카가 놀란다.

요기리도 타치바나 유우키를 떠올렸다.

도미네이터(지배자)라며 거만하게 굴던 클래스메이트 소년으로 다섯 명의 여자를 친위대로 거느리고 있었다. 이 여자는 그 친위대 중 한 명일 것이다.

"네. 그때는 대단히 무례를 범했습니다. 저는 에우페미아라고 합니다."

"당신이 여동생인가? 잘 기억하고 있었으면 이야기가 훨씬 더 간단히 풀렸을 텐데. 뭐, 이렇게 만났으니 이젠 상관없나?"

요기리 일행은 에우페미아라는 이름을 어디선가 들은 적이 있는 것 같다는 애매한 정보를 테오디지아에게 알려줬는데 다행히 만나는 데 성공한 모양이다.

"응. 두 사람이 만난 건 정말 기쁜 일이지만 어떻게 된 건지 통 모르겠어."

토모치카가 고개를 갸웃거린다. 요기리도 동감이었다.

"그렇군요. 그에 대해 설명을 드리고 싶네요. 하지만 이곳은 좀 그러니 마차 안으로 모셔도 될까요?"

에우페미아가 그렇게 말하자 요기리와 토모치카는 서로 얼굴을 마주보았다.

"어떻게 할래?"

"현자의 돌을 가지고 있지만 빼앗는 건 안 되겠지?"

"저렇게 작은 아이의 손에서 빼앗는다는 발상을 할 수 있다는 사실이 놀라워!"

"그렇다면 일단 이야기를 들어보는 수밖에 없겠네."

그렇게 되었다.

"어떻게 할래?"

요기리는 데이비드와 료코, 캐럴에게 물었다. 그들은 요기리와 토모치카 이상으로 뭐가 어떻게 된다는 건지 모르겠다는 눈치로 조용히 상황을 지켜보고 있었다.

"조용한 곳으로 가고 싶은 모양인데 마차에 탄다면 내 안내는 더 이상 필요 없겠지."

데이비드는 왕도의 문을 지키는 위병이다. 마을 사람들이 의지할 만한 존재이리라. 요기리는 이제야 왕도가 거의 괴멸되다시피 한 지금 상황에서 그를 계속 데리고 다니는 건 미안하다는 생각이 들었다.

"저는 함께 하겠습니다."

"나도."

라는 료코와 캐럴.

원래부터 요기리의 감시를 맡고 있던 두 사람이다. 이런 상황에서도 계속 임무를 수행하려는 건지도 모른다.

그래서 요기리 일행은 마차 안에서 이야기를 듣게 되었다.

*****

마차 안에 7명이 모여 있었다.

응접실처럼 되어 있는 마차 안에는 호화로운 테이블과 소파가 있고 마차의 주인인 리즐리와 그 종자인 에우페미아와 테오디지아가 한쪽에 앉아 있다.

그리고 맞은편에는 토모치카, 요기리, 캐럴, 료코, 이렇게 4명이 앉아 있었다.

"그럼 경위를 설명하도록 하지."

주로 테오디지아가 지금까지의 경위에 대해 설명했다.

사건의 시작은 타치바나 유우키가 하쿠아 원생림에 있는 반마의 마을을 습격한 것부터였다.

지금이야 그 이유를 모르지만 유우키의 지배 아래 있는 마물과 인간이 마을을 침입한 것이다.

마을은 궤멸되었다. 마을에도 나름대로 싸울 수 있는 자들은 있었지만 큰 수적 열세에 어떻게 할 방법이 없었다고 한다.

그리고 살아남은 자들은 유우키의 지배를 받으며 그에게 끌려갔다. 이때부터 에우페미아의 기구한 운명이 시작된다.

에우페미아는 그 미모 때문에 유우키의 친위대로 발탁되었다.

그 후로 한동안은 유우키를 따랐지만 요기리의 힘에 의해 유우키가 죽으면서 해방된다.

유우키가 죽은 곳은 지하에 있는 유적이었다. 그런데 그가 죽기 전까지 동행했던 에우페미아가 지하에서 지상으로 나와 보니 그곳에는 현자 레인이 있었다.

지상은 쿠라야미라 불리는 어그레서(침략자)가 막 통과한 터라 온통 모래와 자갈투성이였다.

레인은 상처 하나 없는 에우페미아의 모습에 흥미를 보였다. 레인은 흡혈귀이고 흡혈로 권속을 늘려간다. 에우페미아는 그녀에게 피를 빨려 예속되었다.

그 후, 레인은 요기리를 공격했다가 오히려 사망하게 된다.

에우페미아는 다시 자유의 몸이 되었고 고향으로 돌아갔지만 그곳에는 아무도 없었다. 그녀 외에는 돌아오지 않은 것이다.

에우페미아는 자유로워졌지만 아무 대가 없이 자유를 얻은 게 아니다.

레인은 오리진 블러드라 불리는 최초의 흡혈귀이고 그 존재가 소실됨에 따라 후계자 경쟁이 발발했다.

에우페미아는 자신의 의지와 상관없이 그 싸움에 말려들었고 결국에는 승리해 오리진 블러드를 계승하게 된다.

그리고 갈 곳이 없었던 에우페미아는 계승을 할 때 얻은 기억을 토대로 어떤 저택으로 가서 리즐리와 만나게 되었다.

"졸리기 시작했어."

거기까지 들은 요기리가 하품을 했다.

"어이! 열심히 설명해주고 있잖아!"

솔직히 테오디지아의 설명은 논리정연하다고 말하긴 힘들었지만 그래도 어떻게든 이해하기 쉽게 전하려 애쓰고 있었다. 요기리의 태도는 무례하다는 게 토모치카의 생각이었다.

"이야기가 길어서 그런 것도 있지만 힘을 너무 많이 사용해서 그래. 그러니까 네가 대신 잘 듣고 있어."

그렇게 말한 요기리는 토모치카의 허벅지를 베고 누웠다.

확실히 마계에서 이곳까지 계속 힘을 사용해왔으니 졸리는 것도 무리는 아니었다.

"잠깐! 내 무릎을 베고 자도 된다고 허락한 기억은 없다구?!"

"좁으니까 어쩔 수 없잖아. 이건 불가항력이야."

"넌 너무 자유로운 게 문제야!"

그리고 요기리는 이내 고른 숨을 내쉬며 자기 시작했다. 이렇게 되면 더 이상 뭐라고 하기도 힘들다.

『이 녀석의 유일한 약점이니까. 뭐, 그렇다고 죽일 수 있는 것도 아니지만.』

요기리는 힘을 많이 사용하면 졸리기 시작한다.

그렇지만 이게 약점이라고 말하긴 힘들다. 흔들어 깨우면 일어나고 이 상태에서도 반격은 할 수 있기 때문이다.

"아~ 신경 쓰지 말고 계속 말씀하세요. 타카토 군에게는 나중에 제가 이야기하면 되거든요."

토모치카의 허벅지 위에서 잠든 요기리는 아주 편안해 보였다.

그 모습을 본 토모치카는 어이가 없었지만 그를 그렇게 편하게 해주는 존재가 자신이라고 생각하면 약간 뿌듯하기도 했다.

"그런가. 그렇다면."

테오디지아가 설명을 계속한다.

에우페미아가 왔을 때, 리즐리는 왕도로 갈 준비를 하던 중이었다.

리즐리가 주인이라고 직감한 에우페미아는 그녀를 따르기로 결심하고 함께 왕도로 향했다.

그런데 여행을 하던 도중에 에우페미아는 동포의 기척을 감지할 수 있다는 사실을 깨닫게 된다.

그 이야기를 들은 리즐리는 반마들을 구해주면서 가겠다는 결정을 내렸다.

그러다 일행이 협곡에 들어섰을 때, 테오디지아와 만난 것이다.

"그렇게 합류해서 이곳까지 오게 되었다는 거군요. 그런데 이곳엔 왜 오신 거예요? 타카토 군을 만나러 온 것처럼 말씀하셨는데."

"네. 그 말씀을 드리기 위해선 우선 제가 누구인지에 대한 설명이 필요하겠죠. 간단히 말하면 전 현자 레인이랍니다."

"뭐? 진짜야?"

토모치카는 레인이 멀리서 돌진해오는 모습 밖에 보지 못했지만 그래도 이렇게 작은 아이가 아니었다는 것 정도는 기억하고 있었다.

"정확하게 말하면 요기리 씨와 싸우기 전에 남겨두었던 복제품이에요. 레인은 요기리 씨의 힘을 경계해서 저를 완전히 별개의 존재로 만들었죠. 그래서 제겐 레인으로서의 기억이 없어요."

요기리는 여러 번 나타난 레인의 복제품도 모두 죽였다. 그러니 레인의 의사과 기억을 이어받지 않은 존재로 리즐리를 만든건 올바른 판단이라 할 수 있을 것이다.

"그리고 저는 요기리 씨에게 호의를 가지도록 만들어졌어요."

"뭐라고?!"

『호오? 라이벌 등장인가?』

"만에 하나라도 요기리 씨와 적대하는 일이 없도록 하기 위해 그런 것 같아요. 레인에게는 요기리 씨에게 부탁하고 싶은 게 있었거든요."

"그게 누구를 좀 죽여 달라는 거야?"

"네. 레인은 죽이지 못했던 상대죠."

리즐리는 그 이상은 말할 생각이 없는 것 같았다.

그 이야기는 요기리가 일어나면 할 모양이다.

"음, 그럼 뭘 물어보면 될까? 아직 이것저것 더 물어봐야 할 것 같은 기분인데."

"하나 물어봐도 돼?"

그때까지 침묵을 지키고 있던 캐럴이 손을 들었다.

"응, 말해봐."

"이렇게 여자만 있으면 한 번 정도는 수영복 신이나 온천 신 같은 걸 해보는 것도 괜찮지 않을까?"

"맥락이 없어도 너무 없잖아!"

토모치카는 즉시 태클을 걸었다.

"온천 말인가요. 혹시 이 근처에 있을까요?"

"그렇군요. 감지 범위를 넓혀보면 발견할 수 있을지도 모릅니다. 물론 이동은 해야 하지만요."

진심으로 받아들인 건지 리즐리가 에우페미아에게 물었다.

"진심으로 받아들이지 않아도 된다니까요! 아, 이동은 잠깐 기다려주실 수 있을까요?"

토모치카는 이동하기 전에 할 일이 있다는 게 떠올랐다.

3화 그 낯선 단어는 미국의 풍습 같은 거야?!

토모치카는 혼자 왕성 근처에 있는 호텔로 돌아갔다.

왕도에 왔을 때 제일 먼저 확보해둔 숙소다.

이 호텔은 고층건물이다 보니 높은 곳에 있는 방은 다행히 살의 바다의 피해를 면할 수 있었다.

토모치카는 짐을 회수하러 이곳에 온 것이다.

"아~, 그치만 혼자 와도 괜찮을까."

정확하게 말하면 배후령인 모코모코도 따라왔지만.

『확실히 다소 위험하긴 해도 혼자인 게 더 이동도 편하지. 꼬맹이를 데리고는 여기까지 쉽게 오지 못한다고?』

토모치카가 살의 바다 따위 신경 쓰지도 않고 여기까지 올 수 있었던 건 그녀가 입고 있는 배틀 수트 덕분이었다.

그 수트는 고속 이동과 인간의 한계를 뛰어넘는 도약을 가능하게 해주고 부분적으로 변형해서 벽에 매달릴 수도 있게 해준다. 가까운 거리는 밧줄처럼 쭉 뻗어서 몸을 끌어올리는 것도 가능했다.

『굳이 짐을 회수하러 올 필요가 있나? 이 점은 의문이지만.』

"짐은 사면 되지만 돈은 필요하잖아."

지갑에 넣어둔 정도로는 불안해서 안 된다. 앞으로 여행을 계속하기 위해서는 자금이 어느 정도 필요하다.

토모치카는 방 한쪽 구석에 놓아둔 배낭을 확인했다. 하나카와에게 빼앗은 보물이 거의 그대로 남아 있었다.

이 막대한 재산을 입수한 경로를 반 아이들에게 설명하려니 귀찮아서 그냥 호텔에 놔둔 것이다.

"그리고 이 아이."

토모치카는 침대 위에 누워 있는 소녀를 바라봤다. 로봇이라고 하는데 겉모습만 봐서는 전혀 모르겠다. 요기리의 친구인 스메라기 엔쥬를 본떠서 만든 것이라고 했다.

『음, 하지만 사람 한 명을 데리고 돌아가려면······.』

"등에 동여 매고 가면 되지 않을까?"

『그야 어떻게든 되긴 할 것 같은데.』

모코모코가 엔쥬의 얼굴을 살펴보더니 곰곰이 생각에 잠겼다. 그 순간, 엔쥬의 손가락이 움찔 하고 움직였다.

"어?"

"음, 어떻게든 되긴 했군."

엔쥬가 모코모코의 말투로 말을 했다. 그리고 몸을 일으키더니 주위를 빙 둘러본다.

"엔쥬의 몸에 침입하는 데 성공했다. 이제 원하는 대로 조종할 수 있어."

"도대체 못하는 게 뭐야?! 빙의도 할 수 있어?"

『그런 건 아니다. 일종의 원격조종 같은 거라고 할까.』

이번에는 모코모코가 말했다.

"아~ 전파를 응응 발신할 수 있었지~."

모코모코는 전파의 수신과 발신을 할 수 있다. 그 점을 응용하면 저런 일도 가능할지 모르지만, 토모치카는 이해하기를 포기했다.

"뭐, 자력으로 이동할 수 있으니 조금이나마 낫겠지. 짐은 다 회수했나?"

"회수하긴 했지만 상층부에 누가 남아 있는 건……."

"……확인할 생각이냐? 있더라도 데리고 가는 건 무리다."

엔쥬가 침대에서 내려와 몸을 움직이며 말한다.

높은 층에는 살의 침식이 미치지 못했다. 당연히 살아남은 사람이 있을 가능성이 있었다.

"그렇지만 그냥 놔둘 순 없잖아."

왕도에 있는 모든 생존자를 다 챙길 수는 없다. 하지만 바로 옆에 곤란에 처한 사람이 있을지도 모르는데 그냥 놔두는 건 너무 비정하다는 생각이 들었다.

『음. 그럼 일단 내가 가서 보고 오지. 갑자기 네가 갔다가는 괜히 골치만 아파질지도 모른다』

엔쥬가 침대에 걸터앉았고 모코모코는 벽을 통과해서 옆방으로 갔다.

보아하니 모코모코 자신이 움직이고 있는 동안 엔쥬는 조작하지 못하는 모양이다.

"엔쥬 짱이라……."

토모치카는 머뭇거리며 가만히 만져본다. 부드럽고 탄력 있는 피부는 도저히 인공적으로 만들어진 거라고 생각되지 않았다.

이렇게까지 정교하게 만들어진 로봇이 존재하고 있다는 사실이 믿기지 않을 정도이다. 이 정도 수준이면 이 로봇은 진짜와 쏙 빼닮았을 것이다.

나이는 토모치카보다 조금 어려 보인다. 하지만 꽹장히 아름다워서 인공적인 미모에 질투심까지 느낄 정도였다.

"인공물이야 인공물이지만, 이거 참 까다롭네!"

"어이!"

"으앗!"

갑자기 엔쥬가 입을 열자 토모치카는 소스라치게 놀랐다.

그리고 모코모코가 벽을 통과해서 나타났다.

"정말 이러기야? 지금 엔쥬 짱이 말할 필요는 없었잖아!"

『그냥 놀라게 하려고 그런 거다!』

"뻔뻔한 소리 하지 마! 그나저나 어땠어?"

『음, 확실히 생존자가 몇 명 있긴 하더군. 하지만 걱정할 필요는 없다. 이미 구하러 온 사람이 있어.』

"구하러 온 사람? 이 상황에서 이 마을에 어떻게……."

『탑에서 성왕이라는 사람을 만났지? 그 녀석이 왔다. 그러니 네가 도와주러 갈 필요는 없어.』

"아, 그래?"

성왕은 마신을 봉인해온 존재로, 검성보다도 상위의 존재인 모양이다.

그녀라면 어디에 있든 찾아와서 마을 사람들을 구해주는 일 정도는 가능할 거라고 토모치카는 납득했다.

"그럼 인사 정도는 하고 올까?"

『그러지 마라.』

"왜 그래?"

『잘 설명하기 힘들지만, 정신이 나간 것 같다고 할까. 뭐라 말하기 힘든 분위기를 풍기고 있었다.』

모코모코가 평소와 달리 진지한 모습이라 토모치카는 그 말에 따르기로 했다.

"성왕은 아래층에 있다. 이 틈에 옥상으로 가서 탈출하자."

엔쥬가 앞장서자 토모치카는 짐을 들고 그 뒤를 따라갔다.

탈출 방법은 지난번과 동일하다.

이곳에서 마을 밖을 향해 활공해서 빠져나간다. 엔쥬는 짐을 짊어지고 토모치카에게 매달렸다.

"신용하고 있긴 하지만, 이건 정말 익숙해지지 않는 것 같아."

말은 그렇게 했지만 토모치카는 지난번보다 더 힘껏 옥상 가장자리에서 뛰어내렸다.

토모치카의 등에서 날개가 돋았다. 대기의 흐름을 읽고 즉시 안정적인 활공으로 이행했다.

토모치카는 뒤를 돌아봤다. 날개 사이로 호텔을 본다.

성왕이 있었다.

창가에 서서 밖을 보고 있었다.

탑에서 함께 지낸 건 아주 잠깐이었다. 그래도 성황의 고결함과 높은 긍지는 충분히 느낄 수 있었다. 눈앞에 있는 사람이 성인이라고 무의식적으로 알 수 있었다.

──어째서일까, 왠지 불길한 느낌이······.

그녀는 분명 성왕이다. 이 거리에서도 충분히 그 정도는 느낄 수 있었다.

그런데도 토모치카는 결정적으로 뭔가 빠져 있는 것 같은, 말로 표현하기 힘든 불길한 느낌을 받았다.

*****

토모치카가 짐을 회수해서 돌아와도 요기리는 여전히 계속 자고 있었다.

──그나저나 어떻게 된 걸까······.

덜덜 흔들리는 마차 안은 침묵에 휩싸여 있었다.

리즐리 일행의 사정에 대해서는 대충 들었지만 중요한 부분은 요기리가 일어난 후에야 들을 수 있을 것 같은 분위기였다.

료코와 캐럴에게 리즐리 일행은 갑자기 나타난 잘 모르는 사람들이고 특별히 궁금한 것도 없을 것이다.

"이 마차는 어디로 가는 건가요?"

어쩌다 보니 동행하는 분위기가 되었지만 토모치카는 목적지가 어디인지 듣지 못했다는 사실을 깨달았다.

"아, 일단 왕도에서 멀리 가고 있는 중이야. 대가족이다 보니 피난민과 알력이 생기는 건 피하고 싶거든."

그렇지만 눈앞에 있는 건 리즐리와 테오디지아, 그리고 에우페미아, 세 사람 뿐이다.

더 있다고 해봤자 마차를 몰고 있는 마부 정도가 고작이다.

"동료를 찾으면서 이동하고 있다고 했잖아."

테오디지아와 에우페미아가 살았던 반마의 마을은 타치바나 유우키의 습격을 받았고 아름다운 외모를 가진 여자들은 모두 그에게 끌려갔다.

그 후, 유우키가 죽고 반마인 여자들의 행방을 알 수 없게 된 것이다.

"생각보다 많이 찾아내서 다른 마차로 뒤를 따라오고 있다."

일행이 많다 보니 테오디지아를 비롯한 그들이 먼저 가서 상황을 확인하고 있다고 했다.

"그렇게 많아요?"

"마을 사람은 별로 찾아내지 못했지만 잡혀 있는 동포가 예상했던 것보다 훨씬 많더군."

테오디지아는 복잡한 표정을 지어 보였다.

진짜 구해주고 싶은 건 마을 사람들일 것이다. 하지만 처음 보는 사람이라 해도 동포를 그냥 못 본 척 지나칠 순 없는 것이리라.

"현 시점에서는 백 명 정도 될까. 이대로라면 앞으로도 더 늘어날 테지만."

"백 명!"

상상 이상의 인원수에 토모치카는 깜짝 놀랐다.

"에우페미아의 감지 능력이 여간 우수해야지. 발견한 이상 구해주지 않을 순 없잖아."

수색을 그만두지도, 발견하고도 그냥 모른 척 하지도 못하지만 인원수가 너무 많이 늘어나면 통제가 힘들어진다.

테오디지아는 그 문제 때문에 고민하고 있는 것 같았다.

"아, 레인이 남긴 재산이 있어서 전 부자예요. 그래서 물질적으로는 아무 문제없지만, 수가 너무 많이 늘어나면 이동도 힘들어진다고 할까……."

리즐리도 조금 곤혹스러운 듯 말했다.

여기서 문제가 되는 것은 구출해준 이들이 반마라는 점이다.

이 세계에서는 반마들을 두려워하고 꺼려한다. 백 명 규모의 집단을 이루면 아무 짓도 하지 않아도 다들 위험하게 볼 것이다.

"지금까지도 꽤 많은 습격을 받았어. 나와 에우페미아가 그럭저럭 격퇴하긴 했지만."

반마는 평범한 인간에 비하면 강하지만 압도적이라고 할 정도는 아니다. 본격적으로 토벌을 목적으로 한 부대를 보낸 경우, 맞서 싸우지 못할 가능성이 높다.

"뭐, 타카토 요기리를 만나겠다는 리즐리의 목적은 달성했으니 앞으로 일에 대해서는 다시 고민해봐야겠지──아, 발견한 것 같군."

"뭘 말이에요?"

"온천 말이야."

"왜 진지하게 온천을 찾고 있는 거예요?!"

"들어가고 싶은 거잖아?"

"네? 아니, 글쎄요. 그야 가고 싶지 않은 건 아니지만……."

토모치카는 창밖을 본다.

나무가 움직이고 있었다.

마차가 앞으로 나아가는 것과 동시에 나무가 움직여서 길을 만들고 있다.

"어? 어? 어디로 가는 거야?"

"온천은 보통 산에 있잖아."

"으아아아! 뭐야, 이 억지 느낌은!"

애당초 나무들이 밀집된 산속을 마차가 지나갈 수 있을 리 없다. 그런데도 마차는 마치 나무가 없는 것처럼 계속 앞을 향해 달리고 있었다.

"에우페미아는 흡혈귀가 되면서 나무에 대해서도 지배력을 행사할 수 있게 되었어."

"흡혈귀는 뭐든 가능하구나!"

어안이 벙벙해져 있자 마차는 숲을 빠져나왔다.

그곳은 협곡이었다.

두 산 사이를 강이 흐르고 있고 조금 트여 있는 곳이다.

그리고 이곳저곳에서 뜨거운 김이 피어오르고 있었다.

비탕(秘湯)이었다.

*****

"가슴 비교를 해야지!"

"그 낯선 단어는 미국의 풍습 같은 거야?!"

캐럴의 시선에 위기감을 느낀 토모치카는 두 팔로 끌어안는 것처럼 가슴을 가렸다.

"응~? 애니메이션 같은 데서는 자주 하던데? 여자들끼리 꺄악, 꺄악, 우후후, 하면서."

해질 무렵. 토모치카, 캐럴, 료코, 세 사람은 온천에 들어가 있었다.

산속을 흐르는 강 근처에 온천 마을이라 불러도 될 만한 곳이 있었던 것이다.

제법 큰 공간도 있어서 이곳에서 야영을 하게 되었다.

반마들은 인간들이 사는 마을에서 떨어진 곳이라면 그걸로 족하다고 했다.

후속 마차를 타고 온 반마들도 합류해서 지금은 텐트를 치거나 야영 준비를 하는 중이다.

토모치카 일행은 딱히 할 일도 없어서 온천욕을 하러 왔다.

"나 참! 그런 짓을 하면 재미있어?!"

"뭐어? 그건 왕의 관록이라고 할까, 료코를 향한 심술?"

"멋대로 저를 끌어들이지 마세요."

"있지, 그거 말인데, 역시 물 위에 떠?"

"자기 걸 보면 될 것 아냐!"

"어쩔 수 없군~. 모처럼의 기회이니까 서로 비벼대기나 해볼까?"

"뭐가 모처럼이야!"

"상당히 즐거워 보이네요."

그때 리즐리가 나타났다.

"아, 야영 준비는 다 끝났어요?"

"아직 멀었지만 딱히 제가 할 일은 없어서."

"그렇겠죠~."

『네 경우는 도와주려고 해도 뭘 하면 좋을지 몰랐던 것뿐이잖아.』

"죄송하게 됐네요!"

그렇게 대꾸하긴 했지만 손재주와 일하는 요령이 없다는 자각은 있는 토모치카였다.

"그건 그렇다 치고 여기서 느긋하게 있어도 돼?"

"제 목적은 요기리 씨를 만나는 것이었기 때문에 지금은 특별히 급한 용건은 없어요. 에우페미아 씨와 테오디지아 씨에게는 이래저래 할 일이 많을지도 모르지만요."

"가끔 습격을 받고 있다고 하던데요?"

그 점이 신경 쓰였는지 료코가 물었다. 하긴 느긋하게 온천을 즐기고 있는데 습격해오면 곤란하다.

"네. 그건 괜찮아요. 에우페미아 씨가 사람들의 접근을 막아주는 결계를 쳐뒀거든요."

결계는 땅에 행하는 술법으로 외부로 기척이 새어나가지 않는 효과가 있다고 한다.

그리고 지금 친 결계는 온천 마을 전체를 뒤덮을 정도로 규모가 커서 외부에서는 이곳에 사람이 있다는 사실을 알아차리지 못한다고 했다.

"그럼 다행이지만. 보다시피 이곳은 뻥 뚫린 곳이라서 노천탕으로는 좋을지 몰라도 누가 오면 큰일이니까."

산 사이에 강이 흐르고 있고 강가에는 온천 몇 개가 끓어오르고 있는 환경이었다.

토모치카의 배틀 수트를 구성하고 있는 수수께끼의 물질로 울타리를 만들 수도 있었지만 그건 아무래도 운치가 없다며 기각당했다.

"누가 와봤자 타카토 군 밖에 더 있겠어?"

"그게 제일 곤란한데?!"

설마 하고 주위를 둘러봤지만 역시 그럴 리는 없다며 생각을 달리 했다.

우연히 그렇게 되면 그 상황을 즐기는 게 요기리이지만 여자들만 있는 온천으로 돌격해오는 짓 따윈 할 리 없다.

"전 상관없지만요……."

리즐리는 왠지 아쉬워하는 것처럼 보였다.

"아니. 혹시라도 리즐리 짱을 보고 기뻐하면 내가 먼지가 나도록 패줄 거야!"

리즐리는 기껏해야 초등학생 정도도 밖에 보이지 않는다. 아무리 그래도 그건 아니라는 게 토모치카의 생각이었다.

"역시! 리즐리 짱이 아니라 나를 봐! 라는 여자의 마음이라 이거군!"

"나라면 OK라는 문제가 아니지!"

"기뻐하는 건 그렇다 치고 온천에 오면 보통 같이 들어가는 일도 있지 않아?"

"아니, 아무리 타카토 군이라도 그 정도로 비상식적이진 않을 거야…….."

"전 지금 상태에서 성장할 수 있을지 잘 모르지만……. 토모치카 씨 정도 되는 게 있으면 요기리 씨도 기뻐할 거예요……."

리즐리는 그렇게 말하더니 토모치카를 뚫어져라 쳐다봤다.

"어, 난 그만 나가볼게!"

머쓱해진 토모치카는 얼른 온천에서 나왔다.

바위 뒤에서 옷을 갈아입은 다음 캠프장으로 향한다.

야영 준비는 거의 다 끝난 것 같았다.

강가에 커다란 텐트가 몇 개나 설치되어 있다. 이동식 주택이라 불러도 될 만큼 큰 텐트였다.

"한가하게 온천욕이나 즐긴 게 미안한 기분이야."

『도와줄 의무도 없으니 넌 그냥 당당하게 여유를 즐기면 된다.』

"진짜 밖에서는 우리 존재를 눈치 챌 수 없는 거야?"

텐트들은 상당히 눈에 띄었다. 멀리서 봐도 한 무리가 이곳에 모여 집락을 이루고 있다는 걸 알 수 있을 것이다.

『흡혈귀의 힘인가. 상당히 강한 결계로군. 이곳에는 아무것도 없는 것처럼 보이고 있을 게다.』

"흡혈귀니 결계니 하는 걸 보니 역시 여기는 이세계가 맞긴 하구나."

토모치카는 새삼 그런 생각을 하며 하늘을 올려다봤다.

꽤 높은 상공에 바위 덩어리가 떠 있고 건물 같은 물체가 희미하게 보였다. 지금까지는 별로 의식하지 못했지만 하늘에도 사람이 사는 세계가 있는 것 같았다.

『원래 있던 세계에도 결계 정도는 있었고 흡혈귀도 있었다.』

"진짜?!"

『집 근처에 있는 중앙 병원은 흡혈귀가 운영하던 곳이었고 그곳의 딸은 일곱이나 되는 권속을 거느린 흡혈 공주였지.』

"도대체 뭐야?! 그 라노블 같은 이야기는!"

『세상에는 네가 모르는 일이 얼마든지 있다는 말이다.』

"하긴 배후령도 있고 타카토 군 같은 사람도 있으니까 그런 것도 있겠지."

그 무엇보다 이상한 존재가 바로 옆에 있다. 이제 와서 흡혈귀가 이웃에 살고 있었다는 사실을 의심해봤자 무의미하다.

『음, 주위에 사람이 없으니 지금이 좋겠군.』

"뭐가?"

『앞으로의 일에 대해서다. 넌 마냥 흘러가는 대로 몸을 맡기고 있는 것 같으니 말이야.』

"흘러가는 대로…… 그렇긴 한가."

이세계로 전이해온 후로 지금까지, 토모치카는 무언가를 결정한 적이 별로 없다.

원래 세계로 돌아가는 것조차 정말로 그게 가능한지 반신반의하며 요기리의 방침에 따르고 있을 뿐이다.

『애당초 반마들과 행동을 함께 할 이유도 없고.』

"그래?"

어쩌다 보니 동료처럼 지내고 있었지만 듣고 보니 그럴 만한 이유는 없었다.

『그리고 캐럴과 료코도 마찬가지다. 조금 더 경계하는 게 어떨까?』

"응?"

별다른 생각이 없었던 토모치카는 깜짝 놀랐다. 그런 말을 듣게 될 줄은 몰랐던 것이다.

『캐럴과 료코는 원래 꼬마를 감시하는 임무를 맡고 있던 자들이다. 그렇게 쉽게 신용할 수 있을까?』

"악의는 별로 느껴지지 않는데."

『나쁘니 나쁘지 않니 하는 건 상관없다. 목적이 다르면 다른 길을 가는 경우도 있으니까.』

"음, 그러고 보니 약간 아무 생각 없었던 것 같기도 한데……."

하지만 그렇다면 어떻게 해야 할까. 팔짱을 낀 채 고민하며 걷고 있던 토모치카는 위화감을 느꼈다.

저 멀리서 무언가가 보인 것 같았다.

가만히 주시하니 역시 무언가가 다가오고 있는 것이 보였다. 강을 따라 이쪽으로 오고 있었다.

"뭔가 오고 있어!"

『음, 우리가 목적인가.』

이곳은 비경이라 할 수 있는 곳이다. 에우페미아가 나무들을 조종해서 이곳까지 이어지는 길을 만들었을 정도이니 우연히 누가 찾아올 리는 없었다.

그것은 무리를 지은 기마병이었다.

"결계라더니, 하나도 도움이 되지 않잖아!"

다른 어느 곳도 아니다. 기마병들은 그들을 향해 곧장 달려오고 있었다.

4화 무적군단이라니, 초등학생들이냐!

토모치카의 보기 드문 시력은 기마병들을 포착했다.

군복을 입은 병사를 태운 말 10마리가 이쪽을 향해 다가오고 있었다.

기마가 가까워지자 토모치카는 군복이 왠지 낯익다는 것을 깨달았다.

얼마 전까지 지냈던 마니 왕국의 군복이었다.

『그런데 군이 무슨 용건이지?』

왕도가 붕괴되었다. 군이라면 왕도 주변에서 해야 할 일이 얼마든지 있을 것이다.

"우리 혹시, 군의 추적을 받을 만한 짓이라도 했었나?"

『암살 길드의 뭐시기를 죽였고 대사교라는 사람도 죽였으니 충분히 범죄자지.』

"그랬지⋯⋯. 이젠 그런 일에 너무 무감각해져서⋯⋯."

『허나 지금 왕도는 저 모양이다. 증거 따위 남아 있을 리도 없고 한가하게 조사나 하고 있을 때가 아닐 텐데.』

"릭 씨에게 받은 그게 있으니까 이야기 정도는 할 수 있을 것 같긴 한데."

마니 왕국의 제3왕자이자 현재의 검성인 리처드에게 받은 아뮬렛이 있다.

그건 리처드와 아는 사이임을 증명해주는 것으로 마니 왕국 내에서는 편리하게 쓸 수 있는 물건이었다. 군의 1개 부대 정도는 대충 구슬릴 수 있을지도 모른다.

『꼬맹이를 깨울 거냐?』

"으음, 무슨 일이든 타카토 군에게 의지하는 것도 좀."

　마니 왕국의 군대라면 이야기가 통할 것 같기도 하고 위험하면 알아서 일어날 것이다.

　토모치카가 누군가 오고 있는 쪽으로 향하니 반마들은 이미 맞서 싸울 태세에 들어가 있었다.

　그 집단의 선두에는 테오디지아와 에우페미아가 서 있다.

　눈에는 보이지 않지만 그녀들이 있는 주위가 결계의 경계 근처인 것 같았다.

　토모치카는 선두 가까이로 달려갔다.

"난 마술에는 능숙하지 않아 모르지만 결계는 정상적으로 기능하고 있는 거야?"

"네. 문제없이 작동하고 있습니다. 오리진 블러드로서의 힘이기 때문에 그렇게 간단히 간파당할 리 없어요."

　테오디지아의 질문에 에우페미아가 대답한다.

　외부에서는 이곳에 아무것도 없는 것처럼 보일 것이라는 말이었다.

　그런데도 기마병들은 아무 망설임 없이 결계 근처까지 오더니 멈춰 섰다.

　총 10명. 남녀 비율은 반반. 연령은 다양한데 적어도 토모치카보다는 위인 것 같다.

모두 군복을 입고 있고 타고 있는 말은 장갑으로 싸여 있었다.

그때, 선두에 있는 덩치가 큰 남자와 토모치카의 눈이 마주쳤다. 역시 결계는 통하지 않는 것 같다.

"저……."

"우리는 마니 왕국 제2왕자, 달리안 님이 이끄시는 무적군단이다! 네놈들을 섬멸하기 위해 왔다!"

"무적군단이라니, 초등학생들이냐!"

낭랑하게 울려 퍼지는 커다란 목소리에 토모치카는 반사적으로 대꾸했다.

"이 놈! 우리를 모욕하는 거냐!"

"갑자기 와서 섬멸하니 어쩌니 하는데 모욕당했다고 뭐라 할 상황은 아니잖아!"

"졸트, 우린 섬멸하러 온 게 아니야."

그렇게 말하며 한 소년이 앞으로 나왔다.

토모치카는 그 소년이 바로 제2왕자 달리안이라는 것을 직감할 수 있었다. 왠지 모르게 리처드와 닮았고 다른 사람들과 다른 분위기를 풍기고 있었다.

"그러십니까? 이렇게 많은 수를 그냥 놔둘 수는 없다고 생각했습니다만."

"그렇다고 협박하면 안 되지."

달리안의 말과 행동은 우아하고 온화했다. 이 정도면 대화를 나눌 수 있는 여지가 충분히 있겠다고 토모치카는 생각했다.

"이 여자들은 내구소비재이자 우리 국민들이 빼앗긴 재산이다. 가능한 한 상처가 나지 않도록 조심해서 주인들에게 돌려줄 필요가 있어."

"잠깐 좋은 사람이라고 생각한 내가 바보였어!"

토모치카는 이 세계에 제대로 된 남자가 없다는 사실이 새삼 떠올랐다.

그래도 지금까지 만난 적에 비하면 그나마 괜찮은 편이다. 현자들처럼 포학함의 끝에 달한 존재를 상대하는 것보다는 훨씬 낫다.

──왜 저러지…….

토모치카는 테오디지아를 봤다. 아주 싸늘한 눈을 하고 있지만 그 깊은 곳에 있는 것은 격정이다. 당장이라도 뛰쳐나가서 무적 군단이라는 놈들에게 달려들 것 같았다.

"잠깐 좀 괜찮을까요?!"

토모치카는 아뮬렛을 높이 치켜들고 왕자에게 말했다.

우선 사정부터 들어보자. 무슨 짓을 하든 일단 그 다음부터다.

토모치카가 앞으로 나서자 테오디지아의 살기도 어느 정도 누그러졌다. 대화를 나눌 요량이라면 일단 맡기겠다는 태도였다.

"아, 릭의 친구가 와 있다고 들었는데 그쪽인가? 그런데 왜 이런 곳에 반마와 함께 있지?"

"아~, 저기서 우연히 만났어요. 저, 제2왕자님, 이라고 했죠? 당신이야말로 이곳엔 어쩐 일로 오셨나요?"

──생각이란 걸 좀 하고 나서 말을 걸어야지!

적절한 해명은 되지 못했지만 토모치카는 일단 기세를 몰아 억지로 이야기를 진행시켰다.

"달리안이야. 잘 부탁해. 난 왕족이 계승하는 봉인의 힘이 그리 강하지 않아 왕도에 있어봤자 별로 도움이 못 되기 때문에 국내를 만유(漫遊)하며 세상을 바로잡기 위한 일들을 하고 있지."

"이곳에 온 것도 세상을 바로잡기 위한 일의 일환인가요?"

절대 우연히 온 게 아니다. 명확한 목적이 있어서 이곳까지 온 것일 터.

"음, 그런가. 이세계 사람이라서 사정을 잘 모르는 모양이군. 그렇다면 괜찮아. 네게 죄를 묻진 않을 거니까."

여전히 대화는 맞물리지 않고 있지만 토모치카 일행이 이세계에서 왔다는 건 알고 있는 것 같다.

겉모습을 보고 그렇게 판단했을 수도 있고 릭에게 들었는지도 모른다.

"저기, 이 사람들을 데리고 가기 위해 온 거예요?"

"그래. 반마 강탈 사건이 있었거든. 반마들은 각각 소유자에게 돌려줄 필요가 있지."

"아니, 아니, 잠깐만요. 이 사람들은 부당하게 잡혀서 노예처럼 혹사당했다고 들었는데요? 이상하지 않아요?"

"남의 물건을 마음대로 가지고 가는 건 범죄잖아. 그건 어떤 세계든 동일한 것 아닌가?"

"물건…… 이 아니잖아요."

"확실히 물건은 아니지. 하지만 우리나라의 법에서는 반마를 동산(動産)으로 취급하고 있어. 점유권을 가진 소유자가 있다는 거야. 마음대로 가지고 갔다고 해도 소유자가 변하는 건 아니지."

"이 사람들은 동물이 아니라구요! 외모가 조금 다를 뿐인 사람을 소유하니 어쩌니, 이상하지 않아요?!"

"흠, 확실히 나도 동감하는 부분은 있지만 현 시점의 법이 그렇게 되어 있다. 법을 무시할 순 없어."

"음, 역시 말이 통하지 않아!"

이 나라의 법이 그렇다면 도덕과 윤리적인 면에서 반론하는 건 아무 소용없을 것 같았다.

『이 녀석들이 끌려간다고 해도 우리와는 별다른 상관없지 않나?』

"그렇지만 어떻게 가만히 보고 있어?"

토모치카는 작은 목소리로 대꾸했다. 모코모코와는 다른 사람의 귀에 들리지 않고 대화를 나누는 게 가능하다.

『로마에 가면 로마의 법을 따르라는 말도 있다. 국가와 대립하는 건 여러 가지로 좋지 않아.』

왕이 죽은 후에는 제1왕자가 잠정적으로 그 뒤를 잇는다고 했다. 그 제1왕자가 왕도에 있었다면 죽었을 가능성도 있다. 즉 현 시점에서는 이 제2왕자가 마니 왕국의 최고 권력자일지도 모른다는 뜻이다.

"으으……."

어차피 토모치카 일행은 외부인이다. 이 세계의 주민들이 대립하고 있다 해도 거기에 끼어들 권리는 없다는 생각도 들기 시작했다.

"잠깐 상황을 지켜보고 있었는데 대화가 성립하는 것 같진 않군요."

"동감이다. 이 녀석들을 없애는 수밖에 없겠어."

에우페미아와 테오디지아가 앞으로 나와 토모치카 일행을 뒤로 물렸다.

"자, 우리는 10명 밖에 없고 그쪽은 100명이 넘어. 모두 다 잡아서 데리고 가려면 역시 시간과 수고가 들겠지. 가능한 한 흠집 하나 없이 데리고 가고 싶은데――."

"그건 내 알 바 아니다."

이야기를 가로막는 것처럼 테오디지아가 검을 뽑았다.

그 검은 검은색으로 물들더니 어둠의 칼날을 쏟아낸다.

길게 뻗은 검은 빛이 노리는 것은 전원이다. 10명 모두를 베어버릴 거대한 검압(劍壓)이 달린다.

그러나 그 어둠의 칼날은 단 한 명도 상처 입히지 못했다.

군복에, 말의 장갑에. 닿은 순간 흩어졌다.

하지만 그 정도는 예상하고 있었는지 에우페미아는 한 손을 높이 들어 공격 준비에 들어갔다.

손이 붉게 빛나더니 붉은 빛을 발한다. 그 빛은 하늘로 뻗어 올라가서 무수히 나뉘었다.

피할 방법이 없는, 폭포수 같은 빛의 격류가 달리안과 부하들을 덮친다.

그것은 눈 깜짝할 사이에 전방을 뒤덮었다.

그 빛 한 줄기, 한 줄기는 대체 얼마나 되는 열량을 가지고 있는 걸까. 땅은 파헤쳐지고 깎여나가고 증발해서 주위 일대를 하얀 연기로 감쌌다.

"성공이다?!"

『저건 플래그군.』

하얀 연기가 걷히면서 기마의 모습이 나타난다.

그들은 소멸 따윈 하지 않았다. 소멸은커녕 먼지 하나 묻지 않았다.

"조금 낯간지럽긴 하지만 무적군단이라는 이름이 괜히 붙은 게 아니다. 난 마도구를 작성하는 게 뛰어나거든. 이 군복과 마갑(馬甲)은 모든 마법과 물리 공격을 차단한다."

"웃기지 마……. 그런 게 존재한다는 걸 믿으란 거냐……!"

"그럼 시험해 봐도 좋아. 그래, 당신들은 원하는 만큼 실컷 공격하는 거야. 그리고 어떻게 할 방법이 없다는 걸 깨닫고 포기하게 되면 우리와 같이 가주겠지?"

달리안과 부하들의 발치에서 뭔가가 튀어나왔다. 사람의 등뼈 같기도 하고 창 같기도 한 물체가 일제히 솟아오르더니 말을 꿰뚫으려 한다.

하지만 그것도 마갑에 닿은 순간 부서져 흩어졌다.

에우페미아가 피로 만든 붉은 창을 들고 덤벼들고 테오디지아는 검을 휘둘렀다. 사용할 수 있는 모든 기능을 총동원해서 두 사람은 계속 공격을 펼쳤다.

그건 우스꽝스러운 광경이었다.

달리안과 부하들은 미동조차 하지 않은 채 이쪽을 느긋하게 바라보고만 있는데 공격하는 쪽만 필사적이다.

그리고 그 모습을 보고 있던 반마들에게 변화가 찾아왔다.

절대 이기지 못한다.

그렇게 생각한 건지, 슬금슬금 뒷걸음치더니 쏜살같이 도망치기 시작했다.

"바인드."

공격하는 대로 가만히 당해주고 있던 달리안이 중얼거린다.

그 순간, 토모치카의 몸을 무언가가 휘감았다.

빛으로 만들어진 사슬 형태의 물체가 전신에 감겨서 옴짝달싹도 할 수 없었다.

그 현상은 싸우고 있는 두 사람을 제외한 백 명이 넘는 모두에게 찾아왔다.

"도망치면 안 되지. 못 이기겠다 싶으면 다시 소유자에게로 돌아가야지 않겠어?"

"달리안 님의 마법은 정말 상식을 벗어난 수준입니다……. 이렇게 많은 인원을 한 번에 구속하다니……."

"딱히 어려운 것도 아니야. 바인드 정도는 졸트도 사용할 수 있잖아."

"성공률도 낮고 이렇게 많은 사람을 타깃으로 삼는 건 도저히 불가능합니다."

"그런가. 그냥 머릿속으로 대상의 위치를 그리면 되는데."

"범인(凡人)인 우리에겐 무리입니다……."

달리안과 졸트는 쏟아지는 맹공 속에서도 느긋하게 대화를 나누고 있었다.

"뭐야, 이게?! 전혀 움직일 수가 없잖아!"

갑자기 나타난 빛의 사슬은 실제 사슬과 전혀 다르지 않았다.

그 사슬이 두 발과 두 팔을 몸통과 함께 감아버렸다.

힘을 줘도 꼼짝도 할 수 없었다. 움직임은 완전히 봉인되고 말았다.

그런데도 토모치카가 계속 서 있을 수 있는 건 뛰어난 균형 감각 덕분이다. 구속된 사람 대부분은 그 자리에 쓰러져 있었다.

『호오? 이거 대단하군.』

"지금 감탄하고 있을 때야?! 어떻게 좀 해봐!"

『어떻게든이라. 뭐, 못할 것도 없지만.』

"정말?!"

『배틀송(戰詩, 전시)의 해석에는 어느 정도 성공했다. 이 시스템에는 보안상 취약한 곳이 몇 군데 있는데 그곳으로 침입하면 일정 시간 시스템의 영향을 무효화시키는 게 가능할 게다.』

배틀송이라는 것은 이 세계에 왔을 때, 클래스메이트들에게 인스톨된 시스템을 말한다.

"그럼 어서 해줘!"

『하지만 장시간 통용되는 건 아니니까 타이밍을 잘 맞춰야 해.』

"시간은 어느 정도?"

『30초가 한계다. 이 정도로 도망치는 건 불가능하지. 타개책으로는 달리안이라는 녀석을 무력화 시키는 것 정도인데 그 시간

안에 할 수 있을지 없을지.』

몸을 움직일 수 있게 되자마자 30초 안에 달리안을 무력화 시킬 수 있을 것인가 없을 것인가.

접촉만 할 수 있으면 가능하다고 토모치카는 생각했다.

그런데 문제는 거리였다.

달리안이 있는 곳까지는 제법 거리가 있고 가까이 가는 데만도 대부분의 시간을 사용하게 될 것 같았다.

"뭐가 어떻게 된 거야."

그때 갑자기 등 뒤에서 목소리가 들려왔고 토모치카는 뒤를 돌아봤다.

여전히 졸린 얼굴을 한 요기리가 그곳에 서 있었다.

5화   다른 사람과 별로 대화를 나누지 않아서 그런지 이런 일엔 맞지 않는 것 같아

잠에서 깨어보니 요기리는 마차 안에 혼자 있었다.

토모치카를 비롯한 다른 사람들은 요기리를 내버려두고 나간 것 같았다.

마차가 달리지 않고 있는 걸 보니 어딘가에서 휴식이라도 취하고 있는 모양이다.

"별로 안 잔 것 같은데……."

잠이 덜 깬 눈으로 손목시계를 흘깃 확인한다. 반나절 정도 잔 것 같다.

피로가 덜 풀린 걸 보면 아직 자고 있어도 이상하지 않을 정도다. 그렇지만 왜 잠에서 깨어났냐 하면 바로 죽음의 기운을 느꼈기 때문이었다.

지금 당장 어떻게 된다는 건 아니지만 잠에서 깨어나지 않으면 좀 곤란하겠다 싶은 정도. 그 기운이 요기리의 눈에는 희미한 아지랑이 같은 형태로 보였다.

──조용한 곳으로 가니 어쩌니 했던 것 같은데.

갑자기 나타난 소녀, 리즐리의 목적은 왕도로 향하는 것이었다. 이유는 요기리와 만나기 위해서.

그렇다면 더 이상 다른 곳으로 갈 필요는 없다. 하지만 왕도 주변은 혼란에 빠져 있었고 그대로 그곳에 머물러 있기엔 상황이 여의치 않았으리라.

요기리는 마차에서 내렸다.

이곳은 산 속인 것 같았다.

강이 흐르고 있고 그 옆에 마차가 여럿 세워져 있다.

마차에 대형 텐트를 실어뒀었는지 그럭저럭 집락 같은 모습을 하고 있었다.

그 모습을 보니 어떤 영화에서 봤던, 각지를 돌아다니며 공연하는 서커스단이 떠올랐다.

"상황이 어떻게 된 건지 알 수가 없네. 뭐, 물어보면 알겠지."

죽음의 기운이 조금씩 강해지고 있다.

이 부근 일대를 뒤덮고 있는 걸 보면 이곳에 있는 모두를 한꺼번에 죽일 수 있는 무언가가 있는 것이리라.

명확한 살의라면 바로 알 수 있지만 지금 경우는 그게 아니다.

예전에도 이와 비슷한 패턴이 있었다. 어그레서 쿠라야미가 바로 그랬다. 거기에 살의가 있었는지는 잘 모르겠지만 쿠라야미가 지나간 후에는 모든 것이 메말라 사멸했다고 들었다.

즉 압도적인 힘을 가진 무언가가 이 근방을 지나려 하고 있는데 이곳에 올 가능성은 그리 높지 않다는 것이다. 하지만 기운이 점점 더 강해지고 있는 걸 보니 그 가능성이 조금씩 높아지고 있는 것 같다.

——이거 좀 위험한 상황인가. 뭐, 단노우라에게 무슨 일이 생기면 모코모코 씨가 알려주겠지만.

토모치카가 대처하지 못할 것 같으면 즉시 요기리를 부를 것이다. 존재 자체가 다소 무책임한 면이 있는 모코모코지만 토모치카의 수호령으로서는 신뢰하고 있는 요기리였다.

하지만 가능한 한 빨리 토모치카에게 가봐야 할 것 같다.

아까부터 계속 주위를 둘러보고 있지만 어디에도 토모치카의 모습은 보이지 않았다.

인기척이 느껴져서 그쪽으로 가본다.

텐트를 돌아가 보니 토모치카가 묶여 있는 모습이 눈에 들어왔다. 빛나는 사슬이 토모치카의 몸에 감겨 있었고 그 자리에 있는 대부분의 사람들이 똑같은 상태에 처해 있었다.

테오디지아와 에우페미아가 싸우고 있는 걸 보니 적이 온 모양인데 그 적은 바로 마니 왕국의 병사들이었다.

"뭐가 어떻게 된 거야."

아직 머리가 멍해서 상황이 잘 파악되지 않는다.

하지만 가장 먼저 할 일은 토모치카를 구하는 것이다.

요기리가 다가가자 토모치카가 뒤를 돌아봤다.

"타카토 군! 도대체 지금까지 뭐하고 있었어!"

"알다시피 계속 자고 있었지."

"이렇게 난리가 났는데?!"

듣고 보니 좀 미안하기도 했지만 몰랐으니 어쩔 수 없다.

요기리는 토모치카 앞으로 돌아갔다.

그녀의 모습은 꽤 보기 좋았다. 빛의 사슬이 가슴 위아래를 묶고 있어서 모양 좋은 가슴이 한층 더 강조되어 보인다.

마법적인 사슬인가 싶었는데 실체가 있는 모양이다.

"……나, 이런 거, 좋아하는 것 같기도……."

"어이, 어이! 뚫어져라 보지 말고 그만 좀 구해주시지?"

"그치만 이런 건 처음 보거든."

"원한다면 나중에 얼마든지 보여줄 테니까 지금은 이것부터 어떻게 좀 해봐!"

조금 아쉽다는 생각을 하면서도 요기리는 토모치카를 묶고 있는 사슬을 죽였다.

빛의 사슬이 안개처럼 흩어졌다. 역시 진짜 사슬과는 다른 존재였다.

모두를 다 풀어준 건 아니다. 단순히 말하자면 그건 어려웠기 때문이다.

요기리의 힘은 기본적으로 생물을 죽이는 힘이다. 응용해서 다양한 것들을 죽이긴 하지만 생물 말고 다른 것이 대상일 경우에는 정확도가 그리 높지 않다.

따라서 눈앞에 있는 사슬을 죽이는 건 가능해도 광범위하게 흩어져 다양한 상태로 반마를 묶고 있는 사슬을 한 번에 죽이는 건 어려웠다.

"깨어나자마자 맞닥뜨린 상황치고는 꽤 심각해 보이는데 뭐가 어떻게 된 거야?"

반마들이 빛의 사슬에 묶여 있고 기마병들이 와 있다. 그리고 테오디지아와 에우페미아가 싸우고 있지만 공격은 전혀 통하지 않고 있다.

상황은 대충 그런 것 같은데 어떻게 된 일인지 통 알 수가 없었다.

"이 사람들, 반마를 다시 빼앗아 돌려주려고 왔대."

토모치카가 간단히 경위를 설명했다. 다행이라고 해야 할까, 적은 요기리가 온 것을 보고도 별로 주목하지 않았다. 테오디지아와 에우페미아가 포기하기를 기다리고 있는 것 같았다.

"골치 아픈 상황이네……."

이야기를 들은 요기리는 머리를 싸매고 싶어졌다. 법을 우선하면 마니 왕국의 말이 맞는 것 같지만 애당초 그 법에 정당성이 있는가.

그렇다고 이세계에서 온 요기리가 역사와 경위도 제대로 모른 채 이 세계에 있는 나라와 법에 참견할 순 없다.

——그래도 둘 중 하나의 편을 든다면.

요기리는 탑에서 본 반마에 대한 처우를 떠올렸다.

마력을 효율적으로 빼앗기 위해서 사람의 몸을 산 채로 토막낸다.

그런 일을 하는 사람에게도 나름의 이유가 있을지 모르지만 그렇다고 그런 짓을 해도 된다고 생각하진 않았다.

"일단 대화부터 해봐야겠네."

"그건 아까 해봤어?!"

"막무가내인 현자들과 다르다면 이야기 정도는 해봐도 되겠지."

"자기라면 어떻게든 할 수 있을 거라고 생각하는 것 같아서 열받아!"

요기리는 달리안을 향해 다가갔다.

그러자 요기리를 본 테오디지아와 에우페미아가 공격을 멈추고 뒤로 물러났다. 요기리의 옆으로 온 것이다.

"도와줄 수 있을까? 솔직히 전혀 진척이 없어. 할 수 있는 방법은 다 동원해봤지만 아무 반응도 없고."

"솔직히 믿기지 않습니다. 오리진 블러드를 압도하는 인간이 있다니⋯⋯."

"일단 대화를 나눠볼게."

요기리는 달리안이 있는 곳까지 몇 미터 정도 떨어진 지점에서 멈춰서더니 말 위에 있는 그를 올려다봤다.

제2왕자라고 했다.

확실히 그런 분위기라고 요기리는 생각했다.

"이제야 나온 걸 보니 진짜 대표자라고 보면 되나?"

"대표자라. 그런 셈이 되는 건가?"

혼자 선두에 서 있는 시점에서 그런 셈이 되는 모양이다.

"이제 포기할 생각인가? 나도 가능한 한 거친 방법은 피하고 싶거든. 이대로 따라와 주면 고맙겠는데. 아, 물론 따라오는 건 빼앗긴 자들만으로 충분해. 소유권이 없는 반마는 돌려줄 곳이 없으니까."

온화하고 자신감 넘치는 태도였다.

달리안에게는 죄책감 따윈 전혀 없어 보였다.

그는 세상을 바로잡는 일의 일환으로 이곳에 왔고 자신의 행동이 잘못되었다는 생각은 조금도 하지 않았다.

"거친 방법을 좋아하지 않는 건 나도 마찬가지야. 그러니까 그냥 이대로 조용히 물러가주면 좋겠는데.”

“……음, 지금 상황을 제대로 이해하지 못하는 것 같군. 당신들의 공격이 전혀 통하지 않는다는 건 보고 있었으면 충분히 알텐데.”

“통하지 않더라도 그쪽 역시 공격을 해오지 않으면 어차피 똑같잖아.”

“지금 그걸 교섭이라고 하는 거야?!”

토모치카가 태클을 걸면서 옆으로 왔다.

“해보고 알게 된 건데, 다른 사람과 별로 대화를 나누지 않아서 그런지 이런 일엔 맞지 않는 것 같아.”

“그렇다면 왜 대화를 나눠보겠다고 한 거야?!”

토모치카가 어이없어하며 말한다.

하지만 요기리 입장에서도 적극적으로 공격해오지 않는 상대를 죽일 수는 없었다.

“이 정도로는 힘의 차이를 깨닫지 못하는 건가. 그렇다면 어쩔 수 없지.”

달리안이 위를 향해 오른손을 똑바로 뻗었다.

오른손 끝에 생긴 빛이 하늘을 향해 뻗어나가더니 천공에 복잡한 기하학 무늬를 그리기 시작했다.

입체복층 마법진이라고 하면 될까. 문자와 도형이 뒤얽힌 마법진은 구형으로 전개되어간다.

빛으로 가득한 마법진은 바로 아래로 뻗어가더니 산들을 뒤덮는 원기둥이 되었다.

그리고 한기가 들 정도로 크고 신성하게 빛나는 기둥은 아무런 전조도 없이 사라졌다.

그것을 보고 있던 사람들은 당황했다.

너무 조용했기 때문이다.

바로 앞에 있던 산들이 사라졌는데도 전혀 실감이 안 났다.

그곳에 있는 것은 텅 빈 공간이었다.

바닥이 보이지 않는 구멍이 끝없이 펼쳐져 있다.

마치 원래부터 그랬던 것 같은 광경이었다.

──옳거니, 아까부터 느껴지던 죽음의 예감이 이건가.

저 공격에 직접 노출되면 반마의 캠프장 따위 순식간에 사라질 것이고 여기까지 광범위하게 영향을 미칠 수 있다면 도망치는 것도 불가능할 것이다.

반마들은 절망에 빠졌다.

아무래도 이 정도로 압도적인 힘을 보게 되면 거스를 기력도 없어질 것이다.

"역시 달리안!"

"지형이 변하다니, 도대체 얼마나 대단한 거야!"

"이거, 지도를 다시 만들어야 되는 거 아니야?"

"그래도 나름대로 힘을 뺀 거야. 마법진을 발동한 것도 이해를 돕기 위한 거였고."

"도대체 어디가 힘을 뺀 거야!"

"반마를 상대로 이렇게까지 할 필요가 있나? 아아~, 이 녀석들, 가엾게도 잔뜩 굳어버린 것 좀 봐."

그에 비해 왕국군을 갈채를 보내고 있었다. 지금까지 가만히 있던 달리안의 부하들이 그를 찬양하고 있다.

"응? 어쩌 분위기가 좀 이상한 것 같지 않아?"

토모치카는 고개를 갸웃거렸다.

"그러게. 왕국군답지 않은 분위기라고 할까."

달리안 혼자만 말을 할 때는 위엄이 느껴졌다.

하지만 부하들이 말하기 시작하자 순식간에 분위기가 변했다.

"자, 어때? 얌전히 따라올 생각이 들었나?"

"반마를 죽이지 않고 데리고 가고 싶다면서 굳이 시범 삼아 그런 걸 보여줄 필요가 있나? 아무 의미도 없잖아."

"이거 곤란하군. 여기까지 했는데도 아직 깨닫지 못한 건가."

"안 됩니다, 달리안. 이 녀석들은 달리안이 베푸는 자비를 전혀 알지 못하고 있어요. 사람 한두 명 정도, 눈앞에서 죽여야 이해할 수 있는 멍청한 놈들입니다."

왕국군 중 한 명이 그렇게 말하며 앞으로 나왔다.

"하지만…… 아아, 그래. 빼앗긴 반마 말고 다른 반마들은 죽여도 별로 문제가 되지 않겠군. 소유권이 없는 반마는 야생동물과 똑같으니까."

"아니, 이번에는 내 차례지."

달리안이 무언가를 하기 전에 요기리가 먼저 말했다.

"그래서?"

"그냥 돌아가라고 해도 소용없다는 건 잘 알았어. 그러니 왕자를 제외하고 나와 가장 가까운 곳에 있는 놈을 죽이겠다."

"타카토 군! 그건……."

"무슨 말을 하고 싶은지는 알지만 내가 할 수 있는 일은 이 정도 밖에 없잖아."

굳이 죽일 필요는 없다.

그들은 아직 직접적인 위해를 가하지 않았다.

그들을 악인이라 단정 짓긴 힘들다.

토모치카가 하려는 말은 그런 것이리라.

하지만 반마의 편에 선다는 것은 왕국과 적대 관계에 선다는 뜻이고 그것은 왕국군과 싸우는 것을 의미한다.

피해를 최소한으로 하고 싶지만 어중간하게 신체의 일부를 죽여 봤자 상대에게 위협이 되지는 못하고 오히려 피해만 점점 더 커질 뿐이다.

본보기를 보여줄 생각이라면 역시 한 명 정도는 죽일 필요가 있었다.

"좋아, 죽일 거면 나를 죽여 봐라!"

아까 앞으로 나왔던 남자가 말을 더 앞으로 몰아서 마치 도발하는 것처럼 요기리의 바로 앞까지 다가왔다.

"어이, 왜 그래? 뭘 어쩌겠다고? 달리안이 만든 이 무적 장갑을 앞에 두고 무엇을 할 수——."

"죽어."

요기리는 누가 봐도 알 수 있도록 손가락으로 가리켰다.

"그걸로 만족했나? 그렇다면——."

달리안의 말은 남자가 말에서 떨어지는 순간 끊어졌다.

그리고 공기가 변했다.

왕국군 사람은 이런 결과가 나올 줄은 꿈에도 몰랐으리라.

요기리는 충격이 침투하기를 기다렸다.

전멸시키는 것은 간단하지만 적극적으로 그럴 생각은 없었다.

어차피 임시방편적으로 한 일이다. 게다가 적을 돌려보내는 것 이상의 일을 할 생각도 없다.

"난 임의의 대상을 죽일 수 있어. 그러니까 그만 돌아가."

『모두 다 죽이지 않는 거냐?』

"국외로 가면 이 녀석들도 굳이 쫓아오진 않겠지."

나중에 귀찮아질 수도 있지만 요기리나 토모치카를 노리고 있는 것도 아니다. 역시 다 죽이는 건 썩 마음이 내키진 않았다.

"이 놈! 우리 무적군단이 누구인지 모르는 거냐!"

"그러니까 무적이 아니었던 거잖아."

상황은 파악한 것 같다. 하지만 후퇴한다는 선택지는 떠오르지 않는 모양이다.

"좋아! 이런 놈은 달리안 님의 손을 더럽힐 것까지도 없어! 내 마법으로──."

달리안의 뒤에 있던 여자가 외쳤지만 말을 다 마치진 못했다.

방금 전 남자와 똑같이 말에서 떨어져 더 이상 움직이지 않게 되었던 것이다.

"당연하지만 공격해오면 반격할 거다. 그리고 도망치는 사람은 공격하지 않을 테니까 안심하고 도망쳐."

협박할 생각이었는데 영 잘 되지 않았다.

요기리는 자신이 얼마나 교섭을 못하는지 새삼 자각했다.

6화　그 노력이라는 건 시스템 메뉴에서 마법을 계속 선택하기만 하면 되는 건가?

졸트는 전생의 기억을 가지고 있다.

흔히들 말하는 전생을 한 것이다.

전생의 졸트는 쓰레기 같은 인생을 살았다.

어렸을 때는 흔히 볼 수 있는 평범한 아이였지만 고교 수험에 실패하면서 인생에 그림자가 드리워졌다. 그때부터 자포자기, 집에 틀어박혀서만 살다가 중년이 되었을 무렵엔 돌이킬 수 없는 지경에 처하게 되었다.

아무 생산성도 없으면서 그리 유복하지도 않은 부모에게 기생해서 폐만 계속 끼치며 사는 쓰레기. 그에 대한 세상의 평가는 대충 그럴 것이다.

물론 이런 종류의 사람의 자신에 대한 평가와 세상의 평가가 일치하는 경우는 없다. 그는 50세를 목전에 두고도 자신에게는 여전히 가능성이 있다고 생각했기 때문이다.

졸트의 전생에서의 사인은 아사다.

계속 방에 틀어박혀서 지내는데 어느 순간부터 식사가 방으로 오지 않게 되었다는 것은 기억하고 있다.

평소와 같은 시간에 식사가 오지 않아서 몇 번이나 바닥을 구르고 재촉했지만 아무 반응도 없었다. 하지만 그 정도 일로 아래층에 확인하러 갈 생각은 들지 않았다.

그저 입을 벌린 채 먹이가 흘러들어오기만을 기다리는 병아리 같은 정신 상태 밖에 가지고 있지 않았던 그에게는 그 정도 일도 귀찮았다.

　식사가 오지 않은 지 이틀째. 그는 그제야 무거운 엉덩이를 들고 일어났다. 복도로 나가 일층으로 내려간다. 무려 20년 만의 일이었다.

　살쪄서 뚱뚱한 몸을 질질 끌다시피 해서 거실로 향한다.

　TV가 켜진 채로 있고 어머니는 몸을 둥글게 만 채 소파에 누워 있었다.

　오랜만에 보는 어머니는 상상 이상으로 늙어 있었다.

　어머니가 이렇게 작았었나. 한순간 그런 생각도 들었지만 이내 그런 감회마저 날려 버릴 것 같은 분노가 치밀어 올랐다.

　식사 준비도 하지 않고 한가하게 잠이나 자고 있다니, 뭐하는 거야, 하고 화가 났다.

　"어이, 할망구! 밥 안할 거야?"

　하지만 아무 반응도 없다.

　어머니의 몸을 흔들던 졸트는 오싹 소름이 돋았다. 너무 가벼웠고, 아무런 반응도 느껴지지 않았던 것이다.

　졸트가 방에만 틀어박혀 지내면서 가정은 붕괴되었고 혼자 이 집을 지켜온 어머니의 심신은 한계에 이른 것이다.

　물론 졸트는 어머니가 얼마나 고생했는지는 깨닫지도 못했다. 이 상황에서도 걱정하는 건 자신의 밥뿐이다.

　그리고 졸트는 죽었다.

바보 같은 이야기이지만 그는 집에서 나갈 수가 없었다.

집안에 식량이 있긴 했지만 그것을 다 먹고 나니 끝이었다.

이제 와서 밖에 나가 일을 할 수도 없고 인터넷으로 무언가를 주문해도 물건을 받기 위해 다른 사람과 만나는 것조차 할 수 없다.

그렇게 죽을 바에는 무슨 방법이든 있지 않았겠냐고 사람들은 말할 것이다.

하지만 졸트는 할 수가 없었다. 그저 그것뿐이다.

다행히 죽기 직전의 일은 잘 기억나지 않았다.

기억하고 있다면 다시 태어났는데도 배고픔에 괴로워하는 기억에 계속 시달렸을 것이다.

정신을 차리고 보니 아기가 되어 있었다.

처음엔 혼란스러웠다.

눈도 보이지 않고 몸도 잘 움직일 수 없어서 자신이 아기가 되었다든 것도 몰랐을 정도다.

상황을 파악하게 된 건 일어날 수 있게 되었을 즈음이다.

전생의 기억이 있어서일까, 말을 알아들을 수 있게 되는 것도 빨랐다.

이곳은 일본이 아니라 마법이 있고 몬스터가 있는 세계다.

그는 마니 왕국의 유복한 귀족의 셋째 아들로 태어나 졸트라는 이름을 얻었다.

그런 사실을 주위의 대화를 통해 알게 되었다.

졸트는 믿지도 않았던 신에게 감사했다. 이곳에서 다시 시작하라는 뜻이라고 생각했다.

전생에서는 작은 부주의로 길을 잘못 들었다. 그러나 아기 때부터 의식과 기억이 있는 이번은 잘 풀리지 않을까.

그런 생각이 들었다.

귀족으로 태어난 것도 좋은 징조였다.

마법이 있는 세계라도 누구나 사용할 수 있는 건 아니기 때문이다.

이 세계에는 기프트라 불리는 초현실적인 힘이 있지만 그것은 다른 사람에게 부여받아야 사용할 수 있다. 그렇지만 귀족의 가계에서는 강력한 기프트가 전승되고 있었다.

졸트의 클래스는 가문 대대로 내려오는 룬 파이터(魔擧士, 마거사)였다.

격투술과 마법을 동시에 이용할 수 있는 전투계 클래스로 근거리에서 원거리까지 폭넓게 대응할 수 있다.

졸트는 신동이라 불렸다.

아기 때부터 해온 수행과 전생의 기억과 의식에 의한 이해력.

순풍에 돛을 단 것 같은 인생이 기다리고 있다. 졸트는 처음엔 그렇게 생각했다.

*****

격투장 바닥에 엎드린 졸트는 망연자실해 있었다.

바닥을 핥고 졸트를 올려다봐야 하는 건 대전 상대여야 했다.

짜증나는 선배의 괴롭힘을 화려하게 반격해, 학교 내에서의 지위를 공고히 한다.

입학할 때 자신이 한 일이다.

그리고 앞으로 자신이 학생으로 있을 동안은 두 번 다시 일어나지 않을 이벤트여야 했다.

건방진 신입생을 졸트가 일방적으로 두들겨 패야만 했다.

시합 개시와 동시에 마력으로 육체를 강화. 순식간에 상대의 등 뒤로 돌아가 사각에서 일방적으로 공격을 가한다.

분명 그럴 생각으로 등 뒤로 돌아갔는데 상대의 모습은 이미 사라지고 없었다.

"어째서…… 이렇게 된 거지?!"

적당히 봐줄 작정이었다.

상대는 왕족이다. 학교 내에서 신분은 아무 상관없다고들 하지만 너무 심하게 하면 곤란해질 거라는 건 알고 있었다.

하지만 거리를 좁힐 때까지는 진심이었다. 등 뒤로 돌아간 다음, 정신을 차렸을 때는 이미 바닥에 세게 내던져져 있었다.

졸트에게는 압도적인 어드밴티지가 있었다.

다른 사람들은 아직 철도 들지 않았을 때부터 수행을 시작한 것이다. 전생에서처럼 멍하게 지내지 않고 매일 끊임없이 노력했다.

아기였던 시절, 아직 움직이지도 못할 때부터 사용해온 방어 마법. 그 마법은 이미 숙련의 영역에 달했고 그 누구의 공격도 막아낼 수 있었다.

『그 노력이라는 건 시스템 메뉴에서 마법을 계속 선택하기만 하면 되는 건가?』

마음속에 울려 퍼지는 목소리에 경악한 졸트는 등 뒤를 올려다 봤다.

그곳에는 왕자라는 얘기를 들으면 모두가 상상할 만한 미소년이 서 있었다.

마니 왕국의 제2왕자 달리안. 올해 신입생으로 가장 주목 받고 있는 소년이다.

졸트는 혼란에 빠졌다.

마음을 읽히고 있다. 그리고 마음속으로 말을 걸어오고 있다고 밖에 생각할 수 없었다.

『놀라게 했다면 미안하군. 하지만 안심해. 내가 시스템에 간섭해서 도달할 수 있는 건 표층 의식까지다. 마음속 깊은 곳까지 마음대로 들어가진 못해.』

이 세계에는 염화(念話)에 관한 기술도 존재한다. 그러나 졸트가 아는 한, 그 기술을 사용하기 위해선 양자의 동의가 필요했다. 지금처럼 일방적으로 마음을 읽고 말을 거는 건 불가능했다.

『서툰 마법이라도 여러 번 사용하다보면 숙련도는 올라가는 법이니까. 그것도 노력이라면 노력일 수도 있지만.』

비웃음 당했다고 느낀 졸트는 자기도 모르게 일어났다.

그리고 달리안과 마주보고 섰다.

『등 뒤 쟁탈전은 내가 이긴 것 같은데 아직 더 할 생각인가?』

"닥쳐!"

질 수는 없었다.

여기서 지면 다시 똑같은 일의 반복이다. 한 번 꺾이면 두 번 다시 일어나지 못한다. 그것은 전생에서 충분히 깨달았다.

졸트는 붕괴(디스인테그레이트)를 사용하기로 결심했다.

붕괴는 말 그대로 붕괴를 가져오는 마법이다. 광선 형태로 쏘면 날카롭게 뚫을 수도 있고 범위를 확대하면 대규모 파괴 마법이 된다.

물론 이런 짓을 하면 단순히 왕족을 죽이는 것으로 끝나지 않는다. 학교 자체가 붕괴될 테고 이곳에 있는 모두가 전멸하게 될 것이다.

그렇지만 졸트는 아무래도 상관없었다.

질 바에는 차라리 전부 다 엉망진창으로 만들겠다고 진심으로 생각했다.

"받아랏!"

마법이 발동한다.

그러나 졸트가 기대한 광경은 나타나지 않았다.

모든 것이 먼지가 되어 사막으로 변해야 했다. 그런데 눈앞의 경치는 아무것도 변하지 않았다.

마력은 팍 줄어들어 있었다.

그렇다면 마법은 발동한 것이다.

그런데 주위에는 아무 영향도 없었다.

달리안에게 효과가 없을 가능성은 있었다.

랭크가 위인 방어 마법이라면 막을 수 있고 위력을 감쇄시키는 것도 가능하다.

하지만 아무 일도 일어나지 않을 순 없었다. 달리안이 방어했다 해도 주위에 있는 사람들과 건물까지 지키는 건 불가능하다.

『미안하지만 마법은 해석해서 무효화 시켰어.』

졸트는 그 자리에 주저앉았다.

그런 일이 가능할 줄은 꿈에도 몰랐던 것이다.

마법이라는 건 어차피 스킬이고 선택해서 발동하는 것에 지나지 않는다.

해석이니 연구니 하는 것들은 다 무의미하다고 믿고 있었다.

달리안이 가까이 다가왔지만 졸트는 여전히 고개를 숙이고 있었다.

『사실 첫 번째는 실패했어. 나야 무사했지만 학교가 모래가 되었지. 그래서 방금 그건 두 번째야. 아주 완벽하게 무효화 시킨 건 아니란 거지.』

달리안은 즐겁게 말했지만 그 말을 들은 졸트는 등골이 오싹해졌다.

그것이 사실이라면 달리안은 시공조차 다룰 수 있다는 뜻이다.

그런 사람을 상대로 어떻게 맞서 싸워 이길 수 있단 말인가.

『도대체 넌…… 정체가 뭐냐…….』

『아, 그렇게까지 대단한 사람은 아니야. 네가 룬 파이터라는 클래스를 가지고 있는 것처럼 내 클래스는 시스템 엔지니어(SE)일 뿐.』

처음 들어보는 클래스. 그러나 졸트는 막연히 그것이 무엇인지 이해할 수 있었다.

그것은 이 세계를 지배하는 시스템에 관여할 수 있는 힘이라는 것을.

시스템상에서 발동하는 마법과 스킬을 무효화하고, 시스템을 통해 시간까지 조종한다.

『……죽여라…….』

그런 상대를 앞에 두고 무엇을 할 수 있단 말인가. 졸트는 절망에 빠졌다.

이젠 무리라고, 다시 인생을 살게 되었지만 다 소용없는 짓이라는 것을 깨달은 것이다.

『죽일 생각이라면 이렇게 귀찮은 짓 따윈 하지 않아.』

달리안이 쭈그리고 앉아서 졸트의 얼굴을 들여다본다.

『죽이지 말라고 들었는걸. 게다가 방금 그 마법은 꽤 흥미로웠어. 어떻게 익힌 거지? 연구할 수 있게 해주지 않을래?』

졸트는 비틀거리며 고개를 들었다.

무슨 말을 하는 건지 잘 이해가 되지 않았다.

『나쁘게 대하진 않을 거야. 난 대화가 통하는 사람이거든.』

졸트는 굴복하고 달리안 휘하에 들어갈 수밖에 없었다.

*****

달리안은 잇달아 전생자들을 동료로 삼았다.

졸트와 똑같은 사람은 얼마든지 있었던 것이다.

다시 태어난 환경에 큰 차이가 없으면 전생의 차이가 그대로 힘의 차이가 된다.

전생에서 아무 노력도 하지 않고 아무것도 이루지 못한 졸트는 다른 전생자들을 도저히 당해내지 못했다. 졸트가 할 수 있는 노력은 이미 다른 사람들도 하고 있기 때문이다.

달리안은 전생자들을 모았고 언젠가부터 그 집단은 무적군단이라 불리게 되었다.

힘을 원해서 그런 건 아니다. 힘이라면 달리안 한 명으로도 충분했다.

무엇이 목적인지 알 수 없었다.

왕족이지만 왕위에는 흥미가 없는 것 같다.

그 정도 힘이면 왕도의 지하에 있는 마계도 공략할 수 있지 않을까 싶었지만 달리안이 마계로 향하는 일은 없었다.

그의 말에 따르면 마계는 이미 서민들의 생활의 일부가 되었기 때문에 현 상황을 바꾸는 건 바람직하지 않다고 했다. 마치 자신이 가면 마계 정도는 간단히 봉인할 수 있다고 말하는 듯이.

그럼 그는 무슨 일을 하고 있느냐 하면, 세상을 바로잡는답시고 국내를 돌아다니고 있었다.

이 나라에서 왕족이 여기저기 나다니는 건 자주 있는 일이지만 이렇게 오랫동안 밖으로만 다니는 건 드문 경우였다.

나라 곳곳을 돌아다니다가 해괴한 사건이나 소문을 들으면 곧장 달려가서 그것을 해결했다.

그것은 졸트의 눈에 마치 무언가를 찾고 있는 것처럼 보이기도 했다.

"반마라. 그렇게 다루기 힘든 걸 **빼앗아서** 대체 어떻게 할 작정이지?"

어느 날, 달리안이 반마 강탈사건을 주목하기 시작했다.

그런 일이 한두 건 정도라면 무적군단이 나설 필요는 없다.

반마는 물건에 지나지 않고 그 소유자는 대부분 귀족 이상의 상류계급이지만, 그래도 역시 단순한 절도사건에 지나지 않기 때문이다. 그 정도 일은 당사자가 해결하면 된다.

하지만 동일범에 의한 연속강탈사건이 되면 이야기는 달라진다. 심지어 범인 중에는 흡혈귀도 있다고 했다.

평범한 사람이라면 이 사건을 해결하러 갈 엄두도 내지 못할 것이다. 그러나 이런 게 바로 달리안에게 필요한 사건이었다.

*****

"좋아, 죽일 거면 나를 죽여 봐라!"

로버트가 도발하는 것처럼 소년의 앞으로 말을 몰고 간다.

졸트는 연민어린 눈으로 그 소년을 바라보고 있었다.

겉으로 볼 때 일본인인 걸 보면 졸트를 비롯한 전생자들과는 다른 전이자일 것이다.

물론 상대가 전이자라면 결코 방심하지 않는다. 모든 수단을 동원해서 해석하는 건 당연했다. 하지만 결과는 기프트를 가지고 있지 않은 평범한 소년이라는 것을 알게 되었을 뿐이다.

게다가 기프트를 사용하더라도 달리안이 직접 손을 쓴 무적 장갑 앞에서는 아무 의미도 없다.

"죽어."

소년이 로버트를 가리킨다.

아주 우스꽝스러운 모습이었다. 그게 마지막 저항이라면 이보다 더 한심한 이야기는 없을 것이다.

졸트는 곧 보게 될 소년의 모습을 상상했다.

인간으로서의 모습을 유지하긴 힘들 것이다. 그게 바로 로버트의 성벽이기 때문이다. 한계까지 괴롭히고 차라리 죽는 게 나을 것 같은 고통을 주고도 그대로 죽도록 놔두지 않는다.

그런데 로버트는 말에서 떨어졌다.

졸트는 이해가 되지 않았다.

몸이 기우뚱 흔들리나 싶더니 말에서 떨어져 그대로 움직이지 않게 되었다.

"난 임의의 대상을 죽일 수 있어. 그러니까 그만 돌아가."

소년이 이쪽이 알아듣기 쉽게 차근차근 말한다.

그러나 그 말에 담긴 것은 체념이었다.

어차피 당신들은 이해하지 못하겠지. 이렇게 말하고 싶어 하는 것 같았다.

무슨 말인지는 알겠다.

그 말대로라면 로버트는 이 소년의 손에 죽은 것이다.

하지만 영문을 모르겠다.

로버트는 달리안이 개발한 무적 장갑을 장비하고 있었다.

그 장갑은 마치 기적과도 같았다. 예전에 달리안은 졸트의 마법을 무효화시킨 적이 있는데 그것을 누구나 다룰 수 있도록, 평범한 옷감에 지나지 않는 군복에 그 효과를 부여한 것이다.

그것은 그 어떤 마법도 다 해석해서 무효화 시키고 모든 상태이상, 속성 공격, 물리 공격까지 완전히 무효화 시킨다.

그것은 이 세계를 지배하는 시스템에 간섭했다.

그렇기 때문에 무적인 것이다.

달리안이 즉흥적으로 만든 물건이긴 하지만 그래도 지금까지 이 장갑을 깨부순 자는 없다.

시스템에 사로잡혀 있는 사람에게 이 장갑은 상상을 벗어난 물건이다.

이 세계에서 힘이란 기프트이고 기프트는 시스템이 처리하는 현상에 지나지 않는다.

그렇다면 기프트로 무적 장갑을 파괴하는 건 절대 불가능하다.

"이 놈! 우리 무적군단이 누구인지 모르는 거냐!"

그래서 졸트는 그런 말을 할 수 있었다.

우리는 무적이라고, 장갑이 파괴되는 일은 없을 거라는 생각이 그런 말을 가능하게 했다.

"좋아! 이런 놈은 달리안 님의 손을 더럽힐 것까지도 없어! 내 마법으로——."

빙염(氷炎)의 마녀, 이레네가 외친다.

졸트는 말리려 했다. 이 여자는 적당히라는 것을 모른다.

그 힘을 해방하면 주위 일대에 절대영도의 폭풍이 휘몰아칠 것이다.

그렇게 되면 졸트 일행은 무적 장갑 덕분에 무사하겠지만 회수해야 할 반마들이 몽땅 다 죽어버리게 된다.

하지만 그 걱정도 기우로 끝났다.

이레네도 말을 끝까지 하지 못한 채 낙마했기 때문이다.

졸트는 두 사람이 죽었다는 사실을 인식했다.

시스템을 통해 그들의 스테이터스가 사망으로 되어 있는 것을 알았기 때문이다.

이 자리에 있는 다른 동료들도 모두 인식했을 것이다.

"당연하지만 공격해오면 반격할 거다. 그리고 도망치는 사람은 공격하지 않을 테니까 안심하고 도망쳐."

소년은 이레네를 죽인 일에 대해 말하고 있었다.

하지만 소년은 아무것도 하지 않았다.

아까처럼 죽으라는 말조차 하지 않았다.

"말도 안 돼……."

버나드가 중얼거린다.

"이런 일이 있다는 게 말이 돼?!"

격앙해서 검을 뽑더니 또 말에서 떨어진다.

세 명째.

이젠 의심의 여지가 없다.

이 소년의 말은 사실이다. 임의의 대상을 죽일 수 있고 그를 죽이려고만 해도 반격을 당한다.

"리절렉션(소생)!"

사리아가 말에서 떨어진 세 명으로 대상으로 마법을 사용한다.

그녀의 소생 마법은 파격적이다.

누가 누구인지 분간이 가지 않을 정도로 산산조각이 난 십수명을 한 번에 소생시킨 적이 있었다. 그래서 그녀는 생명을 가지고 노는 자, 모독의 마녀라 불렸다.

하지만 그 마법은 효과를 발휘하지 못했다.

애당초 어떤 원인으로 죽었는지도 몰랐다.

겉으로 볼 때 낙마한 세 사람에게 외상은 없다. 그런데도 죽었다. 더 이상 움직이지 않는다.

"도대체 뭐가 어떻게 된 거야! 멀티플 리절렉션(다중소생)!"

사리아가 소년을 향해 마법을 외쳤다.

그것은 살아 있는 인간에게 소생 마법을 행사하는 금기. 영혼과 육체를 겹쳐서 보기에도 무참한 모습으로 바꾸는 외법(外法)이다.

그러나 결과는 동일했다.

사리아도 힘없이 말에서 떨어져 그대로 꼼짝도 하지 않았다.

"당신들, 바보야?"

소년이 어이없어하며 말한다.

더 이상 무모하게 덤비려는 자는 나오지 않았다.

원인은 모르지만 이미 네 명이 죽었다.

자신은 괜찮을 거라면서 덤벼들 마음은 도저히 들지 않았다.

일단은 그런 것으로 이해하는 수밖에 없다.

그리고 그건 다른 동료들도 마찬가지이리라. 영문을 모르겠지만 더 이상 뭔가를 해선 안 된다는 것을 깨달은 것이다.

모두 움직임을 멈췄다.

말이 불만스럽게 우는 소리만 초원에 울려 퍼지고 있었다.

——이상해……. 이럴 순 없어!

졸트는 행복했다.

쓰레기 같은 전생에서 벗어나 새로운 인생을 살아간다.

지금까지는 잘 되고 있었다.

자신의 힘으로 마음대로 살다가 좌절을 맛보았다. 그러나 보다 강대한 힘의 비호 아래 들어가는 것에는 행복이 있었다.

졸트는 방약무인하게 행동하는 것에 죄책감을 느끼고 있었다.

마음에 들지 않는 놈은 죽이고 마음에 든 여자는 시중을 들게 한다. 힘이 있으면 원하는 대로 할 수 있지만 정말 그런 일이 하고 싶었는가 하면 그렇다고 대답할 자신은 없었다.

제한 없는 자유를 얻었다 해도 어찌할 바를 모르겠다. 졸트는 그런 인간이었고 달리안 같은 강자를 따르는 것이 기쁨이었다.

무엇이 올바른지 스스로 생각할 필요는 없다.

어떤 경우에도 달리안이 옳다. 졸트는 그것만으로 충분했다.

그렇기 때문에 아무리 봐도 인간인 반마를 물건으로 취급해도, 방해하는 민간인을 죽여도 달리안이 괜찮다고 하면 괜찮다고 생각했다.

그것은 평소처럼 세상을 바로잡기 위한 여행 중에 일어나는 사소한 에피소드에 지나지 않았다.

단지 그런 것일 뿐. 아무리 복잡기괴한 사건이라도, 마왕의 수

하인 마족들이 쳐들어와도, 설사 흡혈귀가 상대라 해도 아무 문제도 없다.

무슨 일이든 달리안이 다 알아서 해줘서 졸트와 동료들은 그를 찬양하기 바빴다. 이번에도 그렇게 될 줄 알았다.

그런데.

눈 깜짝할 사이에 네 명이 죽었다.

그것은 공포였다.

멍하게 서 있는 소년에게선 그 어떤 위협도 느껴지지 않는데 동료들은 아무 저항도 못하고 어이없이 죽음에 이르렀다.

점과 점이 이어지지 않는다고 해야 할까, 뭔가 중요한 것을 놓친 것 같은, 기억에 착오라도 있는 것 같은 불쾌한 기분.

소년은 분명 무언가를 했지만 그게 뭔지 도통 알 수가 없다.

알 수 없다는 점이 무엇보다 두려웠다.

논리가 통하면 경계도 할 수 있고 설사 죽더라도 납득은 할 수 있다.

그러나 이 소년에겐 그것이 없다. 그 어떤 이론도 인과도 모른 채, 그저 죽음에 이른다. 그건 너무 불합리한 일이었다.

졸트는 매달리듯 달리안을 쳐다본다.

달리안이라면 분명 어떻게든 해줄 것이다. 그렇게 믿는 수밖에 없었다.

7화   고스펙에 인기 많은 놈은
전생을 해도 행복한 인생을 보낼 수 있을까

나중에 달리안이라 불리게 되는 남자는 천수를 다 누렸다.

만족스러운 인생이었다.

유복한 가정에서 태어나 부족한 것 하나 없이 자라나서 자신의 위치에 자만하지 않고 면학에 힘써서 세계 유수의 대부호가 되었다.

그 사업에 뒤가 구린 점은 무엇 하나 없으며 세계에 공헌하기 위한 다양한 자선사업도 했다.

열애 끝에 결혼해서 사랑하는 가족도 얻었고 그가 죽은 후에는 수많은 사람들이 진심으로 눈물을 흘렸다.

그 인생은 행복으로 가득했다.

물론 아무 후회도 없다고 하면 거짓말이다.

하지만 그는 하고 싶은 일을 하기 위해 최선을 다했다.

부와 미모와 명성과 권력을 겸비한 그가 이루지 못하는 것은 다른 누구도 이루지 못할 거라 생각하고 단념할 수 있었다.

남자는 그렇게 모든 일이 잘 풀리는 인생을 살았다.

"예~이! 마루나리루나의 마루나 짱입니다!"

그래서 사후에 의식이 있든, 한 소녀가 힘차게 뛰쳐나오든, 남자는 그런 일도 있겠거니 하고 받아들였다.

남자는 운이 좋은 사람이었다. 적당한 타이밍에 기묘한 일이 일어나는 건 남자에게는 너무 당연한 일이었다.

"넌 누구지?"

육체가 없는데도 보고 듣고 말할 수 있었다.

"신이야!"

"그렇군. 어떤 종교든 나름대로 몸을 담아봤는데 이렇게 귀여운 소녀가 신인 줄은 몰랐어."

"네가 아는 신이 아니라서 그래. 죽었다는 자각은 있어?"

"있어. 사후 세계가 있는 줄 몰라서 놀란 것뿐이야."

"엄밀히 말하면 사후 세계 같은 건 없어. 의식과 기억, 대충 뭉뚱그려서 영혼이라고 하는데 그게 남는 건 한정된 사람뿐이야!"

그렇다면 자신의 영혼이 남아 있는 것도 그리 이상한 일은 아니라고 생각했다. 한정된 사람이란 바로 자기 같은 사람을 말한다는 걸 알고 있기 때문이다.

"그런데 내게 무슨 용건이라도?"

"전생시켜서 내 말로 삼을 생각이야! 새로운 육체와 편리한 능력을 이것저것 줄게!"

"하하. 거부권은 없겠지?"

"당연하지. 난 신이니까."

"그럼 난 뭘 하면 되지?"

"원하는 대로 살면 돼! 우린 시간도 때울 겸 그냥 관찰만 할 거니까."

"우리?"

"콤비를 이루고 있는 애가 있는데 그쪽은 쓰레기 같은 놈은 전생시켜줘도 역시 쓰레기 같은 놈이지 않을까? 라는 컨셉으로 말을 찾고 있어."

"그렇군. 나도 어떤 컨셉에 따라 선택된 건가?"

"고스펙에 인기 많은 놈은 전생을 해도 행복한 인생을 보낼 수 있을까 라는 컨셉?"

"『왕자와 거지』 같은 이야기?"

"네가 가난한 집안에서 시작되는 인생일지도 몰라! 어떻게 될지는 일단 해봐야 아는 거니까!"

그리고 소녀의 모습이 사라지고 남자는 전생을 하게 되었다.

*****

달리안은 마니 왕국의 제2왕자로 태어났다.

이것이 우연의 결과라면 무슨 일이든 술술 잘 풀리는 운은 이 세계에서도 지속되고 있는 것이리라.

순풍에 돛을 단 격이었다.

신에게 받은 힘을 사용하지 않아도 달리안의 인생은 순조롭게 흘러갔다.

전생의 지식과 경험이 있으면 왕가라는 특수한 환경에서도 요령껏 잘 살아갈 수 있었다.

환경이 변해도 달리안이 하는 일에는 별다른 변화가 없었다.

기를 쓰지 않고 마음 편하게, 할 수 있는 일을 담담하게 해나가면 그것이 곧 최고의 결과를 만들어낸다.

달리안은 조금 낙담했다.

결국 이 세계에서도 인생이라는 건 간단한 것인 모양이다.

그렇다면 어떻게 할 것인가.

달리안은 인류를 구원하기로 했다.

언젠가 왕이 되어 마니 왕국을 지배한다. 그 정도 일은 별다른 노력 없이도 실현 가능하다.

하지만 그건 너무 시시하다. 앞이 보이는 일을 하는 건 지긋지긋하다.

그렇다면 좀 더 어려운 일을.

누구도 한 적 없는, 할 수도 없을 것 같은 일을 해야겠다고 생각했다.

이 세계에서 인류는 불면 날아갈 것 같은 존재다.

고대의 마신들, 외세계의 신, 어그레서, 현자 일족 등, 수많은 경이가 인류를 위협하고 있다.

그 모든 것들을 배제해서 인류에 의한 세계 통일을 이룬다.

아주 재미있을 것 같았다.

그리고 그러기 위해서는 신에게 받은 힘도 최대한으로 활용할 필요가 있을 것이다.

신에게 받은 힘은 두 가지다.

하나는 죽더라도 다시 할 수 있는 힘.

죽었을 경우에는 최대 열흘 정도 과거로 돌아갈 수 있다.

사전에 돌아갈 날짜와 시간을 지정하는 것도 가능하다.

파격적인 능력이긴 하지만 사용할 때마다 죽음의 고통을 맛보게 된다.

어디까지나 긴급 피난을 위한 힘이다.

또 하나는 이 세계에서 기프트라 불리는 힘 자체에 간섭할 수 있는 힘이었다.

이 세계에는 배틀송이라는 이름의 시스템이 존재한다. 마법과 기프트 같은 초현실적인 힘은 이 시스템을 매개로 구현화된다.

그 시스템에서 달리안의 클래스명은 시스템 엔지니어. 통상적으로 발현하는 일이 없는 파격적인 클래스이다.

시스템 엔지지어는 최강에 이를 가능성이 있는 기프트이지만 그건 어디까지나 가능성이다.

시스템에 간섭할 수 있다고 해도 거기엔 잡다한 절차와 복잡한 지시가 필요하다.

대부분의 사람은 이해조차 하기 힘들어 아깝게 썩힐 수밖에 없는 기프트다.

하지만 달리안은 천재였다.

끊임없는 노력과 연구로 서서히 그 힘을 사용할 수 있게 된 것이다.

*****

12세가 된 달리안이 귀족 자제들이 다니는 학교에 입학했을 때의 일이다.

"마루나리루나의 리루나입니다!"

갑자기 시간이 멈추고 어디선가 소녀가 나타났다.

"예전에 만난 신의 동료인가?"

"맞아! 그 애는 마루나이고 난 리루나!"

"무슨 용건이지?"

"부탁이 있어~. 이 학교에는 졸트라는 아이가 있는데 엄청나게 자기 잘난 줄 아는 녀석이라 아마 싸움을 걸어올 것 같은데 죽이지 말아줘."

그가 말로만 듣던 쓰레기 같은 인생을 살았던 사람인가 보다.

"관찰하기만 한다고 들었는데?"

"그렇긴 한데~. 이런 곳에서 죽어버리면 그것도 재미없잖아?"

"알았어. 적당히 봐주면 되지?"

"고마워~. 보답으로 이 시간을 조종하는 기술을 사용할 수 있게 해줄게."

그리고 리루나는 갑자기 사라졌고 시간은 움직이기 시작했다.

입학식이 있은 지 며칠 후, 리루나의 예언대로 되었다.

졸트라는 상급생에게 불려간 것이다.

친목도 쌓을 겸 시합을 하자고 했다. 그로 인해 격투장에는 많은 학생들이 모여 있었다.

졸트의 힘은 어중간했다.

질 리는 없겠지만 예고가 없었다면 적당히 봐주지 않고 그냥 죽여버렸을지도 모른다.

그러나 달리안은 능숙하게 졸트를 압도해서 자신의 지배 아래 두었다.

그 일이 있은 후, 달리안은 전생자에게 흥미를 가지게 되었다.

그들은 특별한 기프트를 가지고 있는 경우가 많다.

그것을 해석하니 달리안의 능력을 강화하고 시스템에 간섭하는 데 도움이 되었다.

의식적으로 찾아보니 전생자, 전이자는 금방 발견할 수 있었다.

자기들 딴에는 숨긴다고 숨긴 것 같지만 대부분이 오만하고 가만히 있지 못하는 성격이라 금방 들통 났다.

달리안은 그들을 동료로 삼기로 했다.

방치해두면 머지않아 당치도 않은 짓을 저지를지도 모르는 녀석들이다. 한군데 모아서 관리하는 게 편하고 연구하기도 좋다.

그러는 동안 어느새 무적군단이라 불리게 되었다.

당연히 현자들이 눈독을 들였지만 왕족이라는 이유로 현자가 되는 일은 피할 수 있었다.

현자가 될 수 있으면 되는 게 더 유리하긴 하다.

하지만 현자에게는 현자를 죽이지 못하는 제한이 붙어 있었다.

언젠가 현자들도 다 없앨 생각인 달리안에게는 별로 마음에 들지 않는 조건이었다.

게다가 현자가 되어봤자 시스템의 한계를 뛰어넘지는 못한다.

달리안은 시스템 따윈 전혀 개의치 않는 자들이 있다는 것도 알고 있었다.

최고봉의 기프트를 가진 현자도 힘에 부치는 어그레서가 존재하고 있기 때문이다.

그들을 타도하기 위해서는 어떻게 하면 될까.

정신을 차리고 보니 달리안은 신의 영역에 이르는 길을 모색하고 있었다.

*****

학교를 졸업하자 달리안의 행동 범위는 더 넓어졌다.

마니 왕국 곳곳을 느긋하게 여행하게 된 것이다.

원래 봉인의 힘으로 각지를 통치하던 일족이 왕족의 기원이다. 왕족은 그 힘으로 백성들에게 봉사한다는 것이 관습이기 때문에 제2왕자가 국내를 돌아다니는 건 그리 문제가 되지 않았다.

국내를 돌아다니며 전생자를 모아서 봉인을 조사한 다음 마국에서 온 마인을 물리친다.

그것은 모두 자신을 강화하기 위한 것이었다.

인류를 구하기 위해서는 우선 절대적인 무력이 필요하기 때문이다.

세상 사람들은 그런 달리안의 행동을 세상을 바로 잡기 위한 것이라 생각하고 있는 것 같았다.

굳이 부정할 일도 아니라 달리안은 그런 것처럼 행동했다.

그는 자신의 강화를 가장 우선시했지만 어려움에 처한 국민을 도와주는 일도 게을리 하지 않았다.

인류를 구한다는 거창한 일을 하기에 앞서 지금 현재 곤경에 처해 있는 국민을 구해야만 한다. 그에겐 너무 당연한 일이었다.

게다가 평판이 좋다는 건 정보 수집 면에서도 아주 유리했다.

얼핏 사소해 보이는 사건도 소문으로 들을 수 있기 때문이다.

"반마라. 그렇게 다루기 힘든 걸 빼앗아서 대체 어떻게 할 작정이지?"

달리안은 한 마을에서 반마를 강탈당하는 사건이 잇달아 일어나고 있다는 이야기를 들었다.

"마술사 시장에서는 꽤 고가에 거래되고 있다고 들었어."

졸트가 말했다.

반마는 희소하고 실용성도 있다. 그 가치를 알고 있는 사람들 사이에서 유통되고 있다는 말이었다.

"그렇지만 평범한 강도가 굳이 반마를 노리진 않을 텐데. 값나가는 물건은 가져가지 않았다고 하고."

신경이 쓰인 달리안은 조사를 시작했고 뜻밖의 사실을 알게 되었다.

범인은 반마인 것 같았다.

다소 기묘한 일이었다.

야생 반마의 수는 얼마 되지 않는다. 개별적으로는 강할지 몰라도 인간의 마을을 습격해서 동료를 탈환할 수 있을 정도의 세력은 아니었다.

따라서 반마는 붙잡힌 동료를 구하러 오지 않는다. 그것이 지금까지의 상식이었다.

게다가 이 사건에서는 폭력적인 일은 조금도 일어나지 않았다.

반마에는 종자형, 감금형, 구속형, 봉인형 등, 몇 가지 이용 형태가 있다.

그런데 그 모든 것들이 순식간에 사라지고 없었다고 한다.

이 사건에 관심을 가지게 된 달리안은 조사를 계속 진행, 반마 중에 흡혈귀가 된 자가 있다는 단서를 잡았다.

흡혈귀의 매료 능력으로 반마의 소유자를 조종해서 빼앗은 것이다.

달리안은 반마를 회수하기 위해 움직이기 시작했다.

부당하게 강탈당한 물건을 되찾아온다. 그에겐 지극히 당연한 일이기도 했지만 그는 동시에 흡혈귀에게도 꽤 흥미를 가지고 있었다.

흡혈귀는 배틀송 시스템상에서는 클래스로 취급하고 있지만 현자가 나타나기 전부터 이 세계에 존재하고 있었다는 소문도 있는 존재다.

그렇다면 연구를 해보면 도움이 될지도 모르겠다고 그는 생각했다.

*****

"이건 네가 한 짓이지?"

공포에 빠져 있는 자들을 곁눈질하면서 달리안은 태연하게 말했다.

소년의 스테이터스는 위장되어 있었다. 하지만 그 위장을 간파했더니 어떤 기프트도 가지고 있지 않다는 사실만 드러났다.

즉 이 소년이 무언가를 했다면 그건 배틀송이라는 시스템과는 관계가 없는 것이라는 뜻이 된다.

"그래. 알았으면 그만 돌아가."

"그건 불가능해."

"왜지? 반마를 되찾지 못하면 물러나는 수밖에 없잖아."

"음, 설명할 필요도 없겠다고 생각했는데. 넌, 혹시 반마의 용도가 뭔지 알고 있나?"

"……결계?"

소년은 잠깐 생각한 후 말했다. 자세한 것은 몰라도 대강의 사정은 알고 있는 것 같다.

"음, 생각했던 것보다 이해가 빠르겠군. 이 세계에는 수많은 위협이 있지. 그것들을 봉인하기 위해서는 결계가 필요하고 결계를 만들기 위해서는 반마가 필요해."

"그래서 뭐?"

"인간의 생명을 숫자로 생각하는 건 좀 그렇지만, 백만 명을 구하기 위해 백 명을 희생시키는 건 어쩔 수 없다고 생각하지 않아? 사실 그런 일을 하는 게 바로 나라라는 거잖아?"

"무슨 말을 하고 싶은지는 알겠는데 나와는 상관없어, 그딴 이야기."

"타카토 군! 그렇게 노골적으로 말하면 어떡해!"

소년이 아무래도 상관없다는 투로 말하자 옆에 있는 소녀가 태클을 걸었다.

소녀는 그나마 정상적인 감성을 가지고 있는 것 같다.

"괜찮아? 네가 이 소수의 반마를 구해주는 대신 아무 관계도 없는 다수의 사람이 죽게 되어도."

"당신, 강하잖아? 봉인되어 있는, 뭔지 잘 모르는 놈도 당신이 없애면 되잖아?"

"뭐가 나올지도 몰라. 가능하면 현상 유지를 하고 싶거든."

봉인이 풀리더라도 제거하는 데 큰 무리는 없을 것이다.

하지만 그것이 어떤 싸움이 될지, 그 영향이 어디까지 미칠지는 모른다. 그 일로 인해 불필요한 피해가 발생할지도 모른다.

인류를 구하는 것이 목적인 달리안이 그런 짓을 하는 건 본말전도다.

"하지만 이젠 반마 따위 아무래도 상관없어. 위험도가 높은 봉인에 남아 있는 반마를 집중시키는 식의 방법도 있으니까."

그렇게 말하며 달리안은 말에서 내렸다.

"내가 물러나지 않는 건 너 때문이야."

"동료를 죽였기 때문이야?"

"물론 그것도 있지. 네가 한 짓은 우리나라에서는 살인죄에 해당된다. 인과관계가 불분명하지만 자백도 있고 왕족인 내가 보고 있었으니 죄는 면하지 못해."

"말해봤자 소용없겠지만 난 반격한 것뿐이다."

소년은 달리안의 부하를 죽인 순간에도 눈썹 하나 까딱하지 않았다.

거짓말로도 이 세계는 평화롭다고 말하기 힘들기에 달리안도 가끔 사람을 죽일 때가 있다.

그렇지만 사람을 죽일 때 아무것도 느끼지 못하는 건 아니다.

상대가 아무리 나쁜 사람이라도 사람을 죽일 때는 저항감을 느끼게 마련이다.

그런데 소년은 아무것도 느끼지 못하는 것 같았다. 그게 바로 달리안이 이 소년을 살려두어선 안 되겠다고 생각한 이유 중 하나다.

"넌 아무 짓도 하지 않은 내 동료를 죽였다. 그에 따른 죄책감은 느끼고 있나?"

"가만히 보고 있으면 내가 죽어. 어쩔 수 없잖아."

"과연 그럴까. 난 과하다고 생각하는데. 그런 건 결국 네 재량에 달린 거야. 객관적인 증거도 없이 죽임을 당할 것 같아서 죽였다니, 그건 변명도 못 돼."

"변명할 생각도 없지만 그쪽이 납득해주기를 원하는 것도 아니야. 내 요구는 어서 돌아가 달라는 것뿐이다."

소년은 조금 짜증이 나기 시작한 것 같았다.

무턱대고 죽이려 들진 않았다. 그렇지만 이쪽에서 손을 대려고 하면 기계적으로, 아무 생각 없이 담담하게 죽일 것이다.

"넌 임의의 상대를 죽일 수 있어. 거기엔 그 어떤 액션도 필요하지 않고."

"그래."

"그리고 죽임을 당할 것 같다는 이유로 무언가를 하려고 한 상대를 간단히 죽인다. 즉 네 기분에 여하에 달렸다는 거지. 조금이라도 마음에 들지 않는 상대를 생각만으로 죽일 수 있고. 자신이 상당히 위험한 인물이라는 자각은 있어?"

"당연히 자각 정도는 하고 있어."

소년은 그렇게 말하며 눈썹을 찌푸렸다.

"그런가. 그렇다면 넌 죽어야 해. 살아 있는 것이 허락되지 않는 존재다."

"그런 식의 이야기는 자주 들었지."

"잠깐! 당신이 그런 말을 할 자격은 없다고 생각하는데!"

소녀가 끼어들었다. 소년은 별 생각 없는 것 같았지만 소녀의 얼굴은 분노로 일그러져 있었다.

"있지. 살아 있는 모든 존재, 그에게 죽을지도 모르는 모든 이들에게는 그를 비난할 권리가 있어."

그 말에 소녀는 입을 다물었지만 분을 풀 길이 없는 것 같은 태도였다. 반론은 못하지만 납득도 못하는 것 같다.

"새삼스럽지만 한 가지 물어보지. 자결할 생각은?"

"진짜 새삼스럽네. 그럴 생각이었으면 벌써 하고도 남았어."

"그렇겠지."

"일단 말해두지만 나한테 아무 짓도 하지 않으면 나 역시 아무 짓도 안 할 생각인데……. 뭐, 이런 분위기에서 나한테 아무 짓도 안 한 경우는 없으니까……."

소년이 곤란한 표정을 짓는다.

어이없어 하는 것 같기도 하고 지긋지긋해 하는 것 같기도 한 표정에서는 그 어떤 긴장감도 찾아볼 수 없다.

달리안이 무슨 짓을 하든 대처할 자신이 있다는 뜻이리라.

"넌 더 이상 살려둘 순 없어. 이게 내가 내린 결론이다."

"뭐, 그렇게 생각하는 것도 이해하지 못하는 건 아니야. 나도 나 같은 놈이 있으면 살려두면 안 된다고 생각하니까."

"여유롭군. 자신은 죽을 리 없다고 깔보고 있는 건가?"

"난 내가 무적의 존재라고 생각하지 않아. 당신의 힘이 내 힘보다 더 강하면 나를 죽일 수 있지 않을까?"

"그런가. 그렇다면 내가 너와 만난 건 우연이 아닐지도 모르겠군. 널 막으라는 하늘의 뜻일지도."

소년은 방심하고 있다. 말로는 무적의 존재가 아니라고 했지만 자신이 진다는 생각은 조금도 하지 않았다.

그렇다면 어떻게든 할 수 있을 것이다.

달리안은 승리를 확신했다.

*****

달리안은 시간을 멈췄다.

엄밀하게 말하면 다르지만 달리안은 이 현상을 그렇게 인식하고 있다.

물론 달리안은 움직일 수 있고 그의 주위 공기는 유동하고 있어서 호흡도 할 수 있으며 그가 만지면 임의의 물체를 움직이는 것도 가능하다.

임의의 대상을 즉사시킨다는 그 힘은 위협적이긴 하다.

하지만 힘의 발동이 소년의 의사에 의한 것이라면 대책은 간단하다.

발동시키지 못하도록 하면 된다.

죽이려고 생각하기 전에 죽이면 된다.

동료들은 공격하려던 단계에서 죽었다.

공격을 감지하는 능력이 있는 것이리라. 그러나 그것도 시간을 멈추면 관계없다.

달리안은 시간 정지는 대부분의 문제를 해결할 수 있는 만능의 능력이라 자부하고 있었다.

하지만 시간 정지는 편리하긴 해도 다소 약점을 가지고 있다.

시간 정지 중에는 다른 마법, 스킬을 사용하지 못하는 것이다.

그리고 물건을 던진 경우, 자신의 몸에서 조금 떨어진 곳에서 정지하고 만다.

그래서 시간 정지를 이용해서 적을 물리치고 싶으면 가까이 접근해서 직접 공격을 가하는 수밖에 없었다.

달리안은 소년의 등 뒤로 돌아갔다.

시간이 정지해 있기 때문에 소년에게 달리안의 모습은 보이지 않지만 만에 하나의 경우를 생각한 것이다.

검이 닿는 거리까지 와서 발을 멈췄다.

달리안이 볼 때 소년은 완전히 정지해 있었다.

그의 머릿속에서는 어떠한 정신 활동도 일어나지 않고 있을 것이다.

즉 달리안의 살의를 감지하지 못하고 달리안의 손에 죽더라도 아무 반응도 하지 못한다.

──문제가 있다면 내 검으로 베지 못할 정도로 단단할 경우이

지만.

사전에 확인해본 바로는 마도구나 스킬, 마법을 사용한 흔적은 없었다.

평범한 인간이고 달리안의 검이 닿으면 그대로 두 동강낼 수 있다. 그건 확실했다.

혹시 빠뜨린 건 없는지 꼼꼼하게 확인했다.

시간 정지는 마력 소비가 방대지만 한 시간 정도는 정지 상태를 계속 유지할 수 있다.

그러니 초조해할 필요는 없다.

충분히 관찰하고 아무 문제도 없음을 확신했다.

그리고 잠깐 생각에 잠긴다.

정말 이대로 죽여도 될까? 이 힘을 이용하면, 혹은 연구하면 인류를 구하는 일에 도움이 되지 않을까.

하지만 그 생각은 금방 버렸다.

이 소년은 인류의 적이고 살아 있는 것만으로도 인류를 계속 위험에 노출시킨다.

1초라도 빨리 숨통을 끊어놓을 필요가 있다며 달리안은 각오를 다졌다.

머리를 일격에 파괴해서 생명 활동을 정지시킨다. 반격할 틈은 조금도 주지 않는다. 즉사 능력이 있더라도 이것으로 끝이다.

전혀 움직이지 않는 상대라면 평소와는 상황이 다르다. 그러다 보니 조금 망설여지긴 했지만 이미지는 금방 떠올랐다.

머리를 오른쪽 위에서 비스듬하게 절단한다. 그 다음 왼쪽 위에서 또 비스듬하게. 마지막으로 일직선으로 베서 정수리에서 사타구니까지 두 동강을 낸다.

첫 번째 일격에 죽겠지만 돌다리도 두들겨보고 건너는 게 좋은 법이다.

달리안은 검을 빼들었다.

그리고 눈이 마주쳤다.

"핫?"

그것은 아무 징후도 없이 나타났다.

눈동자였다.

달리안과 소년 사이에 있는 공간.

감긴 눈꺼풀이 열리는 것처럼, 그것은 나타났다.

안구, 그 자체가 아니다. 눈꺼풀을 가진 가느스름하게 찢어진 눈이 그곳에 있었다.

오싹.

그것은 잇달아 나타나기 시작했다.

"히익."

달리안은 자신도 모르게 비명을 흘렸다.

눈 깜짝할 사이에 일어난 일이었다.

시간이 정지되어 있는 이 공간에서 그것이 어느 정도의 시간을 가리키는지는 모른다.

하지만 정신을 차리고 보니 눈은 셀 수도 없을 만큼 많이 나타나 공간을 차지하고 있었다.

눈. 눈. 눈.

　다양한 눈들이 달리안을 응시하고 있었다. 모든 눈이 달리안을 쳐다보고 있었다.

　달리안의 몸이 공포로 떨렸다.

　눈이 거기에 맞춰 조금씩 흔들린다. 눈은 달리안을 보고 있었다. 그 일거수일투족을 하나도 빠짐없이 관찰하고 있었다.

　그래도 달리안은 검을 휘둘러 올리려 했다. 눈이 검 끝을 주시한다.

　달리안의 움직임은 완벽하게 포착당하고 있었다.

　검을 내리치면 어떻게 될까.

　그냥 가만히 보고 있기만 하진 않을 것이다.

　확실하게 반격당할 것이란 예감이 들었다.

　여기가 분수령이다.

　여기서 조금이라도 소년을 향해 검을 움직이면 죽는다. 그것은 확신이었다.

　그리고 이 상황에서 죽임을 당하는 것은 그냥 죽는 것 이상으로 소름 끼치는 그 무언가를 의미한다.

　달리안은 이 이상한 상황을 이해하고 말았다.

　그것은 눈만으로 이야기한다. 이해를 강요한다.

　이 상황을 파악하라고, 폭력적인 시선으로 노려본다.

　그리고 깨닫는다.

　이 소년의 본질은 눈앞에 있는 육체에 없다는 것을.

　여기서 소년의 머리를 산산조각 내더라도 그것은 본질에 작은 생채기 하나 내지 못한다는 것을.

그것은 인간 따위의 이해가 미치지 못하는, 맞서려는 생각조차 우습고 터무니없는 일인 진짜 괴물.

——왜 이런 것이 인간인 척을 하고 이런 곳에 있는 거지……!

그것은 건드려선 안 되는 것이었다.

그런데도 건드리기 전까지는 모른다.

악질적이고 성질이 더러운 거짓말 같기도 한 존재였다.

이런 건 어떻게 할 방법이 없다.

달리안은 시간의 동결을 해제했다.

*****

등 뒤에서 들리는 소리에 요기리는 뒤를 돌아봤다.

"어? 어째서?"

『축지법…… 은 아닌 모양이군. 단노우라가 그것을 못 볼 리 없다.』

눈앞에 있어야 할 달리안이 어느새 등 뒤에 있다.

그 기이한 일에 모두 놀라워했다.

달리안은 무릎을 꿇고 있었다.

다리에 힘이 들어가지 않는 것 같은 모습으로 고개를 숙이고 있다.

"달리안 님!"

무적군단도 놀라움을 감추지 못했다.

이곳에 있는 모두가 지금 상황을 이해하지 못하고 있는 것 같았다.

"한 번 더 말한다. 돌아가. 내가 요구하는 건 그것뿐이다."

달리안이 천천히 고개를 들었다.

초췌해진 그 얼굴은 마치 다른 사람 같았다.

"……정체가 뭐냐…… 넌…….."

"평범한 고등학생이라는 것 말고는 할 말이 없는데."

"하…… 하하하하하!"

달리안이 오른손을 들더니 관자놀이에 검지를 댄다.

"어이."

요기리는 불길한 예감에 그를 제지하려 했다.

하지만 애당초 어떻게 그것을 막으면 된단 말인가.

파열음과 함께 달리안의 머리가 날아간다.

달리안의 몸은 앞으로 푹 고꾸라졌고 그것을 본 무적군단은 쏜살같이 도망치기 시작했다.

"도대체 왜?! 이유를 모르겠어!"

『음. '너 같은 고등학생이 있을 리 있냐!'라고 자기 몸을 던져서 태클을 걸었다는 가능성은…….』

"없지!"

"이런 결말은 피하고 싶었는데."

가장 좋은 결과라 말하긴 힘들다.

하지만 당면한 목적은 달성했다는 사실에 만족하는 수밖에 없었다.

*****

달리안은 죽음의 충격으로 혼란에 빠져 있었다.

늘 이랬다.

머릿속을 마구 휘저은 것처럼 되면서 감각이 혼탁해진다.

눈앞이 극채색 물감을 흩뿌린 것처럼 변하고 잡음이 청각을 뒤덮었다.

구토를 유발하는 냄새가 콧구멍에서 퍼져가고 무언가가 전신을 기어 다니며 모공으로 침입해오는 것 같은 감촉이 피부를 괴롭힌다.

정체를 알 수 없는 공간 속에 빠진 것 같은 그 느낌은 시간 역행의 부작용이었다.

——그게 뭐였더라…….

모르겠다.

그래도 그런 자가 있다는 건 알았으니 됐다.

다음부터는 피하면 된다.

그건 인간이 맞서 싸우려 해선 안 되는 존재다.

몇 번을 반복해도 이기지 못한다는 게 달리안의 솔직한 감상이었다.

차츰 감각의 혼란이 잦아들고 정신이 드니 달리안은 침대 속에 있었다.

취침 중이었다.

과거로 돌아온 경우, 이 상황이 제일 좋았다.

아침까지 지난 번 행동과 상황을 정리하면 혼란은 줄어들고 주위 사람이 눈치 챌 위험을 최소한으로 할 수 있기 때문이다.

달리안은 눈을 떴다. 우선 지금이 언제인지 알 필요가 있다.

그리고 눈이 마주쳤다.

"으아아아아아아아아아!"

부끄러움이나 체면도 다 버리고 절규한다.

도망쳐왔는데도 무수히 많은 눈이 달리안을 바라보고 있었다.

"이, 이상하잖아! 이곳은 그것과 만나기 전인데!"

그리고 깨달았다. 깨닫게 되었다.

분명 과거로 돌아오긴 했다. 그런데도 눈이 존재한다.

그렇다면 답은 간단하다. 그것은 처음부터 모든 공간에 존재하고 있는 것이다.

그것은 저주일까, 아니면 오염일까.

기억을 계승한 과거로의 이동으로는 그것을 인식했다는 사실을 바꾸지 못한다.

아무리 과거로 돌아가도 그것이 존재하고 있다는 것을 달리안은 알고 말았다.

이젠 어디로도 도망치지 못한다.

달리안이 제정신을 유지할 수 있었던 건 그리 길지 못했다.

8화 쓰레기 니트는 이세계로 전생해도 역시 쓰레기였습니다

졸트와 동료들은 정신없이 말을 달리고 있었다.

체면이고 뭐고 돌아볼 겨를도 없는 전력질주로 말이 어떻게 되든 전혀 신경 쓰지 않는 모습이었다.

그렇게까지 하지 않아도 그 소년은 공격해오지 않을 것이다. 알고 있는데도 그 자리에 가만히 있을 수 없었다.

달리안이 죽었다.

심지어 자살이다.

무슨 일이 있었는지 모르겠지만 예사롭지 않은 일이라는 것만은 확실했고 당장 떠나라는 말을 들은 이상 느긋하게 굴고 있을 수도 없는 노릇이었다.

"저건 도대체 뭐야! 어째서 달리안 님이 죽는 거지?"

"들은 적이 있어! 달리안 님은 죽음이 임박했을 때, 시공을 넘어 과거로 이동할 수 있다고!"

"그, 그럼 과거로 돌아간 달리안 님이 우리를 구해주러 오겠네요?"

"정말이냐, 졸트?"

모두 부단장인 졸트에게 매달린다.

각자 초절정의 힘을 가지고 있으면서도 달리안에게 의존해온 기간이 너무 길었던 것이다. 스스로 힘을 쓰는 건 완전히 잊고 있었다.

"아니, 달리안 님의 힘은 그런 게 아니야…….."

지금까지의 말과 행동을 토대로 한 억측에 지나지 않지만 과거로 돌아가는 달리안의 힘은 사후에 발동하는 것이기 때문에 달리 취할 방법이 없을 때 사용하는 최후의 수단이다.

그것은 영혼 비슷한 것을 과거로 날려 보내는 것으로 그에 따른 과거의 변화는 현재에 아무 영향도 미치지 못한다. 그 시점에서 평행세계로 분기한 것에 지나지 않는다.

달리안 자신은 그렇게 해서 다시 시작할 수 있겠지만 지금 이곳에 있는 졸트나 동료들에게는 아무런 영향이 없다.

즉 달리안은 그들을 버리고 도망친 것이다.

"달리안 님이 과거로 돌아가 무슨 일을 하든 지금 우리와는 아무 관계도 없단 말이다!"

"그러면 우리더러 어떻게 하라는 거야!"

──그건 오히려 내가 묻고 싶다고!

졸트는 마음속으로 외쳤다.

어째서 이렇게 되어버린 걸까.

제2의 인생은 잘 풀리고 있었다. 달리안의 옆에 있으면 아무 문제도 없을 줄 알았다.

그런데 그 달리안은 죽었다.

갑자기 모든 것이 이해가 되지 않았다.

예전에는 이렇지 않았다. 전생에 따른 우위를 이용해서 능숙하게 처신하고 최강을 목표로 살아왔다.

하지만 뛰는 놈 위에 나는 놈이 있다는 것을 알게 된 지금, 순진하게 그런 일이 가능할 리 없다.

아무리 노력해도 닿지 않는 재능이, 이해가 미치지 못하는 공포의 화신이 존재한다는 것을 알고 말았다.

그렇다면 무리해서 노력하지 말고 자신의 분수에 맞는 인생을 살면 되는데, 그럴 수도 없었다.

결국 졸트는 변하지 않았다.

늘 우위를 점하지 않으면 만족하지 못하는 유치한 인간성은 전생 정도로는 개선되지 않았고 오히려 이세계의 초현실적인 힘을 얻으면서 더 심해졌다.

"괘, 괜찮아! 우리가 무적군단이라는 사실에는 변함이 없으니까! 달리안 님이 만든 무적 장갑이 있는 한 우리에겐 그 어떤 적도 없어!"

"그, 그래도 그 녀석에게⋯⋯."

"그 녀석은! 그 녀석은 그냥 무시하면 되잖아! 쓸데없이 엮이지만 않으면 돼!"

지극히 자기 편의적인 생각이지만 단원들은 그 생각에 동조하기 시작했다.

달리안이 없어도 무적군단을 계속 꾸려갈 생각인 것이다.

그들은 눈 깜짝할 사이에 왕도 근방에 도착했다.

그리고 이상을 깨달았다.

왕도 주변의 모습이 이상했던 것이다.

가까이 다가가 보니 문 주변에 심상치 않은 수의 사람들이 모여 있었다.

그것만으로도 충분히 이상한데 그 사람들은 혼란 속에 있었다.

성난 고함, 비명, 오열.

다양한 비통의 고함을 지르며 미친 듯이 도망치고 있었다.

"이건 또 뭐야……."

졸트와 동료들은 왕도의 이변에 대해 몰랐다.

마신이 부활해서 왕도가 살의 바다에 빠졌다는 사실을 알아차리지 못한 것이다.

그러니 이 광경이 더 깊은 절망에서 온 것임을 알 턱이 없었다.

목숨만 겨우 건져서 도망쳤더니 그보다 더한 악몽이 덮쳐오고 있다는 것을 간파하지 못했다.

"어떡할 거냐, 졸트!"

"왜 나한테 묻지?"

"네가 부단장이니까!"

동료들은 판단을 재촉했지만 무슨 일이 일어나고 있는지도 모르니 뾰족한 수가 있을 리 없다.

그래서 일단 상황을 살펴보기 위해 왕도에 가까이 다가가보기로 했다.

그것은 소리도 없이 나타났다.

아무 징후도 없이, 갑자기 졸트 일행 앞에 서 있었다.

네 발 달린 거대한 짐승.

붉은 털로 착각할 만큼 온통 피로 물든 늑대였다.

그 거대한 입은 몇 명이나 되는 사람들을 물고 있었다.

몇 명은 이미 죽었다. 다른 몇 명은 신음을 흘리고 있었다.

하지만 늑대는 전혀 개의치 않고 턱을 위아래로 움직였다. 씹어서 삼키고 있는 것이다.

"뭐…… 뭐야, 이건……."

그것은 공포였다.

강한지, 혹은 맞서 싸울 수 있는지 하는 것과는 상관없이, 그저 그것이 인간을 먹는다는 사실 자체가 두렵다.

"당황하지 마라! 우리는 무적이다! 그 어떤 괴물이든 그냥 짐승에 불과해! 두려워할 것 하나 없다!"

졸트는 자신에게 들려주듯 동료들을 고무시켰다.

고개를 높이 들고 봐야 할 만큼 큰 짐승이다. 그 힘은 가볍게 인간을 웃돌 터.

그렇지만 그냥 짐승이라고도 할 수 있다.

졸트와 동료들은 각각 초절정의 능력을 가지고 있고 무적 장갑도 있다.

평범한 마물이라면 상대도 되지 않을 터였다.

저 짐승이 도대체 왜 이곳에 나타난 걸까. 별다른 이유는 없다는 것을 졸트는 직감했다.

그냥 눈에 띄는 것을 잡아먹을 뿐인 괴물이다.

입에 물고 있던 먹이를 다 씹어 먹은 짐승은 갑자기 모습을 감췄다.

졸트는 뒤를 돌아보았다. 그것의 움직임을 쫓는 것은 불가능했다. 하지만 숨길 수 없는 체취와 피 냄새가 짐승의 위치를 여실히 알려주고 있었다.

짐승은 예상대로 등 뒤로 이동해 있었다.

그리고 동료 중 한 명이 사라지고 없었다.

"괘, 괜찮아! 하나도 아프지 않아! 이 녀석의 이빨은 무적 장갑에는 통하지 않거든! 다들 바로 지금 놈을 공격해!"

동료들 중 한 명, 아이리스는 말과 함께 거대한 입에 물려 있었다.

짐승의 속도는 믿을 수 없을 만큼 빨랐다.

하지만 그 이빨은 아이리스에게는 통하지 않았다.

공격을 무효화할 수 있다면 싸울 방법은 얼마든지 있다.

"우리에게 맡겨! 저 망할 개에게 무적군단이 얼마나 무서운지 똑똑히 알게――."

그리고 아이리스의 모습이 사라졌다.

그대로 삼켜진 것이다.

아무리 장갑이 튼튼해도 이러면 의미가 없다.

달리안도 이런 공격까지 예상하진 못했을 것이다.

"괘, 괜찮아?! 안에서 살아 있을 거다!"

배 안에서 난폭하게 날뛰면 거대한 늑대도 마냥 괜찮지만은 않을 것이다.

그런데 늑대는 아무렇지도 않았다. 배가 움직이는 것 같지도 않고 안에서 검이 튀어나오는 일도 없었다.

"아랑왕(餓狼王)……."

누군가 불쑥 중얼거린다.

그것은 한 어그레서의 이름이었다.

늘 굶주려 있어서 닥치는 대로 먹어치우는 포학의 화신.

현자 레인이 격퇴한 후 잠잠했던 짐승이었다.

그제야 졸트는 생각났다.

마을이 강건한 성벽에 둘러싸여 있는 이유를.

현자라는 이기적인 놈들을 하고 싶은 대로 하게 두는 이유를.

모든 것은 어그레서가 존재하기 때문이다.

어그레서로부터 몸을 지키기 위해서다.

지금까지는 이런 일은 있을 수 없었다.

다소 피해가 생기더라도 금방 현자가 나타나서 사태의 해결을 꾀하기 때문이다.

그런데 현자는 더 이상 이곳에 나타나지 않았다.

졸트는 알 길이 없지만 이 근방에 있는 현자는 이미 죽은 상황이다.

달리안은 무언가를 계속 봉인해두기 위해서는 반마가 필요하다고 했다.

하지만 이젠 무엇이 부활해서 난동을 부리든 작은 오차에 불과한 피해가 발생했다.

세계의 균형은 사람들이 미처 깨닫기도 전에 이미 무너지기 시작하고 있었다.

"어째서…… 어째서, 이런 일이…….."

아랑왕이 이쪽으로 천천히 다가온다. 졸트를 다음 먹잇감으로 정한 것이다.

졸트는 눈을 감았다.

아랑왕의 입이 조금씩 다가오는 공포를 견디지 못한 것이다.

졸트는 떨면서 마지막 순간을 기다린다.

하지만 아무리 기다려도 그 순간은 찾아오지 않았다.

피비린내 나고 미지근한 바람이 천천히 불어왔다.

아랑왕은 바로 그곳에 있었다.

그리고 견디다 못한 졸트가 눈을 뜨기를 기다리고 있다.

"배가 고프면 어서 잡아먹으면 되잖아!"

그러나 아랑왕은 아무 반응도 없다.

아무것도 보이지 않는 공포를 견디다 못한 졸트는 눈을 떴다.

그러자 똑같은 얼굴을 한 소녀 둘이 바로 앞에 서 있었다.

"무슨."

졸트는 상상조차 못한 광경에 그대로 굳어 버렸다.

아랑왕은 소녀들의 뒤에 있었지만 조각상처럼 꿈쩍도 하지 않았다.

"너희는…….""

"마루나예요!"

"리루나예요!"

"둘이 합쳐서 마루나리루나랍니다! 예이!"

그러면서 마루나와 리루나는 서로 손을 마주쳤다.

졸트는 어안이 벙벙해졌다.

방금 전까지의 그 비장감은 도대체 뭐였나 싶을 정도로 분위기가 변했다.

어느새 짐승 특유의 숨도 멎어 있었다. 마치 시간이 멈춘 것 같았다.

"그나저나 졸트 군은 마루나 짱의 이름을 들어본 적이 있나 모르겠네~?"

"리루나 짱이라도 상관없어-."

"……마루나리루나교…….."

그것은 이 세계에서 추축 교회 다음으로 큰 규모를 자랑하는 종교단체였다.

"기둥을 숭상하는 추축 교회 같은 건 종교로 치면 안 되지! 그러니 세계 최고의 교단은 우리라고해도 과언이 아니라고 생각해~!"

"맞아! 우리가 바로 신이야!"

그렇지만 마루나리루나신이 두 명이고 그 모습이 소녀라는 이야기를 졸트는 한 번도 들어본 적이 없었다.

"신이기 때문에 시간을 천천히 흐르게 할 수도 있어!"

"늑대가 눈치 채지 못하게 오는 것도 아무것도 아니지!"

신이라는 말을 들어도 도저히 믿기지 않았다.

하지만 이 상황을 만들어낸 것이 이 두 사람이라면 그 힘은 확실하리라.

"……신. ……그, 그런 게 가능하면 늑대의 공격을 받은 사람들을 구해줄 수도 있었잖아!"

"에~? 그치만 마니 왕국의 사람들은 대부분이 추축 교회의 신자잖아?"

"왜 우리가 구해줘야하지?"

듣고 보니 그런지도 모르겠다는 생각이 들었다.

하지만 그렇다면 신이 이곳에 온 이유를 통 모르겠다.

"스포일러를 하러 온 것뿐이야."

"졸트 군이 이 세계에 온 건 우리 때문이야."

"달리안 군도 그렇고."

"졸트 군은 쓰레기나 다름없는 구제불능이지만 다시 태어나면 제대로 살 수 있을까 싶어서 불러본 거야."

"난 한번 쓰레기는 계속 쓰레기라고 생각했어."

"리루나 쨩의 승리야! 결론! 쓰레기 니트는 이세계로 전생해도 역시 쓰레기였습니다!"

"달리안 군은 너무 성실해서 하나도 재미가 없었어."

"현자와 싸웠으면 재미있었을 텐데."

"왜 협력 관계가 된 걸까~."

"왜 정의로운 인간이 된 걸까~."

"뭐, 우린 그냥 보고 있기만 하지만~."

"무슨 짓을 하든 우린 지켜보기만 한다는 입장이니까~."

두 사람이 서로 떠들어대는 모습에 졸트는 압도당했다.

도저히 이해가 되지 않아서 그냥 당황하고만 있었다.

"그런데 왜 지금 이 타이밍에 나타났는가 하면!"

"졸트 군은 이제 곧 죽어. 그러니까 그 전에 물어보고 싶은 게 있어."

"어땠어? 쓰레기 인생은 즐거웠어?"

"전부 신의 손바닥 위였다는 사실을 알고 나자 어떤 생각이 들었어?"

두 사람이 졸트의 얼굴을 들여다본다.

어떤 얼굴을 하고 있는지 졸트는 알 턱이 없다. 하지만 뭐가 뭔지 이해가 되지 않는 바보 같은 얼굴을 하고 있을 것 같았다.

"구, 구해주지 않는 거냐?"

졸트는 애원하듯 말했다.

신의 힘이 있으면 어떻게든 될 것이다.

"아~ 이번은 그런 게 아니야~."

"쓰레기 인간의 인생을 느긋하게, 충분히, 잔뜩 보고 있기만 할 뿐~."

"남의 인생을 가지고 놀다니! 도, 도대체 뭘 하고 싶은 거냐! 조롱하는 거냐?!"

"재미있을 줄 알았지~."

"그런데 별로 재미가 없어서 이제 그만 할래~."

그리고 두 사람은 흥미를 잃었다는 듯 돌아서서 걸어가기 시작했다.

"다음은 어떻게 할까~?"

"아까 그 아이는 어때~? 생각만으로 적을 죽일 수 있대~."

"뭘까, 그건~? 어떤 구조로 되어 있는 걸까~."

마루나리루나의 모습은 사라졌다. 그리고 다시 시간이 흐르기 시작한다.

졸트의 눈앞에는 입을 크게 벌린 아랑왕이 있었다.

아랑왕의 입이 닫힌다.

목구멍으로 삼켜지는 순간에도 여전히 혼란에 빠져 있었다는 점이 졸트에겐 그나마 유일한 구원이었다.

9화 미안, 녀석이 배가 많이 고팠었나봐

데이비드는 왕도 남중앙문 경비대의 부대장이다.

그 직책은 남중앙문 부근의 경비이고 문의 외부도 어느 정도는 담당 범위 안에 들어간다.

그러니 그곳에 넘쳐나는 사람들을 이끄는 것도 업무의 일환이 긴 할 것이다.

하지만 왕도가 정체를 알 수 없는 썩은 살로 뒤덮이고 그곳에 있던 사람들의 대부분이 다 죽었다. 그리고 간신히 목숨만 건져서 도망친 사람들을 상대로 과연 무엇을 할 수 있을까.

이건 경비대 부대장에 불과한 그의 책임을 뛰어넘는 사태다.

그런데도 데이비드는 도망치지 않았다.

말석이라도 왕가 사람이라는 자라는 자부심이 있었기 때문이다.

왕도에서 살던 사람들의 수를 생각하면 생존자는 극히 소수다. 그러나 워낙에 많은 사람들이 살았던 만큼 문 주변에 모여 있는 사람들만 해도 다 셀 수 없을 정도로 많았다.

대부분이 옷가지만 걸친 채 아무것도 없이 망연자실해 있다.

이대로는 큰일이라고 생각한 데이비드는 왕도 인근에 있는 마을로 향했다.

갑자기 많은 사람들이 밀려들면 곤란하기 때문에 일단 혼자 교섭을 하러 간 것이다.

난민을 받아줄 수 있나. 그게 불가능하면 야영할 수 있는 설비와 식량 등을 제공해줄 수 있나.

그 제안들은 의외로 쉽게 받아들여졌다.

유복한 마을이라서 그런 것도 있지만 제3왕자인 리처드의 소개 덕분이기도 했다.

요기리 일행과 헤어진 데이비드는 리처드와 조우했다.

리처드는 왕성에 있었지만 밀려드는 살을 막아내지 못하고 결국 옥상에서 탈출했다고 했다.

지금은 리처드도 다른 마을로 교섭을 하러 갔다.

"뭐, 그건 그렇고, 어떻게 된 걸까."

왕도로 돌아가는 길에 데이비드는 중얼거렸다.

왕도 주변에 있는 마을을 총동원하면 살아남은 사람들은 당장의 비와 이슬을 피할 수 있을 것이다.

그렇지만 마니 왕국에서 가장 번성했던 왕도가 파괴된 것이다.

국가의 약체화는 부정하기 어려울 터.

그렇게 되면 이것을 기회로 전쟁을 벌이려는 나라가 나타날지도 모른다.

현재 아르간다 제국은 주변 국가를 잇달아 먹어치우고 있었다. 그리고 마니 왕국을 공격해오는 것도 시간문제라는 말도 많다.

──그러고 보니, 현자 후보가 달성해야 하는 위업 중에 아르간다 제국의 침략을 저지하는 것도 포함되어 있었지.

현자가 죽으면서 위업에 대한 것도 유야무야된 것 같지만 아르간다 제국의 동향을 신경 쓰지 않을 수 없었다.

──게다가 마계가 없어졌다면 지원금이 끊어지게 되는 것도 보통 곤란한 일이 아니군.

마니 왕국은 국토의 넓이에 비해 효율적으로 이용할 수 있는 토지가 적다. 그런데도 나름대로 번영을 누릴 수 있었던 건 마계를 봉인해두는 데 대한 주변 국가의 지원이 있었기 때문이다.

어쨌든 마니 왕국의 앞날은 어둡다.

데이비드는 암담한 기분으로 고개를 숙인 채 걷고 있었다. 그때 들려오는 비명소리에 고개를 들었다가 믿을 수 없는 광경에 눈이 휘둥그레졌다.

멀리서 봐도 거대한 늑대가 성문 부근에 있는 사람들을 마구 물어뜯고 있었다.

"저건…… 어그레서인가!"

왕도에는 현자 산타로의 가호가 있고 과거에 대마도사가 쌓은 성벽이 있다. 그리고 성벽 안은 왕족의 봉인의 힘으로 보호받고 있었다.

그렇다 보니 왕도에 사는 사람들은 어그레서에 대한 경계가 소홀한 편이었다.

현자가 죽고, 성벽의 방어가 무너지고, 왕족이 절멸했다. 경계를 해야만 했다.

그런데도 왕도 사람들은 어그레서에 대한 건 까마득히 잊고 있었던 것이다.

데이비드는 그 어그레서를 본 순간, 승산 따원 전혀 없음을 깨달았다.

무슨 짓을 하든 다 소용없다.

주의를 끌어서 한 명이라도 더 도망치게 하려고 돌진해봤자 저 늑대는 털끝만큼의 관심도 주지 않을 것이다.

그저 담담히 자신의 욕망을 채우기 위해 사람들을 계속 먹어치울 터.

그럼 혼자 도망치면 괜찮은가 하면 그것도 무리다.

당연히 사람들은 개미떼가 흩어지듯 도망치고 있다.

하지만 늑대는 그들보다 먼저 가서 닥치는 대로 먹어치우고 있었다.

순간이동 같은 속도로 움직여서 도망치는 사람을 우선적으로 공격한다.

그리고 늑대는 데이비드의 존재도 알아차렸다.

수많은 사냥감 중 한 마리로 인식하고 있는 것이다.

"이럴 줄 알았으면 무리를 해서라도 요기리 일행과 함께 가는 건데."

그렇게 말하며 데이비드는 검을 뽑아들었다.

승산은 없다.

하지만 그렇다고 아무것도 않고 있을 수는 없었다.

조금이라도 공격이 통할 것 같은 곳을 찾는다.

눈은 어떨까 싶었지만 머리의 위치가 너무 높아서 닿지 않을 것 같다.

입안은 부드럽긴 하겠지만 공격할 틈도 없이 그대로 씹혀버릴 것이다.

"하하, 발톱 사이는 어떨까?"

의미가 있는지는 모르겠지만 이제는 그 정도 밖에 떠오르지 않았다.

"우오오오옷!"

우렁찬 고함 소리와 함께 데이비드는 달리기 시작했다.

이미 놈에게 들켰으니 조용히 다가가 봤자 아무 의미도 없다. 차라리 조금이라도 녀석의 주의를 끄는 게 낫겠다 싶었다.

"엎드리세요!"

등 뒤에서 들리는 소리에 데이비드는 반응했다.

검을 버리고 머리부터 바닥을 미끄러지듯 쓰러졌다.

뭔가가 상공을 통과해간다.

고개를 들어보니 늑대가 큰소리로 울부짖으며 이쪽을 보고 있었다.

물고 있던 사람도 내팽개치고 임전태세에 들어가 있다.

"괜찮으세요?!"

"이제부터 괜찮지 않아질 타이밍이었지."

데이비드는 그렇게 말하며 일어났다.

옆에는 검을 뽑아든 리처드가 서 있다. 현재의 검성. 마니 왕국의 제3왕자다.

"방금 그건 검압 같은 건가?"

"네. 이 성검을 휘두르면 그런 식으로 날아가죠."

"어떻게든 처리할 수 있을 것 같아? 분하지만 난 아무것도 못할 것 같다."

"저 녀석은 저를 적으로 인식한 것 같습니다. 지금 당장 살아남은 사람들을 모아서 대피할 수 없을까요?"

"해보지."

리처드가 늑대를 붙들어두고 있을 수 있다면 그것도 가능할 것이다.

데이비드는 늑대를 무시하고 걸어가기 시작했다. 어차피 승산은 없다. 겁에 질려 웅크리고 있어봤자 죽을 때는 죽는 거라고 편하게 생각하기로 했다.

늑대는 공격해오지 않았다.

리처드의 견제가 통하고 있는 것이다. 울부짖으며 조금씩 움직이고 있지만 그 이상의 일은 하지 않았다.

그 동안 데이비드는 살아남은 사람들을 모았다.

얼마 남지 않았지만 그래도 전멸하는 것보다는 낫다며 스스로를 다독인다.

천천히 모두를 인솔해서 리처드의 뒤로 이동한다.

"아이고, 우리 멍멍이가 완전히 겁을 먹었네."

그러자 늑대가 있는 쪽에서 여자 목소리가 들려왔다.

데이비드는 늑대를 올려다봤다.

늑대의 머리에 머리가 긴 여자가 걸터앉아 있었다.

방금 전까지만 해도 이런 여자는 어디에도 없었다.

"……멍멍이가 그 녀석의 이름입니까?"

리처드가 바보 같이 솔직하게 물었다.

"정말 몰라서 그래? 그 왜, 수하를 강아지처럼 취급하는 경우

가 있잖아? 그런 느낌이야."

"이건 당신이 지시한 겁니까?"

리처드는 그 사람이 주인 같은 거라고 판단한 모양이었다.

"응? 이거라니? 뭐, 무슨 말을 하고 싶은지는 알겠는데. 미안, 녀석이 배가 많이 고팠었나봐."

여자는 두 손을 모으고 사과했다. 분명 사과는 했는데 그 무게감은 이번 사태의 규모와는 어울리지 않아 보였다.

"이건 그냥 변명이니까 믿어주지 않아도 할 수 없지만 이쪽 세계에 왔을 때, 이 녀석과 떨어져서 말이야. 뭐, 녀석도 내가 없어서 아주 신났지. 늘 기다려! 라면서 마음대로 못하게 하니까 얼마나 스트레스가 쌓였겠어. 시끄러운 주인이 없으니 저 먹고 싶은 대로 닥치고 먹고 다니고 실컷 뛰어다닌 거지, 뭐."

"……솔직히 당신이 무슨 말을 하고 싶은 건지 잘 모르겠지만 더 이상 이 늑대가 날뛰도록 놔두지 않겠다는 뜻으로 받아들이면 될까요?"

피해는 막대하다. 아무리 불만을 늘어놓아도 부족하지 않을 정도다.

"이젠 안 그래~. 마음대로 먹도록 내버려두면 제대로 교육이 안 되잖아."

"그렇다면 어서 떠나주세요."

"떠나는 거야 상관없는데, 이 아이와 내가 이곳에 온 이유가 있거든. 여기서 이 아이와 재회한 건 우연이 아니란 거지."

"이유는?"

"신의 기척을 느꼈어. 저기 넘쳐흐르고 있는 살이 바로 그거야. 이 아이는 그 기척을 느끼고 여기로 온 거고. 그리고 나도 여기 무슨 일이 있나 싶어서 와본 거야."

데이비드는 이 살덩어리가 어떤 모습을 하고 있었는지를 떠올렸다.

대사교의 방에서 본 거대한 그것은 분명 여신이라 불러도 될 만한 미모를 자랑했다.

"그런데 이건 우리가 찾던 녀석이 아닌 것 같더군. 아, 일단 물어봐야겠네. 우리 여신을 찾고 있는데 짐작 가는 곳이 있어?"

"여신······. 바하나트라는 이름이라면 들어본 적이 있는데요."

"어? 그 녀석, 요즘 들어 잘 안 보인다 싶었더니 이런 곳에 왔었어? 뭐, 그 녀석을 찾는 건 아니지만. 그래도 가르쳐줘서 고마워."

여자가 가볍게 늑대의 머리를 두드린다.

그러자 늑대는 순식간에 그 자리에서 사라졌다.

엄청난 속도로 그 자리를 이탈한 것이다.

"살았다······ 라고 봐도 무방한가?"

"지금은 그렇죠. 하지만 계속 이곳에 있는 건 위험하다는 걸 알았습니다. 어그레서들은 왕도에 넘쳐흐르는 저것을 목표로 삼고 나타나는 같으니까요."

그런 이유가 아니더라도 아무것도 없는 이곳에 언제까지고 계속 멍하게 있을 수는 없는 노릇이다.

그들은 인근 마을로 이동하기 시작했다.

10화 막간 그 녀석들, 커뮤니케이션 능력에 문제가 있어서 말이야

오오토리 하루토가 눈을 뜨자 그곳은 액체 속이었다.

서둘러 수면으로 향하지만 이내 천장에 부딪친다.

그곳은 밀폐된 공간이고 액체가 가득 채워져 있었다.

하루토는 이대로는 익사할지도 모른다는 공포에 사로잡혔다.

그렇지만 아무리 시간이 지나도 숨은 막히지 않았다. 생각해보니 자고 있는 동안에도 계속 이곳에 있었으니 당연한 일이었다.

좀 진정이 되자 주위 모습도 조금씩 눈에 들어왔다.

투명한 원통형 용기 속에 들어 있는 것 같았다.

밖을 보니 똑같이 생긴 원통이 몇 개나 늘어서 있고 안에는 무언가가 들어 있다.

하루토는 자신의 몸을 확인했다.

알몸이다. 그리고 상처 하나 없이 깨끗했다.

하루토는 분명 큰 부상을 입었었다. 온몸이 불에 타서 거의 죽을 뻔 했는데 완치되어 있는 것 같았다.

원통형 용기는 치료에 이용되는 건지도 모르겠다. 그렇게 생각하고 나서 하루토는 자신이 안경을 쓰고 있지도 않은데 주위 모습이 잘 보인다는 사실을 깨달았다.

하루토는 심각한 근시였는데 그것도 치료된 모양이다.

──어떻게 된 거지?

이 상황에서 버둥거려봤자 아무것도 시작되지 않는다. 하루토는 이곳에 이르기까지의 기억을 더듬어보기로 했다.

다행히도 하루토에게는 컨설턴트 클래스의 문제 해결 스킬이 있다.

그것은 세계의 기록에 접속해서 정보를 참조하는 힘이다. 자신에게 무슨 일이 일어났는지 나중에 조사하는 것 정도는 간단한 일이다.

마계 지하 깊은 곳에서 살육전이 벌어지는 가운데 더 깊은 곳에서 살 같은 것이 넘쳐흐르기 시작했다.

하루토는 태어날 때부터 가지고 있던 비행 능력으로 그것을 피했다. 그는 날개를 가진 조형수인(鳥型獸人) 일족의 후예였다.

상황이 변했다고 생각한 하루토는 그대로 상승해서 마계를 탈출하려 했다.

그 순간 무언가에 휘말려 큰 부상을 입은 것 같은데 그 부분에 대한 기억은 애매하다.

따라서 여기서부터는 기프트를 이용할 차례다.

문제 해결 스킬을 사용하려던 하루토는 당황했다.

시스템 메뉴가 시야에 표시되지 않았던 것이다.

──설마…… 그것도 치료 때문에 사라진 건가?

이미 당연한 존재가 된 것이 더 이상 보이지 않았다.

그것은 지금껏 경험해보지 못한 불안을 하루토에게 선사했다.

꿀렁, 하는 소리가 났다.

수위가 내려가고 있다. 물이 빠지고 있는 것이리라.

하루토는 바닥에 내려서서 무릎을 꿇었다. 다리 근육이 굳었는지 힘이 잘 들어가지 않는다.

배수가 완전히 끝나자 원통형 용기가 위로 이동했다.

──나가도 되나?

하루토는 휘청거리며 일어나 비틀비틀 걷기 시작했다.

"이제야 깨어난 모양이군."

어디서 나타났는지, 하루토의 눈앞에는 검은 양복을 입은 마른 남자가 서 있었다.

"우웩."

말을 하려던 하루토는 폐에 들어차 있던 액체를 토해냈다.

"아, 무리하지 않아도 돼. 정 힘들면 말을 사용하지 않아도 되고 . ……하지만 모처럼 일본어도 배웠으니 일본어로 대화를 해보지 않겠나?"

"당신은 누구죠?"

정중하게 묻는다. 아직 아무것도 모르니 신중하게 대해야 한다는 게 그의 판단이었다.

"신이다. 고유명은 자쿠로. 하지만 그것도 네 언어체계 속에서 비슷한 말을 찾으면 그렇다는 뜻이지. 딱히 상위 존재라고 거들먹거릴 생각도 없고 무시할 생각도 없다. 음, 엄청난 힘을 사용하는 인간의 모습을 한 무언가. 대충 그런 거라고 생각하면 될 거야."

신이라는 말을 들어도 그리 간단히 믿을 수는 없었다. 눈앞에 있는 건 인간 남자로 밖에 보이지 않고 엄청난 힘이라는 것을 눈으로 직접 본 것도 아니니 말이다.

"이곳은 어딘가요?"

"내 배 안이다. 지금은 아공간을 잠행하는 중이지."

"제가 왜 여기 있는 거죠?"

"내 수하가 데리고 왔더군. 아주 심한 화상을 입은 상태였지. 그대로 두면 죽을 것 같아서 치료해본 거다."

자신을 구해준 건 확실한 것 같다.

하지만 신이거 이름을 댄 존재가 하루토를 구해줘야 하는 이유가 있는가 하는 건 의문이었다.

"그렇게 어렵게 생각하지 마. 다 죽어가는 사람이 있고 도와줄 수단이 있고 코스트가 별로 많이 들지 않는다면 일단 구하고 보는 것 아닌가?"

하루토는 일단 납득했다. 그렇지만 일단 구하고 본 것뿐이라면 금방 다시 버릴 수도 있다는 뜻이다. 그러니 방심은 금물이다.

"그럼 전 어떻게 되는 건가요?"

"괜히 생색을 내는 것 같아서 미안하지만, 조금 도와줄 수 있을까? 부하가 영 일을 못해서 곤란하던 참이거든."

"도와달라고요? 과연 제가 할 수 있는 게 있을까 싶은데요."

"내 부하들 말인데, 커뮤니케이션 능력에 문제가 있어서 말이야. 영 뭔가를 찾는 일은 맞지 않아."

"저더러 뭔가를 찾으라는 겁니까?"

"오오토리 하루토, 네게 인스톨되었던 배틀송 클라이언트 말인데, 낡은 버전에 독자적인 요소를 첨가한 것이었다."

이미 하루토에 대한 모든 조사를 끝마친 모양이다.

그의 이름을 알고 있는 것도 그래서일 것이다.

"주상이 사라진 시기와 이 버전이 발표된 시기가 비슷해. 그러니 이 세계에 배틀송을 퍼뜨린 건 주상일지도 몰라. 뭐, 견강부회(牽强附會)일지도 모르지만 그래도 일단은 조사하고 싶어서 말이야."

"직접 찾지 않으시나요? 당신은 커뮤니케이션 능력도 있는 것같은데."

"가고 싶은 마음이야 굴뚝같지만 내가 가면 세계에 영향을 미치게 되기 때문에 그렇게 간단히 나갈 수도 없어. 간다면 모든 것이 판명된 최후의 국면이 되겠지."

자신이 직접 나가지도 못하고 부하는 믿음직하지 못해서 안 된다. 그래서 하루토를 이용하려고 생각한 것이다.

"주상이라는 사람이 찾고 있는 분인가요?"

"그렇긴 한데 나머지 이야기는 협력에 대한 동의를 얻고 나서 말해주지. 어떻게 할지는 천천히 생각해도 돼. 일단 구했던 곳으로 되돌려 보내주마."

하루토는 의외라고 생각했다. 일부러 치료까지 해주고 이용할 생각이라면 거역하지 못할 수단을 취할 줄 알았다.

"우린 자유의지에 대해 까다롭거든. 강요하면 괜히 골치만 아파져. 이 규칙 덕분에 부하들에게 이 세계의 말을 학습시키지도 못하지."

자쿠로가 하루토에게 무언가를 던졌다. 작은 캡슐 형태의 물체였다.

"미안하지만 네게 인스톨되어 있던 개조 클라이언트는 치료 과정에서 바이러스로 인식, 제거되었다. 그건 그 대신 주는 거다. 먹으면 최신 클라이언트를 인스톨할 수 있지."

다시 인스톨할지는 하루토의 의지에 달려 있다.

"안정이 될 즈음 부하를 보내마. 대답은 그때 듣도록 하지."

그리고 남자는 사라지고 바닥도 사라졌다.

주위에 있던 모든 것이 일제히 사라진 것이다.

하루토는 강렬한 가속도를 느끼고 있었다.

바람이 윙, 윙, 거칠게 불고 있다.

하루토는 낙하하고 있었다.

느닷없이 공중으로 내던져진 것이다.

"제길!"

등에 날개를 꺼냈다.

대기를 붙들어 낙하를 제어한다.

갑작스러운 일에 당황했지만 간신히 균형을 잡았다.

여기서 당황하면 눈 깜짝할 사이에 추락했을 것이다.

천천히 내려가자 왕도가 보였다.

그것은 이상한 광경이었다.

검붉은 살이 마을을 가득 메우고 있었다.

──저 살은 마계에서 넘쳐흐른 건가…….

꿈쩍도 않는 걸 보면 이미 죽은 것 같지만, 왕도는 폐허가 되고 말았다.

하루토는 왕도에서 조금 떨어진 숲속에 내려섰다.

"자, 어떻게 할까……."

그는 알몸이었다.

가지고 있는 건 자쿠로에게 받은 캡슐뿐.

이 상황에서 어떻게든 해서 옷을 손에 넣는 과정을 머릿속에 그리고 있자 괜히 처량해졌다.

ACT 2

11화　이런 서비스 신이
도대체 누구에게 득이 된단 말이오?!

"라그나가 용사라니, 지금 농담하는 거냐?"

그렇게 말한 사람은 라그나의 부친, 러스크였다.

그 목소리에는 노기가 서려 있었지만 화가 났는지 어떤지는 잘 모르겠다.

왜냐하면 그는 평소에도 늘 이런 상태이기 때문이다.

"아~, 그게, 현재 클래스는 마을 사람이지만 마을 사람이나 농민에서 용사로 클래스 체인지가 일어나는 경우도 제법 있는 사례……."

"클래스는 또 뭐지? 지금 날 놀리는 거냐?"

라그나는 조금 낙담했다. 이 마을을 떠나 마치 동화 같은 모험 여행을 떠난다. 자신의 힘이 되어줄 알았는데 하나카와는 상당히 저자세였다.

이곳은 라그나의 집 거실이다. 라그나와 하나카와는 테이블을 사이에 두고 러스크와 마주 앉아 있었다.

"애당초 말이다, 기껏해야 도마뱀이나 사냥할 줄 아는 라그나에게 용사가 가당키나 해? 일단 사슴이나 토끼부터 사냥할 수 있게 되고 나서 말하라고,:

"저, 사슴이나 토끼라는 건 은어 같은 것이오?"

"사슴은 사슴, 토끼는 토끼다!"

러스크가 무지막지하게 큰 소리로 고함을 지르자 하나카와는 잔뜩 움츠러들었다.

사슴과 토끼는 숲에 사는 동물이다.

라그나는 사냥할 수 있다고 생각하지만 아직 수렵 허가가 떨어지지 않았다. 그래서 녀석들이 서식하는 숲 속 깊은 곳은 출입이 금지되어 있었다.

"아니, 저, 졸자는 힘의 크기를 감정할 수 있소만, 라그나 님은 상당히 강한 것으로 보이오. 용사라 해도 손색이 없을 정도란 말입니다……."

하나카와는 러스크에게 겁을 먹고 있었다.

그 심정은 라그나도 충분히 이해할 수 있었다. 러스크는 얼굴도 무섭게 생겼고 목소리는 늘 위압적이며 단단한 체격은 예사롭지 않은 압력을 뿜어대고 있었다.

하지만 그래선 곤란하다. 라그나가 혼자 마을을 나가고 싶다는 말을 해봤자 상대도 해주지 않을 것이다.

그래서 제3자의 도움이 필요했다. 어떻게든 러스크를 설득해야 했다.

라그나는 언젠가는 마을 밖으로 나가고 싶다고 생각하고 있었지만 마음대로 나갈 생각은 없었다.

아니, 이런 일이라도 없었다면 마을을 나갈 계기조차 없었을지도 모른다.

이대로 이 마을에서 특별히 하는 일 없이 늙어 죽는다. 그게 너무 당연한 일이라 작은 모험심을 마음속에 간직만 한 채 변함없는 일상을 보내게 될 터였다.

 그때 그들이 나타났다.

 라그나가 예언에서 들었던 용사라고 하면서 세계를 구하기 위한 모험을 떠나자고 그를 유혹했다.

 "뭐어? 이 얼간이 어디가 강하다고? 그 감정이라는 게 얼마나 강한지 알 수 있는 거라면 나부터 한번 봐보지?"

 "그럼……. 레벨 7만 2천……. 이 마을 사람들은 어쩌면 이렇게 하나같이 이럴 수 있는 게요……."

 분노 때문인지 러스크의 몸에서는 뜨거운 김 같은 것이 피어오르고 있었다.

 "그 모습을 보아하니 내가 더 강한 모양이지? 나보다 약한 놈을 데리고 가서 어디다 써먹겠다는 거냐아!"

 그건 라그나도 의아하게 생각하는 점이었다.

 왜 나지?

 이 마을에는 라그나보다 강한 사람이 얼마든지 있다. 같이 모험을 떠나자고 하려면 그들이 훨씬 더 도움이 될 것이다.

 애당초 이 특별할 것 하나 없는 시골 마을에서 용사를 찾고 있는 것도 이상하다고 하면 이상했다.

 "아~ 저, 그걸 뭐라고 하더라……. 그래! 장래성이나 성장성! 그런 걸 보고 고른다? 라고 하면 될까……."

 말하고 있는 자신도 믿지 못하고 있는 거겠지. 힘겨운 핑계로밖에 들리지 않았다.

 "어이, 진심으로 이 녀석에게 그런 게 있다고 생각하는 거냐?

성장성이라면 강 너머에 사는 조니는 어때? 그 녀석은 라그나보 단 어리지만 사냥 실력은 위다."

"그게, 라그나 님이 더 귀엽게 생긴 얼굴을 하고 있어서…… 그 렇소."

"시골 촌놈이라고 바보 취급하는 거냐! 너무 수상하잖아! 라그 나! 이딴 놈의 입발린 소리에 넘어가다니, 이 멍청아! 마을을 나 가는 건 절대 허락 못한다!"

라그나는 하나카와를 원망스럽게 쳐다봤다. 이렇게 횡설수설 하는 설득으로 러스크가 납득할 리 없었다.

"으으…… 무섭게 생긴 아저씨에게 직설적인 욕을 들어먹는 건 상상 이상으로 견디기 버겁소……. 이왕 험한 욕을 들을 바에는 차라리 미인 중사 같은 것으로 부탁 드리오……."

하나카와는 의외로 견디기 힘든지 겨우겨우 항변을 이어갔다.

그러나 러스크는 완전히 기분이 상해 있었다. 이 상태가 된 러 스크는 고집 때문에라도 자신의 의견을 바꾸지 않는다.

──내 모험은…… 이런 일로 시작도 못해보고 끝나는 건가?

"세상을 구하기 위해서는 라그나의 힘이 필요합니다, 아버님."

라그나가 절망적인 기분에 빠져 있었는데 어디선가 여자의 목 소리가 들렸다.

어느 틈엔가 쿠시마 레이가 거실로 들어와 있었다.

"아앗?! 넌 또 뭐냐!"

레이는 러스크의 노성 따윈 아랑곳 않은 채 그의 옆에 서서 어 깨에 손을 올린다.

"세상이라…… 그렇다면 어쩔 수 없지……."

그러자 갑자기 러스크의 태도가 부드러워졌다.

"하지만 왜 우리 아들 녀석이지?"

"그건 예언 때문입니다. 라그나가 세상을 구한다고 예언에 나와 있죠.

"예언이라……, 그래, 그러면 보내는 수밖에 없겠지……."

"네. 자, 그럼 아버님의 허락도 받았으니 가볼까요."

"어?"

생각지도 못한 급전개에 라그나는 혼란스러웠다.

완고했던 아버지가 눈 깜짝할 사이에 의견을 바꾼 것이다.

역시 이건 좀 이상하다고 생각했지만 레이가 팔짱을 껴온 순간, 그런 건 아무래도 상관없어졌다.

당당하게 마을을 나갈 수 있으니 세세한 일은 신경 쓸 필요 없다는 생각이 들었다.

"으으…… 그렇게 간단히 설득할 수 있다면 졸자가 눈물을 흘려가며 노력한 건 도대체 뭐였단 말이오……."

"재미있을 것 같아서 그랬지. 아, 라그나는 신경 쓰지 마. 하나카와 군은 마음을 단련하는 수행을 하고 있는 것뿐이니까."

"그렇구나. 우리 아버지를 상대로 정말 애 많이 썼어."

라그나는 레이의 손에 이끌려 집 밖으로 나갔다.

밖에는 마루후지 아키노부와 미타데라 시게히토가 서 있었다.

"허락은 받았겠지? 그럼 우선 구(舊) 마왕성부터 가고 그 다음에는 동쪽에 있는 섬나라 엔트다. 잘 부탁한다, 리더."

시게히토가 라그나의 어깨를 가볍게 두드렸다.

"어? 리더라니, 내가?"

"그래. 너만 믿는다?"

아키노부도 동조한다. 완전히 라그나가 리더인 게 당연하다는 분위기였다.

"라그나가 우리를 이끌어줘야지. 괜찮아, 확실하게 서포트할 테니까."

느닷없이 리더라니, 무리다. 그렇게 생각한 것도 한순간, 레이의 말을 들으니 왠지 할 수 있을 것 같은 기분이 들었다.

"알았어. 그런데 구 마왕성과 엔트에는 뭘 하러 가는 거야?"

"용사의 검에 사용할 재료를 모아야지. 지금은 괜찮지만 언젠가 웬만한 검은 라그나의 힘을 견디지 못할 테니까 특별 제작을 하는 거야. 라그나만을 위한 라그나 전용 검."

"나, 나만을 위한 검……."

용사가 가지는 특별한 검.

그 말은 모험을 꿈꾸던 소년의 마음을 불태우기에 충분했다.

*****

하나카와 일행은 구 마왕성에서 소울 스틸(魂鋼, 혼강)이라는 재료를 입수.

그 후, 대륙의 동쪽 끝으로 이동해서 배를 탔고 며칠 후에는 엔트의 항구 마을에 도착했다.

"아아…… 차라리 졸자는 도망치지 않는 게 나았던 것이란 말
인가……. 그랬다면 지금쯤 온천에서 까아까아, 으흐흐, 하고 있
을지도 모르는 것을! 운이 좋으면 럭키 므흣한 일이 일어났을지
도 모르고!"

그 항구 마을에 있는 숙소의 한 방.

하나카와는 방 한쪽에 웅크리고 앉아서 투덜거리고 있었다.

"돼지 군, 시끄럽거든?"

마루후지 아키노부가 와서 한심하다는 듯 말했다. 아무리 괴롭
혀도 하나카와가 질려지지 않기 때문일 것이다.

"아, 미안하오."

"작전 회의를 할 거니까 돼지 군도 와."

"에? 졸자 같은 돼지가 참가해도 됩니까?"

"왠지 자신을 낮춰서 겸양어를 쓰는 게 우리를 바보 취급하는
것 같은 느낌이 드는 건……. 뭐, 됐어. 라그나 군이 보고 있는
데 너만 빼놓을 수도 없잖아. 일단 동료이기도 하고."

"하아, 그런 것이군. 그럼 사양 않겠소."

결국 하나카와는 다시 '하오체' 말투로 돌아왔다.

파티 멤버들도 일일이 트집을 잡는 것도 귀찮아졌는지 더 이상
아무 말도 하지 않았다.

하나카와는 아키노부를 따라가 테이블 앞에 앉았다.

시게히토, 아키노부, 레이, 라그나, 하나카와, 이렇게 다섯 명
이 테이블을 둘러싸고 앉아 있다.

"드디어 동쪽 나라 엔트까지 왔는데 뭘 어떻게 하면 될까?"

리더인 라그나가 묻는다. 그에겐 특별히 뭔가를 해야 한다는 생각은 없다. 다른 멤버들이 그를 부추기고 있는 것뿐이다.

"자, 내 오라클에 맡기기만 하면 아무 문제없답니다."

오라클 마스터인 시게히토가 책 한 권을 테이블 위에 놓았다.

"……왠지, 괜찮아? 이건 공략본인데, 이렇게 말하고 있는 듯한 책이군."

"맞아, 이건 이 세계의 공략본이야."

"그런데 무엇을 공략한단 말이오? 애당초 마루후지를 비롯한 당신들의 목적이 뭔지 모르겠소……."

"현자를 어떻게든 하지 않으면 우리에게 미래는 없어. 라그나 군도 나쁜 현자들이 이 세계에서 자기들 하고 싶은 대로 하고 있다는 건 물론 알고 있겠지?"

"정말이야? 현자들은 이 세계를 지켜주고 있다고 들었는데."

"정말이야. 라그나 군은 악한 현자를 물리치고 세계를 구하는 거야."

라그나의 옆에 있던 레이가 라그나를 끌어안더니 여보란 듯 가슴을 대고 눌렀다.

"알았어. 현자를 물리치면 세상은 평화로워지는 거지!"

——음, 노골적으로 조종당하고 있는 느낌이오만!

레이의 클래스는 팜므 파탈. 남자를 농락하는 기프트의 소유자였다.

"그렇지만 현자 따윈 그냥 놔둬도 괜찮지 않을까 싶소. 마루후지를 비롯해 다들 엄청난 힘의 소유자가 아니오? 원하는 대로 살아갈 수 있지 않겠소?"

"그럴 수는 없어."

시게히토가 하나카와에게 공략본을 보여준다. 읽어보라는 뜻인 모양이다.

『현자를 물리치기 위해서는 세계검 오메가 블레이드가 필요하다! 엔트에서 할 가장 중요한 목표가 세계검을 얻는 것인데 이곳에는 현자 요시후미가 있다! 검을 손에 넣기 전에 인카운터하면 반드시 전멸! 그러나 요시후미는 현자치고는 보기 드물게 황제이기도 하니 그가 있는 곳은 한정되어 있다. 신중하게 행동하면 피할 수 있을 터!』

"우와! 세계검 오메가 블레이드라니!"

"거기 말고!"

『원포인트 어드바이스 : 너무 강해지면 떠돌이 현자의 인정을 받아 자객이 찾아올 것이다! 현재 너희들의 힘으로는 절대 현자를 이기지 못하니 눈에 띄는 행동은 삼가도록!』

하나카와는 현자 아오이를 떠올렸다.

떠돌이 현자라는 건 현자에 버금가는 힘을 가지고 있으면서도 현자가 되려고 하지 않는 자를 말하며 아오이는 그런 떠돌이 현자를 사냥하는 임무를 맡고 있었다.

"하하아. 그런데 느낌표가 참 많은 책인 것 같소."

하나카와는 아무래도 상관없는 부분에 주목하고 있었다.

"그래서 말인데, 내일은 수도로 향하면서 오메가 블레이드의 재료도 입수할까 한다."

아키노부가 하나카와의 어깨를 두드렸다.

"헤? 무슨 일인지?"

"네게도 중요한 임무가 있어."

아키노부는 묘하게 다정했다.

*****

"이런 서비스 신이 도대체 누구에게 득이 된단 말이오?!"

하나카와는 알몸이었다.

정확하게 말하면 팬티는 입고 있지만 아무 위로도 되지 않는 건 매한가지다.

하나카와는 백기를 높이 들고 산 정상에 있는 성채를 향해 마지못해 걸어가고 있었다.

"정면에서 혼자 비무장 상태로 가줘."

그렇게 말한 건 오라클 마스터 미타데라 시게히토다.

성채에 있는 사람들이 무혈개성(無血開城)하는 조건이 그렇게 하는 것이고 무혈개성 이벤트가 오메가 블레이드의 재료를 입수할 조건 중 하나라고 했다.

그래서 하나카와는 혼자였다.

다른 멤버들은 성채에서 조금 떨어진 곳에서 대기하고 있다.

"으으…… 왜 졸자가 이런 일을……. 누가 해도 상관없다고 할까, 이런 건 엄청난 무장을 한 용사님이 해야지만 의미가 있는 것 아니오? 졸자가 알몸이 되어봤자 특별히 전력이 떨어지거나 하진 않을 거란 말이오!"

투덜거리면서도 하나카와는 계속 앞으로 걸어간다.

시게히토를 비롯한 다른 아이들이 하나카와를 동료로 삼은 건 바로 이런 때에 이용해먹기 위해서인 것 같았다.

조금이나마 격의 없이 지내게 되었나 싶었더니 그게 전혀 아니었던 모양이다.

하나카와가 향하고 있는 성채는 난공불락으로 알려져 있었다.

그도 그럴 것이, 산 정상에 있는 그 성채에서는 주위 일대가 훤히 다 보였다.

당연히 알몸으로 백기를 흔들며 다가오는 수상쩍은 녀석 따윈 이미 다 포착하고 경계하고 있을 터였다.

"그래도 무혈개성 이벤트라는 것을 알고 있을 테니 공격당하는 일은 없지 않겠소? 그렇게 생각하면 아름다운 이벤트라고 생각할 수도 있을 것 같소. 보기에 따라서는 혈혈단신으로 성을 함락시킨다고 할 수 있는 것 아니오? 그렇다면 결과적으로 졸자가 용사가 되는 셈?"

하나카와가 아무 근거도 없는 망상을 하며 산을 올라가자 성채의 망대로 보이는 탑 위에 사람이 보였다.

메이드복을 입은 소녀로 손에는 커다란 활을 들고 있다.

"뭐라고 할까, 아주 예상함직한 일이군. 왜 모두 메이드를 싸우게 하고 싶어 하는 건지. 뭐, 말은 그렇게 해도 졸자 역시 싫은 건 아니오만. 으흠."

소녀가 활에 화살을 겨누고 당긴다. 그 화살도 활의 크기에 못지않게 거대했다.

화살이 노리는 건 하나카와 말고는 달리 없었다. 이곳에는 그를 제외하면 아무도 없으니 말이다.

"어? 무혈개성…… 이 아니오? 저건 위협 같은 것인가? 하긴 그렇겠지. 적으로 보이는 녀석이 가까이 다가오면 일단은 경계를 해야 하는 법이니. 그리고 졸자가 비무장 상태에 옷도 입지 않은 걸 눈치 채면 그 담대함에 감탄해서 문이 열리는, 대충 그런 스토리──."

화살 끝이 빛나고 있었다.

누가 봐도 단순히 화살을 쏘기만 하는 게 아니다. 그 점을 알아차린 하나카와는 대각선 앞으로 몸을 날렸다.

왜냐하면 정지와 후퇴는 금지되어 있고 그 금기를 깨면 죽기 때문이다.

"으앗!"

화살이 바로 옆을 지나자 하나카와는 비틀거렸다. 직격은 피했지만 화살을 감싼 폭풍이 주위를 휩쓴 것이다.

『멈췄네?』

귓가에서 들리는 목소리에 하나카와는 그대로 얼어붙었다. 불과 몇 초이긴 하지만 비틀거리면서 걸음을 멈췄었다.

"머, 멈추지 않았소! 그냥 기분 탓이오!"

그리고 등 뒤에서 나는 굉음과 함께 하나카와는 전방으로 튕겨 날아갔다. 화살이 대지를 후벼 파면서 폭발한 것이다.

바닥에 얼굴을 세게 부딪친 하나카와는 서둘러 일어나 앞으로 걸었다.

『쳇!』

수수께끼의 목소리가 분해 하는 걸 보니 아무래도 규칙은 지켜 낸 모양이다.

"어딜 봐서 이게 무혈개성이란 말이오! 적어도 졸자의 피는 흘리고 있질 않소?!"

그리고 하나카와는 보았다.

화살을 쏜 메이드 옆에 또 한 명의 메이드가 나타났다.

"어…….'

하나카와는 당황하면서도 걸음을 멈추지 않았다. 멈출 수는 없었다.

그리고 순식간에 메이드 소녀들의 수는 늘어났다.

성채 곳곳에 나타나는 그녀들은 메이드 군단이라고 불러도 좋을 위용을 자랑했다.

"옳거니, 옳거니. 도적들이 점거한 성이라고만 들었는데 아무래도 메이드 도적단인가 보오? 잠깐, 그보다 도적을 상대로 무혈개성이라는 건 애당초 불가능한 일 아니오?"

이제 와서 대전제에 의문을 품는 하나카와였지만 그런 건 아무래도 상관없는 광경이 눈앞에 펼쳐지기 시작했다.

메이드들이 일제히 활을 겨눈 것이다.

아까와 똑같이 화살 끝이 빛나고 있다. 보기 좋은 광경이긴 하지만 한가하게 즐기고 있을 여유는 없었다.

"……참고로 멈추거나 물러나면 죽는다고 들었소만, 구체적으로 어떻게 되는 것이오?"

『네놈의 귀 안에 있는 내가 폭발한다.』

"그러면 당신도 죽지 않소!"

『그러기 위해 만들어졌다. 아무 문제도 없다.』

크리에이터인 마루후지 아키노부가 만든 생물에게 죽음에 대한 공포는 없는 것 같았다.

몇 천 개나 되는 화살이 자신을 노리고 있는 데도 멈추지 못하는 하나카와는 가능한 한 천천히 걸었다.

그리고 뭔가 할 수 있는 일은 없을까 고민하다가 메이드들을 감정한다.

배틀(전투) 메이드.

평균 레벨은 200 정도. 기본적인 메이드 스킬에 다양한 격투기, 무기술, 마법술을 겸비한 올라운더다.

"상대가 한 명이라도 도저히 못 이길 것 같군! ……그렇소! 졸자가 예전부터 모으고 있는 아이템 중에 뭔가……. 앗, 그 녀석들에게 몽땅 다 빼앗겼지!"

하나카와는 아이템을 대량으로 수납할 수 있는 아이템 박스 스킬을 가지고 있다. 하지만 그 안에 든 아이템을 죄다 시게히토 일행에게 빼앗겼다.

"자, 진정하는 것이오. 뭔가 방법이 있을지도 모르지 않소? 쏟아지는 화살을 전부 피할 수 있다거나 견뎌낼 수 있다거나…….

에잇, 그런 게 가능할 리 없단 말이오!"

하나카와의 레벨은 99이지만 근접 전투계가 아니기 때문에 신체 능력은 대수롭지 않았다.

회복 능력만큼은 제법 괜찮지만 저 화살을 그대로 맞으면 흔적도 남지 않을 것이다. 어떤 중상을 입었든 살아 있기만 하면 회복할 수 있지만 즉사하면 어떻게 할 방법이 없다.

그렇다면 이쪽에서 먼저 공격하는 건 어떨까도 싶었지만 하나카와에게는 제대로 된 공격 수단이 없었다.

그나마 사용할 수 있는 공격 수단으로 주탄이 있지만 이건 위력, 사정거리 모두 권총과 비슷하다.

이곳에서는 닿을 리도 없고 높은 레벨을 가진 전사들에게 통할리도 없었다.

하나카와의 능력은 회복에 특화되을 뿐이었다.

"어라? 혹시 졸자, 정말로 궁지에 몰린 것 아니오?"

도망치면 머리가 폭발하고 이대로 계속 가면 예사롭지 않은 위력을 가진 화살이 비처럼 쏟아질 것이다.

『끝났군.』

"그쪽이 그런 말을 할 때가 아니지 않소! 우린 일련탁생이오!"

귀 속에 있는 존재에게는 죽음의 공포가 없는지 마치 남 일처럼 말했다.

"……아아, ……그저 씨 뿌리는 아저씨가 되고 싶었을 뿐인 인생이었소……. 졸자의 보잘 것 없는 비주얼이라면 의외로 잘 될 것 같은 느낌이 들었소만!"

『……너…… 무슨 말을…….』

"정체를 알 수 없는 생물에게 끌려 다니고 싶진 않소!"

『나도 이왕 하는 거, 좀 더 괜찮은 놈에게 빙의되고 싶었다.』

"자아가 싹튼다면 좀 더 그럴싸한 계기로 해주길 바라오?!"

『발이 멈추려고 하잖아!』

"이 마당에 그게 다 무슨 소용이오! 어차피 죽는다면——"

그렇게 쓸데없는 대화에 시간을 낭비하고 있는 동안 화살이 발사되었다.

그 화살들은 하늘을 가득 메우더니 말 그대로 비처럼 쏟아지려했다.

이제 와서 도망칠 곳은 어디에도 없고 최악의 운명이 바로 코앞에 다가와 있었다.

"이, 이건 그것이오. 유명한 삼자택일 말이오. 멋진 졸자는 반격할 아이템이 갑자기 번득…… 하는 일은 절대 없으니 현실은 비정하구려!"

하나카와는 그 자리에 멈춰 서서 눈을 감았다.

수많은 화살이 전신을 꿰뚫어 구멍투성이가 되거나, 일격에 온몸이 날아가거나, 아니면 화살에 맞아 죽기 전에 머리가 폭발하거나.

눈을 감은 채 마지막 순간을 기다린다.

그러나.

아무리 기다려도 그 순간은 찾아오지 않았다.

"……알아차리지 못하고 있을 뿐, 이미 죽었다, 거나 뭐, 그런 건……."

눈을 살짝 뜬다.

바로 앞에 소년의 등이 보였다.

라그나가 하나카와를 감싸듯 서 있었던 것이다.

"오오오오! 동료가 와서 구해준다는 바로 그것 아니오! 절대 그럴 일은 없다고 선택지에서 제외해두었건만!"

"역시 더 이상 이대로 놔둘 순 없어."

라그나가 가볍게 검을 휘두른다.

그것만으로도 하늘을 뒤덮을 만큼 많은 화살이 다 사라졌다.

메이드들은 잇달아 화살을 쏘았지만 라그나의 검은 그것을 간단히 무효화 시켰다.

그제야 마음을 놓은 하나카와는 아까부터 계속 서 있는데도 죽지 않았다는 사실을 깨달았다.

"음~ 이건 도대체……. 분명 멈추거나 후퇴하면 죽는다고 들었는데……."

"우리 근처에서는 폭발하지 않는다고 했잖아."

라그나가 하나카와를 지키며 말한다.

"오오, 졸자가 자포자기해서 돌격해올지 모른다는 것도 다 감안한 것이로군! 참 용의주도하구려!"

물론 하나카와는 그런 생각은 전혀 하지 않았다. 툭하면 절망하고 죽음을 각오하지만 살아만 있으면 역전의 기회도 있기 때문이다.

"그런데 이제 무혈개성은 무리가 아니겠소?"

"응. 원래 성공 확률이 소수점 이하라고 했어."

"소수점 이하를 버리면 성공 확률은 제로라는 뜻이지 않소?!"

시계히토의 예언서에 거짓은 적혀 있지 않을 것이다. 하지만 신뢰는 도저히 할 수 없을 것 같았다.

"그나저나 라그나 님이 지켜줘서 다행이긴 하지만 어떻게 하면 좋단 말이오? 언제까지고 이렇게 있을 수만은 없는 것 아니겠소."

"그렇지. 하지만 수상한 녀석을 공격하는 것 말고는 아무 짓도 하지 않는 상대를 우리가 먼저 공격하는 것도 내키지가 않아."

"아, 역시 졸자, 공격당해도 이상하지 않을 정도로 수상쩍은 것이오?"

"그게, 일단 알몸으로 다가오는 변태니까……."

순박한 소년에게까지 변태 취급을 당하는 하나카와였다.

"그렇겠죠~!"

그런데 하나카와가 그렇게 말하는 것과 동시에 성채에 이변이 생기기 시작했다.

성채가 흔들리고 있었다.

점점 더 심하게 흔들리자 메이드들은 제대로 서 있을 수 없어졌다. 그 중에는 성채에서 떨어지는 사람도 있었다.

"이건…… 도대체……."

하나카와는 어안이 벙벙해졌다. 메이드들은 더 이상 공격이 문제가 아니었다. 그래서 라그나도 일단은 검을 집어넣었다.

그때 성채가 단숨에 일어났다.

"하앗?!"

다리가 자란 것이다.

맥박 치는 거대한 살덩어리가 성채 밑에서 몇 개나 자라나더니 그 중량을 떠받치고 있다.

성채 자체도 어딘가 생물 같은 양상을 띠고 있었는데 표면에는 혈관 같은 것도 깔려 있었다.

"이게 바로 크리에이터의 힘인가. 굉장하군."

"너무 무지막지한 것 아니오……?"

이 정도 힘이 있으면 공략 정보에 따라 이벤트를 소화할 필요는 없지 않나 하고 생각하는 하나카와였다.

12화 매료로 그럭저럭 해결했습니다

무적군단을 돌려보낸 요기리 일행은 다시 이동을 시작했다.

도망친 그들이 다시 습격해오는 일은 없겠지만 거리를 두고서 냉정하게 생각해보면 다음에는 대군을 이끌고 쳐들어올지도 모른다.

그래서 일단 국경부터 넘기로 했다.

그렇다고 안전한 건 아니지만 그리 간단히 타국에 간섭하지도 못할 것이란 판단에 따른 것이다.

그들이 향하고 있는 곳은 마니 왕국 동쪽에 있는 린디 왕국이었다.

두 나라의 경계에는 꽤 큰 강이 흐르고 있고 그곳에는 다리가 만들어져 있었다.

다리 양쪽 끝에는 각 나라의 관문이 있다고 한다.

"국경에 아는 사람도 없는데 통과시켜줄까?"

마차 안. 요기리가 테오디지아에게 물었다.

"글쎄요, 그대로 지나가는 건 어렵겠죠."

이 세계에서의 국경은 그리 명시적인 것이 아니라서 국경을 넘는 일 자체를 문제시하진 않는다고 한다.

하지만 강 같은 곳은 별개였다.

달리 지나갈 수 있는 곳이 없고 다리에서 교통에 제한을 가하기 때문에 통행세를 징수할 수 있는 것이다.

그렇다 보니 관문이 설치되어 검문이 이루어지고 있었다.

그곳에는 국경 경비병이 근무하고 있기 때문에 반마가 지나려고 하면 그 즉시 체포당한다고 했다.

그렇지만 마차 행렬은 아무 문제없이 마니 왕국의 관문인 성채를 통과했다.

긴 다리를 건너고 린디 왕국의 성채도 지나 아무 문제없이 국경을 넘을 수 있었다.

"어떻게 된 거야?!"

상황을 지켜보고 있던 토모치카는 깜짝 놀랐다. 틀림없이 작은 분쟁이 있을 줄 알았기 때문이다.

"매료로 그럭저럭 해결했습니다."

에우페미아가 태연하게 말했다.

에우페미아는 오리진 블러드라 불리는 흡혈귀로 강력한 능력을 몇 가지나 가지고 있었다.

"정말 굉장하네, 매료! 어라? 그러면 왜 쫓기고 있었던 거야?"

반마를 구출할 때도 매료를 사용하면 범죄로 인식 당하는 일조차 없었을 텐데, 하고 토모치카는 생각했다.

"매료는 일시적인 것이기 때문에 언젠가는 풀립니다. 사람의 접근을 막는 결계가 있으면 추적당해도 아무 문제없을 줄 알았는데 안이한 생각이었죠."

원래라면 들키는 일 따윈 없었어야 했는데 달리안의 초현실적인 색적 능력이 사람의 접근을 막는 결계의 효과를 상회했던 것이다.

그런 일이 한 번 있었으니 두 번 있지 말란 법도 없다.

앞으로는 결계를 과신하지 못할 것이다.

"일단 이웃 나라로 오긴 했는데 어쩔 생각이지?"

캐럴이 묻는다.

원래 반마들의 마을은 마니 왕국에 있는 원생림 속에 있었다.

계속 도망치는 건 상관없지만 도대체 어디까지 가면 되나 하는 의문이 생긴 것이다.

"저기 말이에요. 어쩌다 보니 반마를 구해주게 되었는데 원래 목적은 그게 아니거든요."

리즐리가 면목없다는 듯 말한다.

그녀는 부탁할 일이 있어서 요기리를 찾고 있었다고 했다.

그리고 요기리는 계속 잠만 자느라 그녀의 부탁을 제대로 듣지 못했다.

"그렇지만 이 대가족을 어떻게든 하지 않으면 아무 진전도 없 겠죠……."

리즐리는 조금 후회하고 있는 것 같았지만 이제 와서 모르는 척 내쫓을 성격도 못 되는 것 같았다.

"구체적인 방법이라도 있어?"

"사람들의 눈에 띄지 않는 거점을 찾을 수 있으면 좋을 텐데 말이죠."

요기리가 물었지만 테오디지아도 마땅한 답은 없는 것 같았다.

토모치카도 괜찮은 곳이 없을까 생각해봤지만 이세계의 사정에 대해서도 잘 모르다 보니 딱히 좋은 아이디어도 떠오르지 않았다.

"역시 숲이나 산 같은 곳이 좋을까요? 자급자족도 할 수 있을 것 같고."

토모치카가 생각에 잠겨 있자 료코가 제법 그럴싸한 의견을 꺼냈다.

"글쎄요. 사람과 교류하긴 어려우니 필요한 것은 스스로 어떻게든 해결할 필요가 있겠군요. 그러니 사람들이 잘 접근하지 않는 곳 중에서 어느 정도의 넓이를 확보할 수 있으면."

"짐작 가는 곳이라도 있나요?"

"이 근방은 잘 몰라서 통……."

"어라, 이 될 대로 되라는 느낌은 뭐지?!"

어쩔 수 없었겠지만 이래선 미래가 너무 불안하다.

토모치카는 머리를 싸매고 싶어졌다.

『어디 보자. 내가 상공에서 한번 봐줄까?』

"맞다! 모코모코 씨, 위로는 얼마든지 올라갈 수 있었지."

『얼마든지는 아니지만 수평 방향 보다는 낫지.』

모코모코는 토모치카의 수호령이기 때문에 여간해선 그녀의 곁을 떠나지 못한다.

하지만 평면좌표 상에서 떨어지지만 않으면 크게 문제가 되진 않는다고 한다.

"하여간에 설정이 순 자기 편한 대로라니까……."

『뭐, 어차피 내 인식에 따른 거니까.』

그렇게 말한 다음, 모코모코는 마차 천장을 빠져나가 하늘로 날아갔다.

그리고 금방 돌아왔다.

"어땠어?"

『근처 산에 광물 자원이 있을 것 같긴 한데 별로 풍부할 것 같진 않군. 숲도 있긴 한데 그리 크진 않아. 근처 마을 사람들이 이용하는 것 같아서 숨어 지내기에도 적당하지 않고』

"틀렸나."

『이 근방에는 적당해 보이는 곳이 없는 것 같군. 그 외에 눈에 띄는 건 멀리 있는 거대한 마을이다. 이 나라의 수도인지도 모르지』

"갑자기 거점으로 삼을 수 있는 곳을 발견하는 건 어려울 것 같다. 일단 근처 마을에서 이야기를 들어볼까."

요기리가 말한다.

확실히 이 나라에 대해 아무것도 모르는 자들끼리 백날 떠들어 봤자 아무 진척도 없다.

그래서 일단 근처에 있는 마을로 가보기로 했다.

*****

마을을 찾은 건 요기리, 토모치카, 에우페미아, 이렇게 세 명이다.

"잠깐 이야기 좀 물어보고 오는 거니까 에우페미아 씨는 그냥 기다리고 있어도 되는데."

나머지 사람들은 마을 근처에서 대기하게 했고 물론 그곳에는 결계를 쳐두었다.

결계는 불과 얼마 전에 깨지긴 했지만 달리안 같은 상식을 벗어난 괴물이 나타나지 않는 한 별다른 문제는 없을 터였다.

"그렇지만 역시 당사자가 다른 사람에게만 맡겨두는 건 면목이 없는 것 같아서요."

"그것도 그런가. 우리와는 별로 상관없는 일이기도 하고."

"이러니저러니 투덜거리며 귀찮아하는 것 같아도 타카토 군은 사람이 좋은 편이라니까."

요기리가 온 건 무슨 일이 생겨도 대처할 수 있기 때문이고 토모치카는 그 감시역으로 왔다.

요기리는 윤리적으로 위험한 부분이 있다. 그리고 토모치카는 그런 요기리를 혼자 보냈다가 무슨 짓을 저지르진 않을지 불안했던 것이다.

"그건 그렇고, 흡혈귀는 뭐든 다 할 수 있는 것 같아서 많이 부러워요."

지금 에우페미아는 요기리와 토모치카에 맞춰 일본인 같은 외모를 하고 있었다. 자신이 반마라는 것을 알지 못하도록 변신한 것이다.

이는 오리진 블러드의 능력 중 하나인 변화에 의한 것이었다. 단순한 환각이나 스테이터스 위장이 아니라 신체 자체를 다시 구성하는 것이다. 웬만한 일이 없는 한, 정체가 탄로 날 일은 없을 터였다.

"그렇군요. 이렇게 된 이후에 특별한 단점은 없는 것 같아요. 그저 강해졌단 느낌이죠."

은에 약하다, 햇빛에 약하다, 흐르는 물을 건너지 못한다, 초대해주지 않으면 건물 안으로 들어가지 못한다. 일반적인 흡혈귀는 약점이 많지만 오리진 블러드는 그 모든 것들을 다 극복했다고 했다.

"레인 말인데, 혹시 엄청 강했어?"

"네. 현자끼리 싸우는 건 금지되어 있어서 비교는 할 수 없지만 현자 중에서도 상위에 위치해 있었던 것 같아요."

"레인이라……. 갑자기 공격해 와서 뭔지 잘 몰랐었네."

토모치카와 요기리 입장에서 레인의 습격은 느닷없이 일어난 일이었다. 그리고 뭐가 뭔지 잘 모르는 사이에 요기리가 죽이는 바람에 결국 이야기도 제대로 못했다.

리즐리를 복제품으로 만들어두는 성가신 일을 한 걸 보면 뭔가 생각이 있었던 것 같지만 이젠 그것도 알 수 없게 되었다.

"음……. 성벽이 있긴 하지만, 이 마을, 이렇게 해둬도 괜찮은 건가."

토모치카는 고개를 갸웃거렸다.

그곳은 숲속으로 반쯤 들어가 있는 마을이었다.

성벽을 따라가니 중간부터 숲으로 들어가 있었다.

마을과 숲의 경계가 애매해서 성벽이 있어도 나무를 타고 간단히 안으로 들어갈 수 있을 것 같았다.

"성벽은 억지력이죠. 물리적인 방어력은 별로 기대하지 않고 있는 겁니다."

기본적으로 이 세계의 마을은 성벽으로 둘러싸져 있고 현자의 비호 아래 있으면 가호를 받을 수 있다.

가호는 어그레서의 침입을 막고 현자에게 통지를 해준다.

어느 정도 지능을 갖춘 어그레서라면 성벽이 있는 마을을 습격하면 골치 아파진다는 것 정도는 학습하고 있기 때문에 성벽에는 억지력으로서의 효과가 있는 것이다.

세 사람은 성문으로 향했다.

문지기는 그들을 보고 놀라는 눈치였다.

"들어가도 되지?"

요기리가 물었다.

"아, 아아. 괜찮긴 한데……. 정말──."

"들어가고 싶다고 하잖아. 하고 싶은 대로 하게 놔둬."

한 명은 막으려 했지만 다른 한 명은 적당히 하라는 투였다.

"도대체 이건 무슨 플래그야!"

너무 수상쩍어서 토모치카는 목소리를 높였다.

"안에 뭔가 있는 게 분명해. 그만두는 게 좋지 않을까?"

"그렇지만 지금 여기서 돌아가면 아무것도 모르잖아."

"안에 뭐가 있어요?"

토모치카가 물어본다.

"아무것도 없다."

"동공에 지진 난 것 좀 봐!"

하지만 그 이상은 말할 생각이 없는 것 같았다.

"마을에 무슨 일이 있는 겁니까?"

다음으로 에우페미아가 묻자 두 문지기의 눈에서 초점이 사라졌다.

"아, 그래. 이럴 때에는 매료구나! 흡혈귀, 진짜 너무 편리한 것 아니야?!"

"……마을에는 아무것도 없다……. 이곳은 지극히 평범한 마을……."

문지기가 잠꼬대를 하는 것 같은 목소리로 대답했다.

"거짓말 하는 건 아니지?"

요기리가 확인했다.

"네. 하지만 사전에 기억을 조작 당했을 경우까진 어떻게 할 수 없습니다."

"그쪽에 있는 사람. 왜 막으려고 한 거야?"

"……네. ……최근 들어서 그 녀석들은 이 시간대에 오기 때문에…… 마주쳤다가는 엄청난 일이…….."

"하고 싶은 대로 하라고 했던 건?"

요기리는 다른 한 명에게 물었다.

"……놈들의 폭거에는 인원수에 제한이 있다……. 당신들이 놈들의 공격을 받으면 마을 사람들은 살 수 있을 거라고 생각했기 때문……."

"음~ 쓸데없는 일에 끼어들지 않는 게 좋을지도…….."

토모치카는 조금 망설였다.

반드시 이 마을에 용건이 있는 건 아니다. 이 나라에 대해 알고 싶은 거라면 다른 마을에 가서 물어보면 된다.

"그 녀석들은 누구지?"

"투신(鬪神)의…… 현자의 수하다…….”

"그렇군. 그럼 가보는 수밖에 없네."

요기리는 서둘러 마을 안으로 들어갔다.

"잠깐 기다려! 지금 현자와 문제를 일으키면 곤란하지 않을까?!"

에우페미아와 그 일족은 안전하게 살 수 있는 거점을 찾고 있다. 괜히 현자와 엮였다가는 그것조차 여의치 않게 될 것이다.

"어디에 있는지 알 수 없는 현자에 대한 단서가 있어. 미안하지만 우리쪽 사정부터 우선시해야겠어."

"그래도.”

"아뇨, 어디에 있든 현자와 엮이게 될 가능성은 있으니 무리해서 피할 필요도 없다고 생각합니다.”

에우페미아가 그렇게 말하자 토모치카도 요기리의 뒤를 따라갔다.

마을 안에는 커다란 나무가 많이 자라 있었다.

그 중에는 건물과 일체화된 나무와 나무 자체에 문이 달려 있는 건물까지 있다.

풍요로운 자연에 풍광명미(風光明媚)한 마을이다.

그러나 마을은 기묘할 정도로 조용했다. 마을의 규모를 생각하면 좀 더 활기차고 시끌벅적해도 괜찮을 것 같은데 사람들이 거의 보이지 않았다.

가끔 보이는 사람도 몰래 숨어 다니듯 걷다가 금방 건물 안으로 들어가 버렸다.

"깜짝 놀랄 정도로 활기가 없네……."

"이래선 이야기도 제대로 못 듣겠는데. 일단 밥을 먹을 수 있는 곳이라도 가볼까."

큰 길을 조금 걸으니 금방 레스토랑을 발견할 수 있었다.

커다란 나무에 문과 창이 달려 있고 음식점임을 나타내는 간판이 걸려 있다. 이곳도 나무 내부를 뚫어서 건물로 이용하고 있는 것 같았다.

"원래 세계에서는 근처 패밀리 레스토랑에서 정보 수집 같은 건 한 번도 해본 적 없는데!"

그런데 이쪽 세계에서는 웨이트리스가 정보를 줄줄 말해줄 것 같은 기분이 드니 참 신기하다.

"정보 수집은 에우페미아 씨가 있으면 이지 모드잖아. 정말 다행이지."

"그야 그렇지. 타카토 군은 교섭엔 젬병이니까. 살짝 협박만 해도 사람이 죽을지도 모르고."

토모치카는 레스토랑 문을 잡았다.

"어라, 정기휴일이야?!"

문은 열리지 않았다.

토모치카는 창문을 봤다. 창문은 내부에서 판자가 덧대어져 있었다.

"이렇게까지 손님을 거절하는 음식점은 처음 봤어!"

"사람은 있군."

요기리가 창문으로 안을 들여다보고 있다.

그러고 보니 점원 같은 사람이 보였다. 문을 잠그고 창문을 봉쇄하고 안에 틀어박혀 있는 것 같았다.

"에우페미아 씨, 어떻게 좀 할 수 있을 것 같아?"

"네. 눈이 마주치면…… 걸렸습니다."

그러자 안에 있던 점원이 이쪽을 향해 비틀거리며 다가와 문을 열어주었다.

"죄책감마저 느끼게 될 정도로 편리해!"

"이런 걸 치트라고 하지. 이게 게임이라면 불평 한 마디 정도는 했을 거다."

하지만 이것은 현실이고 편하기만 하다면 그것으로 충분하다는 생각도 든다.

그들은 레스토랑 안으로 들어갔다.

"왜 안으로 들여보낸 거야!"

다른 점원이 그들을 보고 불만을 토로했다.

"……어? 왜 내가, 손님을 안으로…… ."

제정신을 차린 웨이트리스가 어안이 벙벙해져 있다.

"어쨌든 어서 문부터 잠가!"

그러자 웨이트리스는 서둘러 문을 잠갔다.

"뭐가 어떻게 된 거지? 우린 이제 막 이 마을에 와서 아무것도 모르겠는데."

"이 마을은…… 이제 끝이에요……."

웨이트리스가 떠듬떠듬 사정을 이야기하기 시작했다.

13화 미움받기 위한
창의적인 아이디어를 궁리해주세요

보기에도 건달 같은 모습의 녀석들이었다.

덩치 하나만 믿고서 어깨로 바람을 가르며 걷는 불량배다.

커다란 체구에 근육질 몸을 가진 비슷한 생김새의 남자 10명이 마을을 향해 걸어오고 있다.

그들을 이끌고 있는 건 부러질 것처럼 가냘픈 여자였다.

여자는 마을 앞까지 오자 걸음을 멈추더니 남자들을 향해 돌아섰다.

"새로운 멤버도 있으니 만약을 위해 확인하겠습니다."

여자는 담담하고 사무적으로 말했다.

"거기 있는 당신. 우리의 목적은 무엇이죠?"

"미움받는 거잖아? 그것을 위해서라면 무슨 일이든 해도 된다면서?"

새로 이 집단에 가담한 남자는 히죽거렸다.

"네. 모든 책임은 라이자 님에게 있습니다. 당신들이 하는 일은 라이자님이 하는 일이기도 하죠. 라이자 님의 이름 아래 그 어떤 행위도 다 허락됩니다. 하지만 동시에 제한이 있다는 점도 잊지 않도록 해주세요."

"제한이라고? 금방 무슨 짓이든 해도 된다고 했잖아!"

"네. 무슨 짓을 해도 되지만 살해 인원수에는 상한을 설정해두고 있습니다. 이는 우리의 목적을 생각하면 당연한 일. 미움받기 위해서는 미워해줄 사람이 필요하죠. 정해진 인원수 이상을 죽일 경우, 엄벌에 처해지니 주의하세요."

"거 참, 귀찮네."

"그러지 마. 익숙해지면 아무것도 아니거든. 죽이는 것 말고는 무슨 짓이든 해도 되니까."

불만스럽게 말하는 신입을 고참 남자가 다독였다.

"죽일 때는 가족 단위의 절멸도 피해주세요. 자식을 죽인다면 부모를 남겨두고 부모를 죽인다면 자식을 남겨둬야 합니다. 또한 그 경우엔 그 행위를 보여줘서 증오를 살 수 있도록 하는 것을 추천해드립니다. 미움받기 위한 창의적인 아이디어를 궁리해 주세요."

"여자는 어떻지? 그쪽도 제한 인원수가 있나?"

그렇게 묻는 남자는 그게 목적인 것 같았다.

"아뇨. 거기엔 제한이 없답니다. 임신 시키는 것도 추천해드리고 있으니 아무쪼록 열심히 힘써주세요. 당신들은 라이자 님의 유전자를 물려받았는데도 제대로 된 힘을 발휘하지 못한 불량품이지만 격세유전의 가능성이 있으니까요. 라이자 님의 유전자를 퍼뜨리는 데 협력해주시면 감사하겠습니다."

"누구더러 불량품이라는 거냐!"

신경에 거슬렸는지 남자가 외친다. 분을 풀 길이 없어 옆에 있는 나무를 후려치자 나무는 간단히 부러졌다.

비록 불량품이라고 불렸지만 그 힘은 일반인의 영역을 초월한 것이었다.

"진정해. 적당히 난동 좀 부려주면 돈도 벌 수 있다고. 게다가 이건 현자님이 보증한 일이다. 이렇게 좋은 일이 어디 또 있을 것 같냐?"

"돈이라……. 참, 값나가는 건 빼앗아도 되지?"

"들고 갈 수 있는 범위라면 문제없습니다."

"……들고 갈 수 있는 범위라면 저 배낭 말이야?"

신입 남자는 빈손이었지만 다른 사람들은 커다란 배낭을 메고 있었다.

"다음부터는 꼭 준비하라고."

"우리의 최종 목표는 라이자 님의 호적수인 복수자를 만들어 내는 것입니다. 그러기 위해서는 마을 사람들에게 나름의 여력이 필요하고 그 때문에 약탈 제한이 있는 겁니다."

"제기랄! 그런 건 미리 좀 말하라고!"

"자, 당신들에게 복잡한 말을 전해봤자 제대로 기억하지도 못할 테니 최소한의 규칙을 다시 말씀드리겠습니다. 하나, 죽여도 되는 건 한 사람 당 10명까지입니다. 둘, 약탈은 들고 갈 수 있는 범위 안에서. 셋, 목덜미에 마크가 있는 사냥감은 이미 예약된 것이니 손을 대면 안 됩니다."

"마크?"

"여러분에게 드린 스틱을 사냥감의 목덜미에 대면 마킹을 할 수 있어요. 마음에 든 사냥감이 있을 때 사용하시면 됩니다. 지속적으로 괴롭혀서 더 심한 증오를 불러일으킬 수 있으니까요."

신입 남자는 사전에 건네받은 연필 크기의 스틱을 쳐다봤다. 마킹한 사냥감이 가까이 있으면 스틱이 떨린다고 했다.

"넷, 방화는 금지되어 있습니다. 다섯, 시간이 되면 철수합니다. 한 시간 후에 호각을 불 테니 10분 안에 이 문까지 돌아오도록 하세요. 그럼 시작입니다."

남자들이 앞을 다투어 마을로 달려간다.

여자는 그 뒤를 천천히 걸어갔다.

*****

토모치카와 요기리와 에우페미아는 웨이트리스 소녀 오리에와 마주 보고 있었다.

테이블 앞에 앉아 이야기를 듣고 있었다.

또 다른 점원인 오리에의 남동생 다르프는 벽에 기대어 팔짱을 끼고 있었다. 허리에는 검을 차고 있다. 분위기를 보아하니 경호를 하고 있는 것 같다.

"……이 세계에 온 이후로 제일 열 받았어……."

토모치카는 분개했다.

이곳에 오기 전까지 별 시답잖은 놈들을 많이 봐왔지만 이건 도가 지나쳤다. 인간의 짓이라는 사실이 믿기지 않을 정도였다.

"속이 뒤집히는 이야기군."

요기리도 눈썹을 찌푸리고 있었다.

"반마의 처우는 최악이라고 생각했는데 이곳도 거기에 뒤지지

192

않는 환경이군요."

에우페미아도 침통한 모습이었다. 반마도 비도덕적인 취급을 받고 있지만 어디까지나 그건 도구로서다. 일부러 정신을 괴롭히는 짓까진 당하지 않았다.

그런데 이 나라에서는 증오를 불러일으키기 위해 정신을 괴롭히고 유린하고 있다. 사악하다고 밖에 부를 수 없는 행위였다.

"라이자는 복수자를 만들려 하고 있어요. ……고작 그딴 일 때문에…… 우리 아버지는…….."

이 마을이 타깃이 된 데는 별다른 이유가 없을 것이다.

그리고 일단 선정된 다음엔 끊임없이 괴롭힘을 당하는 것이다.

도움을 구하려 해도 이 비도덕적인 짓을 하고 있는 사람이 다름 아닌 이 나라의 지배자이니 어떻게 할 수가 없다.

마지막 수단은 반란을 일으키는 것인데, 그것이 바로 라이자가 손꼽아 기다리는 것이었다.

"상식적으로 생각하면 이런 짓을 하는 나라가 제대로 운영될 리 없는데."

시간이 지날수록 마을이 쇠퇴해서 최종적으로는 나라도 멸망할 것이 자명했다.

"그 놈은 나라가 망하든 말든 상관없는 거야."

내뱉듯이 말한 사람은 다르프였다.

"……전 라이자 님을 본 적이 있어요……. 그런 건, 어떻게 할 수가 없어요……. 우리는 하지도 못하는 복수를 저쪽에선 원하고 있는 거예요……. 이런 지옥이, 또 있을까요……."

"도망칠 수는 없나요?"

의아하게 생각한 토모치카가 물었다. 이런 짓을 당하면서까지 이 마을에 계속 있을 이유가 없다고 생각한 것이다.

"어디로 도망치든 소용없어요."

소녀가 목덜미를 보여준다. 그곳에는 검은 선 두 개가 있었다.

"이건 제가 어디 있든 알 수 있는 표식이에요. 놈들은 세상 끝까지, 그저 괴롭히기 위해 쫓아올 겁니다."

"진짜 뭐하는 놈이야! 나를 쓰러뜨릴 수 있는 놈을 찾고 있다? 미친 거 아니야?"

토모치카는 분노를 감추지 못했다. 약육강식이 세상의 이치일지 모른다. 하지만 그 경우에는 약자의 위에 군림해서 거들먹거리며 살면 된다.

적이 없을 정도로 강하다면 그것으로 만족하면 되는 것이다.

"그런 놈들이 오는데 이렇게 틀어박혀 있기만 한다고 해결돼?"

"잠깐, 그런 식으로 말하지 않아도."

"해결되는 건 없지만 눈에 띄지 않으면 습격을 당하지 않을지도 모르고 문을 잠그고 있으면 포기할지도 모르니까……."

소용없는 짓이라는 건 알고 있다. 그렇지만 아주 작은 가능성에라도 매달리고 싶은 것이다.

"저, 어서 도망치세요. 지금이라면 늦지 않을지도 몰라요."

하지만 이미 늦었다.

밖이 소란스러워지기 시작한 것이다.

그리고 누군가의 기척은 이 레스토랑에도 가까워지고 있었다.

문 앞에서 멈춰 서는가 싶더니 한 박자 늦게 문이 날아갔다. 자물쇠는 아무 도움도 되지 못했다.

나타난 것은 덩치가 큰 남자였다.

"여어, 오랜만이군!"

그 말과 동시에 문 뒤에 숨어 있던 다르프가 남자를 향해 검을 휘둘렀다.

남자는 완전히 방심하고 있었다. 갑자기 공격을 당하게 될 줄은 몰랐던 것이리라.

검은 남자의 머리를 직격했다. 하지만 그게 전부였다.

검은 남자의 머리 한 올 베지 못했다.

"활력이 넘치는군, 어이!"

"누나, 도망쳐!"

"자, 어떻게 할까나."

남자는 그렇게 말하며 다르프의 팔을 잡았다.

"하지만 이 정도로는 안 되지. 좀 더 증오해주셔야겠어. 아, 나를 증오하라는 게 아니야. 이건 전부 다 라이자 님의 명령을 받아 하는 일이니까. 불만이 있으면 라이자 님에게 하라고."

"내 동생을 놔줘! 어차피 내가 목적이잖아!"

오리에가 일어나 외쳤다.

"눈물겨운 가족애로군. 그런데 너, 증오가 좀 부족한 것 같지 않아? 몸만 바치면 원만하게 잘 해결될 거다? 혹시 아주 싫지만은 않은 거냐?"

남자가 천박한 미소를 지어 보였다.

"아~ 그래도, 맞다. 복수자라면 동생이 더 잘 어울리겠지?"

남자가 다르프를 잡은 손에 힘을 준다.

둔탁한 소리가 들리더니 다르프가 그 자리에 웅크렸다.

남자가 다르프의 목덜미에 막대 같은 것을 갖다 대자 검은 선이 떠올랐다.

"자, 동생은 거기서 보고 있어. 누나가 널 위해 열심히 노력하는 모습을."

남자가 다가왔다.

"응? 내가 이런 말을 하는 것도 우습지만, 이런 때에 손님이라니? 오, 즐길 거라면 이쪽이 더 좋겠군."

남자가 토모치카와 에우페미아를 보고 있었다. 무슨 생각을 하고 있는지는 훤히 다 보였다.

"그럼 누나와는 다른 놀이를 할까나. 어이, 동생이 죽는 걸 원하지 않으면 네 손가락을 전부 다 먹어."

"그게 대체 무슨……."

멍하게 있는 오리에.

토모치카도 남자가 한 말을 한순간 이해하지 못했다.

"못 하시겠다? 네 아버지는 딸인 널 위해 다 먹었는데?"

"우, 웃기지 마! 어차피 약속 따윈 지키지도 않을 거면서!"

"네 목숨을 살려줬잖아! 게다가 손자까지 만들어줬지. 기쁨의 눈물을 흘리면서 천국으로 갔을 걸?"

오리에가 입술을 꽉 깨물었다.

이 남자는 증오를 부추기기 위해 아주 효과적인 수단을 취하고 있었다. 이놈들은 이런 짓을, 마을 전체에서, 나라 곳곳을 다니며 저지르고 있는 것이다.

"저, 정말 그러면 동생은 살려줄 거예요?"

"글쎄, 지금은 그럴 생각이지만 계속 꾸물거리고 있으면 마음이 변할지도."

오리에가 자신의 손가락을 바라본다. 그 손가락은 희미하게 떨리고 있었다.

손가락을 먹다니, 웬만한 각오로는 하지 못할 짓이다.

토모치카는 자리에서 일어나더니 오리에의 손가락을 가만히 잡았다.

"괜찮아. 그런 짓은 하지 않아도 돼."

"그, 그렇지만."

토모치카는 남자를 향해 돌아섰다.

정말 열 받다. 사람의 마음을 가지고 노는 이 남자를, 이런 짓을 강요하고 있는 라이자라는 남자를 용서할 수 없었다.

"모코모코 씨…… 30초가 한계라고 했던 거, 지금 할 수 있어?"

『나만 믿어라.』

검을 휘둘러도 머리카락 한 올 베지 못하는 건 상식을 벗어난 일이다. 그 현상에는 분명 기프트를 주관하는 시스템이 관여하고 있을 터였다.

그렇다면 모코모코가 일시적으로 무효화 시킬 수 있다.

"뭐야? 넌 그냥 얌전히 있지? 거 참, 귀찮게 구네."

『가라!』

의자가 남자를 향해 날아갔다. 방금 전까지 토모치카가 앉아 있던 의자다.

그리고 테이블이 날아간다.

컵이. 접시가. 양동이가.

가게 안의 물건이 토모치카의 이동에 맞춰 날아간다.

이것이 바로 단노우라류 궁술의 기본 전술. 단노우라 토모치카의 진짜 실력이다.

단노우라는 대놓고 때리거나 베지 않는다. 원거리에서 일방적으로 공격하는 것을 기본으로 삼고 있다. 따라서 궁술이라 칭하는 것이다.

토모치카는 물건에 살짝 손을 대기만 해도 순식간에 중심을 파악해서 손가락 하나로 집어던질 수 있다.

주위에 물건이 잔뜩 있는 이 환경은 토모치카의 독무대였다.

"뭐, 뭐야, 넌?!"

남자는 혼란에 빠져 있었다.

정면으로 의자에 맞아서 당황하고 있었다. 그건 공격이 통했음을 의미했다. 기습적으로 검을 휘둘렀는데도 미동조차 하지 않았던 남자가 고통으로 얼굴을 찌푸리고 있다.

남자는 토모치카를 시야에서 놓치고 말았다. 잇달아 날아오는 물건에 정신이 팔려 있는 동안 토모치카에게서 눈을 떼고 만 것이다.

"헉!"

컵과 양동이에 섞여 날아온 검이 남자의 등에 꽂혔다.

그것은 다르프의 검. 아까 바닥에 떨어졌던 검이었다.

뒤에서 날아온 공격에 남자가 뒤를 돌아본다.

하지만 토모치카는 이미 그곳에 없다.

토모치카는 남자의 바로 앞에 서 있었다.

그리고 사타구니를 걷어찬다.

그곳에 있는 빈 공간. 고환 안쪽에서 내장을 향해 비틀어 박는 것처럼 힘껏 발차기를 날렸다.

남자가 고통스러워하며 앞으로 고꾸라진다.

토모치카는 걷어찬 발로 단단히 디디고 서서 두 주먹을 앞으로 내밀었다. 예전에 모코모코가 쇼우가사키 로미코에게 빙의되었을 때 선보인 기술이다.

남자는 저 멀리 날아가 벽과 격돌한다.

그리고 움직이지 않았다.

『30초만 있으면 충분하군.』

"어, 저기……."

오리에는 어안이 벙벙해 있었다.

"왜 단노우라류는 늘 사타구니를 걷어차는 거냐고……."

요기리는 조금 겁에 질린 것처럼 말했다.

*****

"그만 욱해서 저질러 버렸는데 어떡하지?!"

『저렇게까지 해놓고 그만이라니.』

토모치카가 새삼스럽게 당황하고 있었다.

"욱하면 저렇게 되구나……."

요기리는 어이없어하며 말했다.

"저, 감사합니다. 감사하긴 하지만, 그게, 그냥 끝나진 않을 거예요……."

오리에도 당황하고 있었다.

"놈들은 무리를 이뤄 찾아올 거다. 한 명 해치워봤자 다음 놈이……."

다르프가 일어나 다가왔다.

"팔을 좀 보여주시겠습니까?"

에우페미아가 다르프의 팔을 만진다.

"아픈 게 다 사라졌어?!"

골절되었던 팔이 원래대로 돌아왔다.

"소소한 회복 마술입니다."

"에우페미아 씨, 정말 뭐든 다 할 줄 아는구나!"

토모치카는 방금 전 싸움도 그냥 에우페미아에게 맡길 걸 그랬다고 말하고 싶어 하는 것 같았다.

"아뇨. 기프트를 무효화 시키는 일은 제겐 불가능합니다. 저 남자에게 공격이 통할지도 일단 해보지 않으면 알 수 없고요."

"아, 맞다. 모코모코 씨, 아까 그거, 또 사용할 수 있어?"

『그건 꽤 많은 힘이 드는 기술이다. 계산 자원을 다 사용하게 되지. 그리고 그 기술을 사용하고 있는 동안에는 다른 일을 할 수

가 없다. 즉 배틀 수트를 변형시키거나 근력 보정 같은 일을 못
하게 돼.』

"무슨 말을 하는지 잘 모르겠지만 어쨌든 사용하지 못한다는
거네."

그들은 느긋하게 대화를 나누고 있지만 적은 아직 더 있을 터.
서둘러 이동하는 것이 좋겠다 싶어서 요기리는 자리에서 일어
났다.

"계속 멍하게 앉아 있더니 이제 와서 뭐하려고?"

토모치카가 살짝 비아냥을 담아 말한다.

"서둘러 이동하는 게 좋겠어. 그렇게 난리를 쳤으니 금방 알아
챌 거야."

"그런가? 떨어져 있어서 모를 텐데──."

"안녕하세요. 헤이트 사정(査正)이 있기 때문에 직원들의 행동
은 모두 파악할 수 있답니다."

가냘픈 여자가 부서진 문으로 들어왔다.

그 뒤에는 9명의 커다란 남자가 따르고 있다.

라이자의 아이들이라 불리는 놈들이다.

실제로 라이자와는 혈연관계에 있고 남자들의 생김새도 비슷
했다. 라이자가 닥치는 대로 임신시켜서 낳은 자식이라는 소문
이었다.

"사정이라는 게 뭐지?"

요기리가 여자에게 물었다. 그 자리에 어울리지 않는 뜻밖의 단
어에 의문을 느낀 것이다.

"그것은 물론 그들이 얼마나 일을 잘하는지 조사해서 평가하는 겁니다. 성과에 따른 정확한 평가에 의해 적절한 보수를 지급하는 걸 모토로 하고 있죠."

"그럼 이 녀석은 최저 평가겠군. 급료도 못 받는 것 아니야?"

요기리는 쓰러져 있는 남자를 가리켰다.

"그 정도로 일을 망치진 않았습니다. 지금은 잘 하지 못했더라도 다음에 잘하면 되니까요."

"그래서, 뭐 하러 온 거지?"

"우리의 일은 라이자 님에 대한 증오를 불러일으키는 겁니다. 그런데 사냥감에게 반격이나 당하고 있으면 앞으로의 직무에 차질이 생기죠. 따라서 여러분께서는 죽어주셔야겠습니다."

남자들이 앞으로 나온다.

아무리 강하더라도 다수 대 소수. 어떻게든 처리할 수 있을 거라 예상한 것이리라.

"협박이 아니라 결정사항이라는 느낌이네."

열 받는 정도의 일로 사람을 죽이진 않기로 요기리는 결심했다. 따라서 이 녀석들이 아무리 악랄한 녀들이라 해도 자신이나 토코치카와 상관이 없다면 손을 대지 못한다.

그렇지만 상대가 자신들을 죽이려 들면 이야기는 달라진다.

그것은 미숙함에 따른 것일까, 아니면 인간다움의 발로일까.

요기리는 자신들을 향한 살의를 느끼며 잘 됐다고 생각했다.

"죽어."

라이자의 아이들이 일제히 쓰러져 움직이지 않게 되었다.

"······어?"

여자가 딱딱하게 굳었다. 무슨 일이 일어난 건지 이해하지 못한 것이다.

"여러분, 이런 곳에서 직무를 방기하는 겁니까? 아무리 당신들이 난폭하게 구는 것 말고는 아무 데도 도움이 되지 않는 건달들이라고 해도 이건 예상 밖이군요."

여자는 예상과 다른 말을 했다.

"죽었어. 내가 한 거야."

정확하게는 토모치카가 기절시킨 남자는 살아 있다.

그쪽은 어떻게 할까 고민하고 있자 에우페미아가 기절한 남자에게로 이동하더니 머리를 밟아 뭉갰다.

"실수로 밟아버렸네요."

토모치카는 죽이진 않을 테고 요기리는 기절한 사람에게는 힘을 사용하지 않는다.

하지만 이 남자가 깨어나면 결국 선택을 해야 한다.

그래서 에우페미아는 자신이 악역을 맡기로 한 것이다.

문제가 간단히 해결되자 요기리는 다시 여자를 본다.

그제야 상황을 이해했는지, 여자는 냉정함을 되찾고 있었다.

"그렇군요. 나는 무슨 일이 일어났는지 모를 정도로 강한 것이군요. 하지만 반격을 당할 것 정도는 이미 다 예상하고 있었습니다. 다소 희망을 품고 있더라도 더 깊은 절망이——."

그러자 여자가 이야기를 하든 말든 에우페미아가 여자의 목덜미에 이를 박아 넣었다.

"에우페미아 씨?"

에우페미아의 갑작스러운 행동에 토모치카가 당황했다.

"매료 저항을 가지고 있는 것 같아서 흡혈귀화에 의한 영속적인 지배를 시험해봤습니다. 성공한 것 같네요."

여자가 에우페미아에게 무릎을 꿇었다.

"해도 해도 너무하잖아, 흡혈귀 치트!"

"오히려 잘 됐지 않아? 내 힘으로는 협박하기도 힘든데."

"웬만한 일은 에우페미아 씨의 힘으로 다 해결 할 수 있을 것 같아……."

"그럼 이야기를 들어볼까. 라이자에 대해 이것저것 알고 싶은 게 있는데."

라이자의 관계자인 것 같으니 잘 됐다고 요기리는 생각했다.

14화 그런데 이 녀석, 나를 닮지 않았었나?

그 도시는 투신(鬪神) 도시라 불렸다.

누가 언제 그렇게 부르기 시작했는지는 모르지만 그 이유는 확실했다.

이 도시의 지배자인 라이자라는 남자가 자신을 투신이라 칭했기 때문이다.

라이자도 바보 같은 호칭이라는 자각은 있었다.

하지만 이건 일부러 그런 것이었다.

라이자가 자신을 투신이라 칭한 걸 보고 한심해하는 사람도 있을 것이다. 그렇지만 투신임을 부정한다면 싸워서 이기는 것 말고 다른 방법은 없다. 라이자를 투신으로 인정하지 않는다면 덤벼라. 그런 생각이 깔려 있기 때문이다.

라이자는 지나치게 강했다.

따라서 도전자가 없다.

그래서 일부러 투신의 이름을 퍼뜨리고 있었다. 그러면 무대포 같은 도전자가 나타날 가능성이 조금이나마 오를 테니 말이다.

라이자는 싸움을 원하고 있었다. 그러기 위해 계속 강해져왔지만 결국엔 싸울 상대가 없어졌다.

그야말로 본말전도다.

이제 와서 약해질 수도 없고 적당히 힘을 빼서 봐주는 건 당치도 않은 일이다. 그는 현재 자신이 전력을 다해 싸울 수 있는 상대를 원하고 있었다.

그래서 도시를 만들었다.

이 도시에는 크게 두 가지 역할이 있다.

하나는 이곳에 라이자가 있다는 것을 알리는 일이다. 이곳에 오면 라이자와 싸울 수 있다고 주위에 알린다. 그러면 도전자가 찾아오는 일도 있을 것이다.

그리고 또 하나가 수련장으로서의 역할이다. 장래성이 있는 자들을 억지로 모아서 손수 가르친다. 하지만 이 방법은 거의 포기했다. 제법 실력이 있더라도 수업 과정에서 그 바닥을 거의 다 알게 되기 때문이다.

그래서 최근에는 이 도시에 수많은 강자들을 가두고 싸우게 해서 강제적으로 성장을 촉진시키고 있었다.

강제 수행의 성과는 아직 나오지 않았다. 계속 도전자를 기다리는 것보다는 낫지만 현재로선 라이자의 심심풀이도 되지 못했다.

하지만 이 세계를 아는 사람이라면 이 이야기를 듣고 누구나 의아하게 생각할 것이다.

이 세계에서 강자는 현자다. 그렇다면 현자에게 도전하면 된다.

그러나 그것만큼은 라이자에게 허락되지 않았다.

라이자도 현자이기 때문이다.

현자끼리의 싸움은 대현자가 허락하지 않는다. 아무리 강해도 이 규정만은 라이자도 깰 수 없었다.

*****

라이자는 피로 물들어 있었다.

보통은 상대의 피를 뒤집어쓰는 일은 없지만 이번에는 상대가 좀 달랐다.

그건 무지막지하게 거대했다.

한참 올려다봐야 할 정도로 큰 거인이었다.

그 거인은 어그레서라 불리는 존재의 일종이다. 대체 무엇이 목적인지 모르지만 부정기적으로 외세계에서 찾아오는 적성 존재였다.

라이자는 높이 뛰어오른 다음, 주먹을 휘둘러 산만한 거인의 거대한 얼굴을 날려버렸다.

그것이 어떤 생물인지도 알 수 없었고, 생물이 맞긴 한지도 확실하진 않지만, 심장 비슷한 것이 있고 체내에는 혈액 같은 것도 순환하고 있었다.

그 놈의 몸에서 튄 피의 양이 얼마나 많은지 주위 일대는 말 그대로 피바다가 되었다.

라이자는 그 피를 그대로 뒤집어쓰고 말았다.

현자끼리의 싸움이 금지되어 있는 가운데, 라이자가 그나마 싸우는 맛을 느낄 수 있는 건 어그레서와의 전투 정도인데 이번에도 썩 대단한 놈은 되지 못해서 낙담은 컸다.

"이 녀석도 시시하군."

애당초 큰 기대를 했던 것도 아니다. 그렇지만 어그레서 말고는 싸울 상대가 없는 라이자다. 이번에야말로 호적수가 될 수 있는 상대가 아닐까 기대하게 되는 건 어쩔 수 없었다.

라이자는 땅을 박찼다.

순식간에 하늘로 날아올라 본거지인 투신 도시로 향한다.

그는 눈 깜짝할 사이에 거점으로 돌아왔다.

"돌아오셨습니까."

도시의 중심부에 솟아 있는 거대한 탑. 그 꼭대기에 라이자가 착지하자 여자가 달려왔다.

"상황은 어떻지?"

"포트 A는 교착 상태입니다. 포트 B는 전멸했습니다. 포트 C는⋯⋯."

"그렇게 자잘한 것 됐고, 뭐가 나올 것 같나?"

"현재로서 포트에는 가능성이 없습니다. 하지만 타워 B의 통과자가 나타났습니다."

"만나보지."

이 도시에서는 강자를 만들어내는 방법, 선별하는 방법을 몇 가지 시험하고 있다.

포트(항아리)라 부르고 있는 것은 강자들을 가둬서 싸우게 만드는 방법이다.

그리고 타워(탑)은 강자가 배치된 탑을 올라 정상에 도착하는 자를 선별하는 방법이었다.

도전자는 대환영이지만 최소한의 실력을 갖추지 못한 자와 싸우는 것은 시간 낭비다. 그래서 이런 방식을 채택하고 있었다.

"타워 B라면 무인(無刃)의 알레스터가 꼭대기였지."

"순식간에 죽었습니다. 알레스터는 아무 것도 못한 채 잡아먹혔다는 보고가."

"잡아먹었나. 좋아. 예사롭지 않은 느낌이 드는군."

"잠깐만 기다려주십시오."

라이자는 즉시 타워 B로 날아가려고 했지만 여자가 막았다.

"우선 몸부터 씻으시는 게 어떨까요. 그 모습을 보면 상대도 당황할 겁니다."

"아, 그런가. 피투성이 모습으로 위협할 것도 아니니까."

라이자는 순순히 차림새를 정돈하고 나서 가기로 했다.

*****

타워 B의 정상에서 기다리고 있는 건 이형(異形)이었다.

"한가지 물어봐도 되나?"

라이자는 도전자의 모습을 보자마자 물었다.

"뭐지?"

"아무리 봐도 인간인 것 같진 않고 굳이 따지자면 어그레서인 것 같은데, 어떤가?"

"인간이 아니면 도전하면 안 되나?"

"그건 아니지만 이대로 싸워서 그만 죽이게 되면 내 호기심을 풀 수가 있어야지."

도전자는 대략적으로는 인간이다. 그러나 쓸데없는 부분이 너무 많다.

옆구리에는 작은 여자의 상반신이 붙어 있었다.

오른쪽 어깨에는 날개 하나가 달려 있고 오른쪽 팔꿈치에는 발굽이 달린 발이 붙어 있다.

가슴에서 튀어나온 팔은 라이자도 본 적이 있는 것이다. 그건 무인의 알레스터의 오른팔이었다.

도전자는 몸의 여러 곳에 다양한 생물의 육체의 일부를 억지로 붙인 것 같은 기묘한 모습을 하고 있었다.

"난 잡아먹은 것의 힘을 내 것으로 거둘 수 있다. 무엇을 먹었는지 일일이 다 기억하는 건 아니지만 그 어그레서라는 것도 아마 내가 먹었을 거다."

"그 모습은 일종의 부작용인가?"

"어떤 모습이든 내 알 아니다! 네놈을 죽일 수 있다면 그것으로 충분해!"

"아아, 그래. 어떤 모습을 하고 있든 무슨 상관이겠나. 자, 시작할까."

라이자는 몸을 낮추고 자세를 잡았다.

굳이 그럴 필요는 없었지만 가만히 서 있으면 상대가 싸우기 힘들 것 같아 나름대로 배려한 것이었다.

다음 순간, 도전자는 라이자의 바로 코앞에 있었다.

"호오? 어떻게 한 거지?"

"공간을 먹어치웠다. 내가 못 먹는 건 없거든."

도전자는 순간이동을 한 것 같았다.

여유를 보여줄 생각인지 공격은 해오지 않는다.

그리고 그건 라이자도 마찬가지였다. 어떻게 공격해올지 흥미가 동했다.

"그리고 내가 먹을 수 있는 건 생물이나 공간만이 아니다. 예를 들면…… 인과 같은 것도 먹을 수 있지! 이 몸은! 과정까지 다 먹어치워서 결과만 도출할 수 있단 말이다!"

다시 도전자의 모습이 사라지자 라이자는 주먹으로 바닥을 내리쳤다.

"팍 김이 샜군. 이형이라도 강인함만을 추구하는 녀석은 내 취향인데 말이야. 약아빠진 소리를 지껄여서 말짱 꽝이다."

라이자의 주먹은 도전자에게 명중했다. 도전자는 주먹과 바닥 사이에 끼여서 머리가 짓뭉개졌다.

도전자는 무언가를 하려는 것 같았지만 라이자의 주먹은 그것까지 박살내버렸다.

현상 개변, 인과율 조작, 차원 도약, 공간 단절 같은 짓을 시도하는 상대가 드물지 않다 보니 이 정도 상대는 감각적으로 때려눕히는 게 가능했다.

"그런데 이 녀석, 나를 닮지 않았었나?"

특이하게 생긴 모습에만 시선을 빼앗겨서 몰랐는데 돌이켜보니 왠지 낯이 익은 것 같았다.

라이자는 적당히 고른 마을에서 난동을 부리며 다니다가 여자를 임신시키는 것을 일상으로 삼고 있었다

그건 폭력 충동의 발산이자 성욕 해소를 위한 것이 아니다.

라이자를 진심으로 미워하고 증오로 불타오르는 복수자를 만들기 위해서였다.

"저게 내 자식이었다면 참으로 개탄스럽군……."

자신의 아이라도 약한 자에게는 흥미가 없다.

라이자의 허무함을 더해만 갔다.

*****

에우페미아가 피를 빨아서 권속으로 만든 여자는 엘모어라고 했다.

엘모어는 라이자에 대한 증오를 만들어내기 위한 부대를 편성해서 각지를 돌아다니고 있다고 했다.

라이자의 사생아들로 편성된 부대는 증오를 사기 위해 온갖 악행을 저지르며 다니고 있었다.

물론 제멋대로 날뛰도록 놔두면 마을은 금방 전멸할 것이다.

그래서 엘모어 같은 감독관이 필요했다.

"이 자식! 무슨 낯짝으로 그런 이야기를 담담하게 하는 거냐!"

다르프가 의자를 걷어차며 일어났다.

현재 레스토랑 안에 있는 건 요기리, 토모치카, 에우페미아, 점원인 오리에와 다르프. 그리고 라이자의 수하였던 엘모어다.

그들은 각자 적당히 의자에 앉아 있었다.

"잠깐! 지금 이야기를 듣고 있잖아!"

토모치카는 절묘한 타이밍에 다르프의 목덜미를 잡아당겨 다시 의자에 앉혔다.

"이 녀석이! 이 녀석이 마을을 완전히 쑥대밭으로 만들었단 말이다!"

"저기, 놈들을 처리한 건 우리야. 그리고 우린 이 녀석에게서 정보를 끄집어낼 필요가 있지. 그러니까 일단 조용히 좀 있어줄 수 있을까?"

요기리가 귀찮다는 듯 말하자 다르프는 혀를 차며 눈을 돌렸다. 내키진 않지만 조용히 지켜볼 생각인 모양이다.

"라이자라는 놈이 속이 뒤집어지는 일을 하고 있다는 건 잘 알겠어. 그 녀석은 지금 어디 있지?"

"투신 도시에 있습니다. 라이자 님은 보통은 그곳에 계세요."

"이 녀석, 지금 어떤 상황에 있는 거지? 에우페미아 씨에게 절대 복종하고 있는 것 맞아?"

라이자라는 놈에 대한 경의는 여전히 사라지지 않은 것 같았고 요기리는 그 점에 위화감을 느꼈다.

"미묘한 상황이군요."

"미묘하다는 건 이미 다른 사람의 지배를 받고 있는 말이 아니야?"

이런 종류의 지배 능력은 먼저 한 사람에게 우선권이 있는 게 아닐까 하고 요기리는 추측했지만 그런 것도 아닌 모양이다.

"제 흡혈에 의한 예속은 꼭두각시로 삼는 게 아닙니다. 원래 가지고 있던 개성은 그대로 남겨두고 저에 대한 충성심을 심어주는 거죠."

확실히 어느 정도는 알아서 움직여줘야지, 안 그러면 너무 불편하다.

"그녀의 경우는 라이자에 대한 공포와 충성심이 영혼 저 깊숙한 곳까지 새겨져 있어서 그 상태가 개성으로 확립되어 있는 것 같아요."

"뭐, 제대로 대화를 나눌 수만 있다면 상관없지만."

요기리는 투신 도시로 가는 방법을 물어봤다.

가는 방법은 간단하다. 이곳에서도 보일 정도로 거대한 탑이 있는 도시가 투신의 도시이니 그곳으로 곧장 가면 된다.

입장 제한은 없으니 누구든 들어갈 수 있다고 한다.

"싸울 상대를 찾고 있다고 했지? 그럼 누구든 만나러 갈 수 있는 거네?"

"최소한의 레벨에 이르면 만나 뵐 수 있습니다. 그것을 위한 선발이 이루어지고 있고요."

도시의 규모는 상당히 크고 그 안에서는 다양한 선별 작업이 이루어지고 있다고 한다.

커다란 탑도 선별을 위한 시설이라고 했다.

"라이자의 능력은?"

"특별히 이렇다 할 능력을 가지고 계신 건 아닙니다. 굳이 말하자면 그저 강할 뿐. 여기 있는 여러분은 라이자 님의 앞에 서 있는 것조차 불가능합니다."

"그건 선발 시합에 합격하지 못하기 때문에?"

"아뇨, 라이자 님의 콧바람 한 번으로 당신들은 죽는다는 뜻입니다."

"그건…… 좀 무지막지하네……."

토모치카는 생각에 잠겼다.

요기리는 지금까지 만난 현자들을 떠올렸다. 분명 그들 모두 강하긴 했지만 라이자만큼 압도적인 사람은 없었을 터다.

그렇다면 라이자는 사상 최강의 현자일지도 모른다.

"라이자는 현자의 돌을 가지고 있나?"

"그건 잘 모르겠습니다."

"뭐, 그건 본인에게 물어보면 되니까."

요기리의 목적은 현자의 돌이고 그것을 이용해서 일본으로 귀환하는 것이다.

아무리 라이자에 대한 인상이 최악이라도 그것만으로 죽일 수는 없다.

게다가 체내에 가지고 있을 경우에는 죽이면 돌이 힘을 잃게 된다고 들었다.

그 점에는 세심한 주의를 기울일 필요가 있을 것이다.

"그럼 이번에는 나 혼자 가볼게."

들을 이야기는 다 들었으니 그렇게 제안했다.

"그게 좋겠어. 콧바람 한 번에 죽는다고 하니까 괜히 걸리적거리기만 할지도 몰라."

지금까지는 느닷없이 습격을 당하기만 했지만 이번에는 적이 있는 곳을 알고 있으니 준비를 다 갖춘 상태로 갈 수 있다.

그렇다면 굳이 토모치카를 데리고 갈 필요는 없었다. 적을 물리치기만 하는 거라면 요기리 혼자도 충분하다.

토모치카를 놔두고 가는 데서 발생하는 위험성도 있지만 이번만은 데리고 가지 않는 게 더 나을 것이다.

"엘모어는 데리고 가지 않아도 될까요?"

에우페미아가 확인한다.

"누구든 들어갈 수 있다면 안내는 없어도 괜찮을 거야."

"저 사람은 어떻게 할 생각인가요?"

그때까지 가만히 있던 오리에가 끼어들었다.

"글쎄요. 너무 앞일을 생각하지 않고 예속시킨 것 같군요."

"흡혈귀로 만드는 것도 좀 신중하게 생각할 필요가 있을 것 같아……."

에우페미아와 토모치카가 당혹스러운 표정을 짓는다. 한 번 흡혈귀로 만들면 원래대로 되돌리는 건 불가능하다. 흡혈귀로 만드는 건 신중하게 고민한 후에 해야 하는 일이다.

"당연히 되갚아줘야지! 저 녀석에게 어떤 일을 당했는지 잊었어?"

"내가 당한 일을 저 사람에게도 하겠다는 거야?"

"그, 그건……."

다르프는 말을 머뭇거렸다.

"복수는 아무 의미도 없어……."

그녀들에게는 부하들을 격퇴하는 건 큰 의미가 없었다.

원흉인 라이자가 건재한 이상, 부하들은 언제라도 다시 나타날 것이다.

일시적으로 울분을 해소하더라도 더 강하고 사악한 놈을 불러들일 뿐이다.

"저 사람은 그냥 데리고 가주세요."

"그래요. 예속시킨 이상 책임이 있으니까요."

"아, 이건 어떨까요? 저 사람은 에우페미아 씨의 말은 다 듣잖아요? 그러면 이대로 라이자라는 놈에게 돌려보내서 이 사람이 이끄는 부대는 나쁜 짓을 저지르지 못하도록 하는 거예요."

언 발에 오줌 누기가 될지도 모르지만, 아무것도 하지 않는 것보다 낫다.

토모치카의 제안을 들은 요기리는 그렇게 생각했지만 그 계획이 실시되는 일은 없었다.

왜냐하면 엘모어가 자신의 가슴에 오른손을 찔러 넣어 심장을 터뜨렸기 때문이다.

"어? 뭐야? 혹시 나 때문?!"

엘모어가 의자에서 굴러 떨어져 바닥에 쓰러지자 토모치카의 눈이 휘둥그레졌다.

"이런……. 제 생각이 안이했군요. 타인에 대한 위해는 금지되어 있지만 자해까지는 고려하지 못했습니다."

에우페미아가 쓰러진 엘모어를 내려다보며 말했다.

심장은 흡혈귀의 수많은 약점 중 하나다. 오리진 블러드는 이 정도로 죽지 않지만 이제 막 권속이 된 엘모어의 불사성은 고작 이 정도인 것이다.

"라이자의 명령을 거역하는 것을 견딜 수 없었던 건가. 공포 지배도 이 정도면 대단하군."

이렇게 되면 더더욱 토모치카를 데리고 갈 수 없었다.

"일단 투신의 도시 근처까지는 같이 가자. 하지만 도시 안에는 나만 들어가는 거다."

『음, 그 문제 말인데. 꼬마에게 무슨 일이 생기진 않겠지만, 그래도 혼자선 판단을 내리기 곤란할 일이 있을지도 모른다.』

"모코모코 씨가 같이 가려고? 그렇지만 단노우라 옆에서 멀리 떨어지지 못하잖아?"

모코모코는 영체이기 때문에 지켜줄 필요는 없다.

그러니 말상대로 데리고 가는 건 좋지만 거리의 문제가 있었다.

『괜찮다. 나만 믿어라!』

모코모코에게는 뭔가 계획이 있는 것 같았다.

15화 지금부터는 나,
단노우라 모코모코가 히로인을 맡도록 하겠다!

타카토 요기리와 단노우라 모코모코는 투신 도시로 왔다.

제법 규모가 큰 도시로 성벽으로 둘러싸여 있다.

외부에서도 몇 개나 되는 큰 탑이 세워져 있는 게 보였다. 그게 바로 이 도시의 명물인 타워인 모양이다.

"음하하하하! 히로인 교체를 알림! 지금부터는 나, 단노우라 모코모코가 히로인을 맡도록 하겠다!"

모코모코는 모두에게 들리는 목소리로 외쳤다.

평소처럼 사람들의 눈에 보이지 않는 영체가 아니다.

요기리의 옆에 서 있는 건 빨간 드레스와 장갑을 낀, 요기리보다 조금 어린 소녀였다.

즉 모코모코는 엔쥬 타입 로봇의 몸을 사용하고 있었다.

"갑자기 무슨 말을 하는 거야!"

"기계로 된 몸에 전투력이 있고 그 몸의 기능을 잘 살릴 수 있는 무술의 달인이며 수수께끼의 금속으로 여러 곳에 도움이 되는 굿즈를 생성할 수 있는 것도 모자라 이 사랑스러운 외모! 히로인을 자처하기에 충분하지!"

"아, 그렇다는 건 평소 모습은 사랑스럽지 않다는 것을 자각하고 있다는 거네."

"아, 아니다! 그건 그것대로 보기에 따라서는 사랑스러울 터!"

"어쨌든 가슴이 없으니까 기각."

"아주 속이 시원할 정도로 솔직하군……. 하지만 그 녀석의 가슴 정도는 얼마든지 만져도 될 것 같은데? 네 부탁은 함부로 거절하지 못할 테니까."

"이 상황에서 그러면 안 되잖아."

"그런가. 녀석은 녀석대로 꼭 싫어하지만은 않을 거라 생각한다만."

"그런데 모코로봇 씨의 이건 빙의 같은 거야?"

"모코로봇이라니…… 좀 더 괜찮은 건 없는 거냐…….."

엔쥬의 모습을 하고 있는데 모코모코라고 부르는 건 위화감이 있다. 그래서 요기리는 호칭을 바꾸기로 했다.

"뭐, 하긴 호칭 따윈 아무래도 상관없지. 이건 원격조종 같은 거니까."

연산장치를 크래킹해서 전파로 조작하고 있는 거라고 했다.

"자, 이제부터 도시로 들어간다. 죽여선 안 된다는 걸 잊지 않도록."

"알고 있다니까."

요기리는 성문으로 향했다.

검문 따윈 없어서 그들은 간단히 안으로 들어갈 수 있었다.

"평범한 마을이네."

방약무인한 남자가 지배자라고 들었는데 겉으로 보기엔 다들 평범하게 살고 있었다.

이 도시에서 라이자와 싸울 도전자를 선발하고 있다고 들었지만 모든 사람들에게 싸움을 강요하고 있는 것도 아닌 모양이다.

"이 세계에서는 평균적인 마을이라고 할까."

석조 건물이 많이 있고 도로는 포장되어 있으며 마차가 달리고 있다. 지금까지 갔던 마을에서도 흔히 봤던 광경이다.

하지만 이 광경이 이 세계의 평범함에 해당되는지는 쉽게 판단할 수 없었다.

세계에는 개념적인 상하관계가 있고 이 세계는 최하층에 위치하고 있다고 들었다.

따라서 상위 세계에서 떨어지는 물건과 사람들이 많이 존재하고 있으며, 그렇다 보니 이 세계의 독자적인 기술과 문화는 어딘가 애매한 느낌을 풍기는 경우가 많았다.

"뭐, 평범하지 않은 것도 많이 있지만."

백층짜리 거대한 탑이 도시 안에 몇 개나 세워져 있었다. 그 외에는 돔 형태의 건축물도 여러 곳에 존재하고 있다. 이 도시에서 벌어지는 전투 행위는 저 내부에 집약되어 있으리라.

"좀 더 살벌한 곳일 줄 알았는데. 가둬서 싸우게 만든다며? 이런 거, 어디서 들어본 적 있는 것 같은데."

"*고도쿠(蠱毒)를 말하는 거냐? 확실히 비슷하긴 하군."

마을은 평화로웠다.

오리에와 다르프가 이 광경을 보면 무슨 생각을 할까.

요기리는 눈썹을 찌푸렸다. 같은 나라 안에서 이 차이는 너무 불합리하다.

---

*고도쿠: 어떤 공간 안에 대량의 생물을 가둬 서로 싸우게 한 다음, 최종적으로 남는 1마리를 저주의 모체로 삼는 주술.

"누구든 현자를 만날 수 있다고 해서 오긴 했는데 어떻게 하면
되지?"

"저기 있는 사람을 잡고 물어보는 수밖에 없겠군."

현자들은 변덕이 심해서 그리 간단히 대중들 앞에 모습을 드러
내지 않는다.

하지만 이 도시에 있는 현자 라이자는 예외였다. 그는 이 도시
에서 도전자를 기다리고 있었다.

"아아, 그거라면 접수처에 가면 되네."

지나가던 사람이 가르쳐줘서 요기리는 접수처라 불리는 건물
로 향했다.

"저기, 현자를 만나고 싶은데."

"네. 타워에 도전하시는 건가요?"

안에는 카운터가 있고 담당 여직원이 있었다.

한가해 보이는 걸 보니 도전자들이 잇달아 나타나는 정도는 아
닌 것 같다.

"만날 수 있다면 그걸로. 도전이라는 건 뭘 하면 되는 거지?"

"타워는 모두 100층으로 되어 있고 도전자는 1층부터 도전하
시면 됩니다. 그 층에 있는 플로어 마스터를 쓰러뜨리고 열쇠를
손에 넣으면 다음 층으로 갈 수 있어요."

"……역시 꼭대기 층까지 가야 되는 거지?"

요기리는 벌써부터 지긋지긋해졌다. 아무리 그래도 100층은 너
무 많다.

"네. 옥상까지 도달하면 라이자 님에게 도전할 수 있는 권리를

얻을 수 있어요.”

“조금 신경 쓰여서 그러는데 한 가지 물어봐도 되지? 룸에서 기다리는 사람들은 한가한 거 아니야?”

언제 올지 모르는 도전자를 계속 기다리고 있다니, 이보다 더 한가한 일은 없을 것이다.

“한가하다니, 당치도 않습니다. 모두 타워에서 탈출하기 위해 필사적으로 트레이닝을 하고 계세요.”

접수처 직원은 별 일 아닌 것처럼 말했다.

“탈출? 플로어 마스터는 감금되어 있는 거야?”

“네. 플로어 마스터는 플로어 마스터끼리 싸워서 순위에 따라 플로어를 이동하고 있답니다. 최상층에서 벌어지는 방어전을 10연속 승리하면 라이자 님에게 도전할 수 있게 되어 있죠.”

탑 외부에서 도전하는 것과는 또 다른 규칙에 따라 운용되고 있는 것 같지만 어쨌든 전부 다 쓰러뜨리고 꼭대기 층까지 가면 되는 건 똑같다.

“타워에 도전하는 거냐고 물었었지? 다른 것도 있어?”

“포트라는 시설이 있어요. 이건 100명이 넘는 사람들이 배틀 로얄을 벌이기 때문에 금방 결판이 나지만 거의 매일 전멸하고 있고 살아남더라도 거의 다 죽어가는 상태가 많아서 외부 도전자에게는 추천해드리지 않고 있답니다.”

“그럼 타워로.”

포트의 경우는 억지로 참가하게 된 사람들도 죽여야 하지만 타워는 열쇠만 빼앗으면 끝이다.

요기리는 일단 타워 A에 도전하기로 했다.

*****

"후훗! 플로어 마스터가 한 명일 거라고 생각했나? 우리는 쌍염의──."

"죽어."

요기리는 2인조 중 한 명을 죽였다.

"헉!"

살아남은 소녀는 경악해서 그대로 굳어버렸다.

"무, 무슨 짓을 한 거지?!"

"실력 차이가 너무 크면 펀치 같은 것도 잘 안 보이잖아? 그런 거야."

"누가 들어도 조잡한 설명이군……."

엔쥬의 모습을 한 모코모코가 어이없다는 듯 말한다. 모코모코는 타워에 신청하지 않았지만 견학자 취급으로 요기리와 함께 행동하고 있었다.

"열쇠를 내놔. 안 내놓으면 죽여서 빼앗을 거다."

마지막 방의 마스터는 순순히 열쇠를 내놓았다.

열쇠를 받은 요기리는 마지막 문을 연다.

그곳에는 계단이 있고 계단을 오르니 옥상이 나왔다.

"역시 예상했던 대로 귀찮아 죽는 줄 알았네."

"차근차근 올라왔으니까. 거의 다 죽이긴 했지만."

"죽이려고 덤벼드는 걸 어떡하냐."

요기리는 자신에게 살의를 보이는 상대를 봐줄 생각 따위 없었다. 사람을 죽이려면 자신도 죽을 각오를 해야 한다고 생각하기 때문이다.

『축하합니다. 라이자 님께서 그쪽으로 가실 테니 잠깐만 기다려 주세요.』

그런 목소리가 어디선가 들려왔다.

"여기서 만나는 건가."

옥상은 평평하고 살풍경한 곳이었다. 알현이라고 해서 좀 더 격식을 갖춘 곳이 마련되어 있을 줄 알았는데 라이자라는 남자는 형식에는 별로 구애되지 않는 성격인가 보다.

"즉 싸운다는 뜻일지도."

"그렇다면 이야기가 빨라서 좋지."

그 순간, 하늘에서 뭔가가 떨어지면서 탑을 크게 흔들었다.

나타난 것은 기골이 장대한 남자였다.

소문에 듣기로는 호전적인 배틀 정키라고 했는데 실제로 만나 보니 그 인상은 완전히 바뀌었다.

분명 잘 단련된 육체는 그야말로 싸움만을 위한 것처럼 보였지만, 그는 아주 서늘한 눈을 하고 있었다.

그 표정에 있는 것은 체념과도 같은 것으로 라이자는 생각만큼 거친 인상을 가진 남자가 아니었다.

"……저기. 분명 타워에서 승리한 녀석과 싸운다는 게 규칙이긴 한데, 너, 별로 강하지 않지?"

라이자는 요기리를 꼼꼼히 살펴보고 있었다. 어딘가 못 보고 놓친 곳은 없는지, 조금이라도 미지의 요소는 없는지, 기대를 담아 관찰하고 있다.

"그렇게 말해도 딱히 할 말이 없는데."

"혹시 거기 있는 여자가?"

"클리어한 건 나야. 싸울 생각이 없으면 내 부전승인 걸로 해도 되지?"

"호오? 재미있는 말을 하는군. 이 싸움에 보수 따윈 없다. 내게 도전한 녀석의 목적은 나를 쓰러뜨리는 것밖에 없을 텐데?"

"난 당신이 가지고 있는 물건을 원해서 여기까지 온 거야."

"말해봐라. 나를 즐겁게 해줄 수 있다면 보수 정도는 얼마든지 주지."

"하나는 현자의 돌. 가지고 있지?"

"그래. 그리고 또 있나?"

"당신은 이 마을을 만들어서 완전히 지배하고 있다고 들었어. 그러니 이 마을은 당신의 소유라고 인식해도 되겠지?"

"그렇다. 이 마을에 있는 것은 돌멩이 하나까지 모두 내 것이고 모든 것이 나와 싸울 수 있는 자를 만들어내기 위해 존재하고 있다."

"그럼 이 도시도 줘."

이 마을 같은 경우는 반마의 거점으로 사용하면 되겠다는 게 요기리의 생각이었다.

"좋다. 전부 다 주지. 나를 쓰러뜨린다면 말이다."

너무 터무니없는 조건을 내걸었나 싶었지만 라이자는 흔쾌히 승낙했다.

"그럼, 시작할까."

라이자가 자세를 취했다. 침착함이 묻어나는 중후한 자세다.

격투기에 대해서는 잘 모르는 요기리였지만 이 자세를 무너뜨리는 건 보통 기술로는 불가능하다는 것을 알 수 있었다.

"그럼 오른발."

하지만 요기리의 평범하지 않은 힘은 라이자를 간단히 무너뜨렸다.

*****

라이자는 낙담했다.

타워 A의 공략자가 나왔다고 해서 와봤더니 아주 평범한 소년밖에 없었기 때문이다.

라이자의 콧김 한 번에도 죽을 것 같은 연약한 모습이라 말을 거는 데도 신경을 써야 할 정도의 존재였다.

혹시 어떤 힘을 감춰두고 있는 건 아닌지 신중하게 관찰도 해봤지만 벼락치기로 무술을 조금 연습해본 게 전부인 정도의 실력 밖에 가지고 있지 않다는 걸 알 수 있었다.

지금까지 쭉 강자를 찾아온 라이자의 눈이다. 거의 틀림없다.

하지만 그렇다면 조금 이상해진다. 이 정도 실력으로 타워를 클리어하는 건 불가능하기 때문이다.

이 소년에 비하면 옆에 있는 소녀가 훨씬 더 강할 것 같다. 기계인 것 같지만 행동거지에서는 달인의 풍격이 묻어난다.

그런데 물어보니 타워를 클리어한 사람은 역시 소년이 맞다고 한다.

의아해하고 있자 소년이 자신이 이기면 보수를 내놓으라고 말했다.

라이자는 이 소년에게 흥미가 생겼다. 소년은 자신의 승리를 확신하고 있는 것 같았다. 패배를 각오한 자포자기의 심정으로 달려드는 건 김이 새기 때문에 그런 점에서는 호의를 느꼈다.

——뭐, 됐다. 뭐든 좋으니까 나를 놀라게 해봐.

라이자는 지금까지 몇 번이나 기대했다가 배신당했다.

따라서 기대는 더 하지 않는다. 그렇지만 이렇게 계속 강자를 찾고 있는 이상, 조금이라도 새로운 무언가가 있으면 좋겠다는 생각을 할 뿐이다.

라이자는 자기만의 자세를 잡았다. 별다른 의미 없는 대충 모양만 있는 자세다.

"그럼 오른발."

소년이 말한다.

그 순간 라이자의 자세가 무너졌다.

오른발에 힘이 들어가지 않으면서 제대로 서 있을 수가 없어진 것이다.

라이자는 어안이 벙벙해졌다.

도저히 이해가 되지 않았던 것이다.

무슨 일을 당한 건지, 무슨 일이 일어난 건지 도무지 알 수 없었다.

"이 자식…… 무슨 짓을 한 거냐!"

"초고속 공격 비슷한 거야. 당신은 지각하지 못하는 속도의 공격이라고 할까."

소년은 귀찮아 죽겠다는 듯 말했다.

"웃기지 마! 난 광속도 포착할 수 있다! 넌! 방금 아무것도 하지 않았어!"

소년은 한마디만 중얼거렸을 뿐이다. 그 외에는 아무것도 하지 않았다.

그리고 라이자는 자신이 격앙되어 있다는 사실을 깨달았다.

이제 어떤 일을 겪어도 아무것도 느끼지 못할 줄로만 알았던 라이자에게 그건 오랜만에 느껴보는 감각이었다.

"광속이라니…… 엄청 수상쩍잖아."

"네 힘이 훨씬 더 수상쩍다."

소년이 소녀와 서로 얼굴을 마주본다.

"그런데 다른 사람들을 데리고 오지 않길 잘한 것 같다. 이 녀석의 목소리만으로도 평범한 인간이라면 벌써 죽었을 거다."

소녀의 말에 라이자는 아무 배려도 없이 큰 소리로 말하고 있다는 사실을 깨달았다.

바닥 여기저기에 금이 가 있다. 전투의 무대가 될 것을 고려해서 만들어진 탑인데도 라이자의 커다란 목소리를 감당하지 못한 것이다.

"어떻게 할래? 항복하고 보수를 주면 이 정도로 해둘게."

"내가 그럴 것 같으냐! 이제부터다!"

"왼팔."

소년이 한 번 더 중얼거리자 라이자의 왼팔은 힘을 잃고 축 늘어졌다.

"아주 재미있어!"

라이자는 오른팔로 바닥을 내리쳤다.

그 일격은 순식간에 탑을 파괴했다.

당연히 옥상에 있던 사람들은 떨어질 수밖에 없다.

라이자는 하염없이 떨어지고 있었다. 대지를 박차고 순식간에 이동하는 건 가능해도 공중에 뜨는 능력은 가지고 있지 않았다.

그는 떨어지면서 소년을 본다.

"스스로 낙하 제어를 할 수 있다고 들은 적이 있다만."

"이게 더 편하잖아."

소년은 우산이라도 쓰는 것처럼 소녀의 발을 잡고 있고 소녀는 등에 달린 검은 날개로 바람을 타고 있었다.

"하앗!"

라이자는 오른 주먹을 내밀었다. 보통은 닿을 수 있는 거리가 아니지만 라이자에게는 상관없다. 단순히 내지르는 동작에서 발생하는 충격파만으로도 사람을 갈기갈기 찢어 파괴하기에 충분했다.

그러나.

소년은 상처 하나 없었다.

충격파는 소년에게 도달하지도 못하고 그대로 흩어졌다.

"이대로는 건물 잔해에 묻히겠는걸."

"그럼 조금 이동하지."

소녀가 날개를 퍼덕여서 근처 광장으로 날아간다.

라이자도 그 뒤를 따랐다. 공중부유능력은 가지고 있지 않지만 충격파를 후방으로 쏘면 그 반동으로 날아갈 수 있다.

"왼발."

두 발이 움직이지 않게 되자 라이자는 착지에 실패했다.

균형을 잃고 광장 중앙 분수대에 격돌했다.

물론 이 정도로 데미지를 입진 않고 입더라도 금방 회복된다. 하지만 왼팔과 두 발이 부활할 징조는 전혀 보이지 않았다.

"이번에는 아주 대충 하는군. 지난번에는 발목이나 손가락 등, 꽤 구체적으로 하더니."

"그게 꽤 귀찮거든. 이번에는 이야기를 들을 필요가 없으니까 일단 몸의 움직임을 봉해두면 되지 않을까 싶어서 그런 거야."

소녀가 날개로 낙하 제어를 했는지 도전자 둘은 부드럽게 광장에 착지했다.

"계속 할 거야? 지금이라면 다시 돌이킬 수 있을 텐데."

"오른팔 밖에 못 움직이면 앞으로의 인생이 꽤 힘들 거다."

"너희들은 도대체 뭐냐! 무슨 짓을 한 거지?!"

라이자의 외침에 주위에 있는 잔해들이 날아갔다.

그 잔해는 소년을 향해서도 날아갔지만 맞진 않았다. 크게 움직여 피했기 때문이다. 대충 움직인 것 같았지만 잔해들이 날아

올 것을 예상하고 있는 것 같은 움직임이었다.

"왜 화를 내는 거지? 패배를 알고 싶었던 거잖아? 이게 당신이 원한 것 아닌가?"

라이자는 너무 강한 자신에게 한탄하며 패배를 알고 싶다고 공언했었다.

하지만 이것이 그가 원하던 패배인가 하면 그건 의문이다.

일방적으로 당해서 공격의 정체조차 모른다. 이건 실력 차이가 크게 날 때나 있을 수 있다.

그러나 영문을 모르는데 이것으로 패배감을 느껴보라고 하면 납득할 수가 없다.

라이자는 힘과 힘이 격돌하는 것을 원했다.

힘에 패한 것이라면 납득할 수 있다. 하지만 이건 다르다.

라이자가 발을 내딛으면 대지가 갈라지고 그의 주먹은 강을 역류시킨다. 그 눈은 빛의 속도를 포착하고 그를 감싼 오라는 개념적인 공격조차 무효화 시킨다.

그런데 이 모든 것들이 일절 통하지 않았다. 무언가를 할 수조차 없었다.

그저 담담하게, 순서대로 팔다리를 봉하기만 하는 그 공격을 받는 것은 싸움조차 아니었다.

"웃기지 마! 이런 건 인정하지 못한다!"

"보기 흉하군. 좀 더 무인다운 사람일 줄 알았는데. 오른팔."

라이자의 오른팔이 힘을 잃는다.

이것으로 팔다리 모두 움직이지 않게 되었다. 손가락 하나 까딱하지 못했다.

"자, 패배를 인정하지 않으면 현자의 돌은 억지로 빼앗는 수밖에 없다. 이 녀석도 가슴 속에 있나?"

"글쎄. 리즐리의 본체인 레인은 외부에 보관해뒀었지."

"체내에 돌이 있는 경우에는 죽으면 힘을 잃게 된다고 들었지만 아직 말을 할 수 있는 상태이니 어떻게든 되겠지."

소녀가 라이자를 향해 다가온다.

라이자는 포효했다. 단순히 소리를 지르기만 한 게 아니라 공격을 의도한 혼신의 숨결이다.

그 폭발하는 노호는 주위에 있는 건물을 송두리째 날려버렸다.

"웃차! 이래선 가까이 가지도 못하겠군. 입을 움직이는 것만으로도 이 정도라니, 정말 대단하네."

소녀는 즉시 뒤로 물러나 소년의 등 뒤로 숨었다. 그 판단은 옳았다.

"어떻게 할까. 호흡을 봉하려면 횡격막 정도면 되려나? 하지만 역시 근육을 세세하게 죽이는 건 무리니까 그냥 폐 주변만."

소년이 그렇게 말하자 라이자의 호흡이 멎었다.

호흡 관련 근육이 움직임을 멈추자 폐는 산소를 받아들이는 작업을 멈춘 것이다.

"하지만 그렇게 하면 죽잖아?"

"현자라면 한동안 안 죽지 않을까? 살아 있는 동안 안을 살펴보지. 밖에 있으면 나중에 찾아보면 되고."

"너, 토모치카 앞에서는 내숭을 떨고 있었던 거지……."

"자중하는 것도 있어. 불필요하게 미움 받고 싶지 않으니까."

"뭐, 됐다. 이 녀석에겐 배려 따윈 필요 없으니까. 시답잖은 놈이라는 건 잘 알았고."

다시 소녀가 다가간다.

"……눈을 깜빡이기만 해도 충격파가 오다니, 이 녀석, 진짜 괴물이군……."

라이자는 움직이는 곳을 총동원하고 있었다.

눈과 입은 아직 움직인다. 그 정도로도 평범한 사람은 죽일 수 있을 것이다. 하지만 기계인 소녀의 다리를 막진 못했다.

소녀는 라이자를 걷어차서 엎드리게 만들었다.

그제야 라이자는 공포를 느끼기 시작했다.

자신은 이미 끝났다는 것을, 이미 한참 전에 돌이킬 수 없었다는 것을 인식하게 된 것이다.

이젠 목숨을 구걸하지도 못한다.

라이자는 패배의 고통을 뼈저리게 느끼고 있었다.

*****

모코모코의 손가락이 검게 물들더니 길게 뻗었다. 그리고 예리한 칼날로 변한다.

등에 달린 날개와 똑같이 이것 또한 어그레서에게 받은 수수께끼의 물질로 만든 것이었다.

모코모코는 그 소재를 자유자재로 변형하는 것이 가능하기에.

모코모코는 그 칼로 라이자의 등을 절개했다.

"음? 이거 꽤 귀찮군."

칼도 들어가지 않을 만큼 단단한 건 아니지만 아무리 베어도 계속 재생한다.

하지만 모코모코는 고정구를 만들어내서 절개한 부분을 고정하면서 작업을 계속 진행했다.

"폐를 봉인해서 그런지 꽤 약해졌군. 그게 없었다면 무리였을지도 모른다."

모코모코는 라이자의 몸 안에서 둥근 돌을 꺼냈다. 바로 현자의 돌이다.

"자."

현자의 돌을 든 모코모코가 요기리에게로 돌아왔다.

"그나저나 탑 안에서 만난 미소녀들과의 플래그를 전부 다 꺾어버리다니. 보통 그럴 때는 동료로 삼으면서 보스에게 도전하는 것 아닌가?"

그렇지만 적대 관계라면 아무리 미소녀라도 상관없고 동료 따윈 걸리적거리기만 할뿐이다.

"이것으로 두 개째. 세 개째도 거의 확보한 거나 다름없는데, 이 정도로는 돌아가는 데 부족할까."

이번에 시온에게 받은 것에 더해 라이자의 돌도 입수했다. 그리고 레인의 돌은 리즐리가 가지고 있다.

"그나저나 어그레서 로봇을 한번 만나보는 것도 나쁘지 않을 것 같군. 그 녀석은 그 문제에 대해서도 잘 아는 것 같았다."

"그쪽을 먼저 확인할 것 그랬군."

하지만 이곳에 온 것도 특별히 계획을 세우고 온 게 아니다.

반마들과 만나게 되면서 여기까지 오게 된 것뿐.

"남은 건 도시의 지배권인데…… 이 녀석은 이런 상태이고, 어떻게 할까."

모코모코가 쓰러져 있는 남자를 본다. 팔다리와 폐가 죽고 등이 절개된 상태인데도 라이자는 살아 있었다.

그렇지만 이 상태에서 의사소통은 힘들 것이다.

"뭐, 라이자를 이겼다고 하면 어떻게든 되겠지."

그런 두 사람을 멀리서 지켜보는 자들이 있었다.

이 마을에 있는 자들 중에 라이자의 강한 힘과 공포를 모르는 사람은 없을 테고 그런 라이자를 이긴 요기리에게 반항하려는 자도 없을 것이다.

요기리는 그렇게 낙관적으로 생각했다.

16화   요바이인 줄 알고 기대했는데 말이지?

광장의 돌바닥에 라이자가 쓰러져 있다.

엎드려서 희미하게 움직이고 있지만 그 움직임은 요기리에 의해 봉해진 상태다. 팔다리와 호흡 관련 기관이 죽은 것이다.

등이 마구잡이로 크게 절개되어 있는 건 현자의 돌을 끄집어낸 흔적이고 그 일을 한 건 모코모코다.

비도덕적이고 잔인한 짓이긴 하지만 지금까지 라이자가 해온 짓을 생각하면 심하지 않다는 게 요기리의 생각이었다.

"포위당해 있군."

"원수를 갚으려는 분위기는 아닌 것 같다만."

라이자와 요기리와 모코모코는 투신 도시 시민들에게 둘러싸여 있었다.

그 사람들의 수는 어마어마해서 간단히 인파를 뚫고 나갈 수 있는 상황은 아니다.

라이자의 공격으로 탑이 무너지면서 무슨 일인지 보러 온 것이리라.

그리고 믿을 수 없는 광경을 보고 그대로 굳어버린 것이다.

라이자가 패했다.

그 실감이 나지 않는가 보다.

보기 흉하게, 벌레처럼 바닥에 엎어져 있는 모습을 보고도 여전히 믿지 못하는 것 같다.

그만큼 라이자는 압도적이었다.

그들은 라이자가 진다는 건 상상조차 해본 적이 없었다.

"이 도시 사람들은 어떤 취급을 받았을까. 억지로 싸움을 강요 당하던 사람과는 다르겠지?"

"음. 도시로서의 기능을 유지하려면 일반인도 필요하니까. 이 도시 자체는 아주 안전해서 인기가 높은 모양이더군. 주거권은 비싼 가격으로 거래되고 있고."

오로지 라이자와 싸울 수 있는 상대를 양성하기 위해 만들어진 도시이지만 라이자가 쾌적하게 살 수 있도록 만들어져 있기도 했다.

도전자도 많이 찾아오기 때문에 다양한 시설과 인프라가 마련 되어 있다.

라이자는 폭군이긴 했지만 투신 도시 주민들에게는 손을 대지 않았다.

따라서 시민들에게도 이곳은 굉장히 쾌적한 도시였던 것이다.

"그렇다면 이 도시 사람들 입장에서 볼 때 넌 평온을 위협하는 악당이 되는 셈인가."

"그런 건 시점의 문제잖아."

라이자는 주위 마을에서는 더없이 포학한 짓을 저질렀지만 이 곳에서는 온당한 지배자였던 것 같다.

다른 시점에서 보면 영웅이라고도 할 수 있으리라.

"음, 충고 하나 해주지. 그런 일로 고민하는 게 한층 더 인간적이다."

"확실히 그런가."

듣고 보니 그런 것 같았다.

그렇지만 그런 말을 듣지 않으면 모른다는 것도 문제였다.

하지만 이 이세계에서 고민할 상황은 아니었다.

인간다움의 추구는 요기리에게 중요한 과제이지만 한가하게 자아 찾기를 하고 있을 상황은 되지 못했다.

"이 녀석들, 비키라고 하면 다른 곳으로 갈까?"

"이제 혼란도 좀 가라앉지 않았나?"

슬슬 어떻게든 좀 해야겠다 싶을 때 인파가 갈라지면서 말쑥한 차림새를 한 남녀가 나타났다.

그들은 열을 지어 다가오더니 요기리와 모코모코 앞에 무릎을 꿇었다.

"저희는 라이자 님의 하인들입니다."

한 여자가 대표로 요기리에게 말했다.

무참하게 쓰러져 있는 라이자를 무시하고 있는 걸 보니 그쪽은 가망이 없다고 단념한 것 같다.

"현자의 돌과 도시의 지배권을 걸고 한 승부. 저희끼리 협의한 결과, 당신의 승리에는 의심의 여지가 없는 것으로 결론지었습니다."

"당신들 허가를 받는 것도 이상하긴 하지만, 어쨌든 알았어."

"네. 라이자 님은 대답을 할 수 있는 상태가 아니시니 도시의 운영, 관리를 맡고 있던 시장으로서 제가 대답하겠습니다. 이 도시에 관한 모든 것을 당신에게 이양하겠습니다.”

“모코로봇, 들었어? 에우페미아 씨 일행을 불러줘.”

“음. 지금 당장 하마.”

모코모코의 본체는 토모치카의 곁에 있다.

도시 밖에서 대기하고 있는 반마들에게 지시를 내리는 건 간단
했다.

“하, 하하하. 라이자도 저 꼴을 하고 있는 걸 보니 딱하군.”

멀리서 보고 있던 군중 속에서 한 남자가 다가왔다.

혼란에 빠져 있던 사람들도 조금씩 진정되기 시작한 것이리라.

남자는 라이자를 향해 다가간다.

“아.”

요기리는 말리려고 했다.

라이자는 죽지 않았다. 그렇게 말하려고 했지만 한 발 늦었다.

남자가 멀리 날아갔다.

요기리는 알 수 없었지만 아마 몸을 흔들어 충격파를 발한 것
이리라.

남자는 건물에 부딪쳐 쓰러지더니 그대로 움직임이 멎었다.

“저…… 숨통은 끊어놓지 않으실 겁니까?”

“승부는 났다고 인정했잖아? 나머지는 알아서들 해.”

처리하기 곤란하다. 시장은 그런 말을 하고 싶었던 것 같지만 요
기리가 거기까지 해줄 의무는 없다.

목적은 달성했으니 더 이상 뭔가를 할 필요는 없다.

라이자는 요기리가 보기에도 찾아보기 힘든 악당이었다.

하지만 숨통을 끊을 사람이 자신이라고 생각하진 않았다. 그 일을 할 사람은 분명 따로 있을 것이다.

일단 라이자는 그 자리에 방치해두기로 했다.

가까이 다가가지 않으면 해는 없다. 철저하게 주지시켜두면 문제는 없을 터.

잠시 후, 반마 일행이 줄줄이 찾아왔다.

물론 반마라는 것을 모르도록 위장했다. 예전에 테오디지아가 술법을 이용해 변장을 한 적이 있는데 그것과 동일한 방법이다.

"이 도시는 이 사람들에게 양도한다. 대표자는 에우페미아 씨가 하면 되겠지?"

"저라도 괜찮다면."

반마들은 아무도 이의를 제기하지 않았다.

각 부족이 혼합된 집단이라 역학관계는 좀 복잡할지도 모르지만 가장 큰 힘을 가지고 있는 게 바로 오리진 블러드인 에우페미아다.

달리 적당한 사람도 없다.

"자, 일단 반마들의 거점 찾기는 이것으로 일단락이 되었다고 보면 되겠지."

이 정도 해줬으니 나머지는 알아서들 하라는 투로 말하는 요기리였다.

*****

투신 도시가 함락된 지 며칠이 지났다.

다소 혼란은 있었지만 권한의 이양은 대체적으로 순조로웠다.

라이자를 쓰러뜨린 자를 거스르려는 사람은 없었고 수수께끼의 집단에 의한 지배가 마음에 들지 않는 사람들은 도시를 떠났기 때문이다.

라이자가 없다는 사실이 알려지면 공격해오는 자도 있을지 모르지만 라이자가 패배했다고 확신하려면 아직 시간이 더 걸릴 터였다.

즉 현재 투신 도시는 비교적 평화로웠다.

그래서 심야.

토모치카와 요기리는 마구간에 있었다.

"이 녀석…… 은 안 되겠군."

요기리가 보고 있는 말의 입에서는 송곳니가 자라 있었다.

말에게도 송곳니는 있다지만 턱을 뚫을 정도는 아닐 테니 이건 흡혈귀화에 의한 것일 터다.

흡혈귀가 되면서 근력이 증강되고, 피를 마신 흡혈귀에 의한 지배로 정밀한 조작이 가능해진 것이다.

즉 흡혈귀 이외의 다른 존재가 과연 이 말을 탈 수 있을지 의문이었다.

"음, 느닷없이 방에 찾아와서 데리고 나가더니 이게 무슨 일이야?!"

"많은 사람들과 있는 것도 성가시고 이제 슬슬 다음 현자를 찾으러 가볼까 싶어서."

『요바이인 줄 알고 기대했는데 말이지?』

"아니거든!"

라이자가 살던 궁전이 그대로 반마들의 거점이 되었다.

그리고 토모치카 일행에게는 궁전의 한 방이 주어졌다.

"그런데 타카토 군, 말을 탈 줄 알아?"

"일단 타보면 어떻게든 되지 않을까 생각했는데 무리일까?"

"차를 운전하는 것보다 더 어려울 것 같아."

단노우라류 궁술의 역사는 오래되었다. 당연히 승마술은 그 기술체계에 포함되어 있다.

토모치카도 당연히 말을 탈 수 있었다. 그리고 그 경험을 통해 볼 때 말을 타본 적이 없는 요기리가 갑자기 말을 타는 건 불가능하리라 생각했다.

"그런가."

"그런데 아까 한 말 말인데, 여기를 떠날 생각이야?"

"왠지 불편해."

지금까지는 요기리에 대해 아는 사람이 극히 소수였다.

그렇지만 여기서는 모두가 요기리를 최강의 존재라고 인지하고 있다.

요기리 앞에서 잔뜩 겁에 질려 있거나 그의 비위를 맞추고 추파를 던지고 그를 치켜세우는 건 그에겐 썩 마음에 드는 상황은 아닐 것이다.

"이거, 마음대로 타도 돼?"

"이 도시에 있는 것은 전부 다 내 거라고 했어."

도시를 소유하고 있는 건 요기리이고 그 운영권을 반마에게 빌려준 형태였다.

『한두 마리 정도 없어졌다고 큰 영향은 없을 거다. 하지만 이동 수단으로 말은 좀 그렇지 않을까?』

"지난 며칠 동안 차 같은 건 없는지 찾아봤는데 적어도 여긴 없는 것 같아. 다른 곳에서 사들이는 방법도 있겠지만 여기서 계속 느긋하게 있을 생각도 없고."

"……느긋하게 지낸 난 도대체…….'"

지난 며칠, 토모치카는 아주 느긋하게 지냈다.

사치스러운 식사를 즐기고 호화로운 목욕을 만끽하는 등, 그 어떤 왕후귀족 부럽지 않은 대우를 아낌없이 누렸었다.

『밥이나 축내는 쓸모없는 존재지.』

토모치카는 아무 대꾸도 하지 못했다.

"현자가 있음직한 곳에 대한 탐문과 물자 조달은 해뒀어."

"물자라는 게 그거?"

토모치카는 요기리의 배낭을 쳐다봤다.

이 마을에서 새로 산 것 같았는데 물자라고 할 만한 크기는 아니었다.

"보기보다는 많이 들어가. 구조가 어떻게 되어 있는지는 잘 모르겠지만 그 점은 이세계 특유의 무언가가 있겠거니 하고 깊이 생각하지 않기로 했어."

"좋아! 나도 그 점에 대해 태클을 걸진 않도록 하지!"

토모치카도 그냥 그러려니 생각하기로 했다.

*****

결국 마차를 타고 가게 되었다.

승마를 배워본 적이 없는 요기리가 갑자기 말을 탈 수 있을 리도 만무하고 둘이 한 말을 타는 것도 쉬운 일이 아니다.

그래서 무적장갑마가 마차를 끌도록 했다.

무적장갑과 말은 무적군단이 남겨두고 간 것을 회수한 것이다.

무적장갑에는 마력을 증강시키는 기능과 부상을 치료하고 체력을 회복시켜주는 기능까지 있어서 마차를 실컷 끌게 할 수 있었다.

마부는 모코모코가 조종하는 엔쥬 타입 로봇이 담당하고 있다.

토모치카는 엔쥬를 아무렇게나 사용해도 되나 싶었지만 요기리는 별로 신경 쓰지 않는 것 같았다.

"이거, 귀족들이 사용하는 마차지? 너무 눈에 띄는 것 같은데."

"이왕 타는 거, 승차감이 좋은 게 좋잖아."

시장에게 마차를 준비해달라고 말했더니 이걸 내주었다.

"일단 동쪽으로 가자. 그쪽에 뭔가 있다는 것 같아."

요기리의 조사에 따르면 이 근방을 지배하던 현자는 모두 다 죽었다고 했다.

"! 잠깐 기다려?! 지금 여러 가지 많은 것들을 화려하게 그냥 넘겨버린 것 같은 느낌이 드는데!"

"그래?"

"캐럴과 니노미야 씨는?!"

마차 안에는 토모치카와 요기리만 있었다. 모코모코를 무시하면 단둘 밖에 없다.

"왜 그 녀석들을 데리고 가야 되는데?"

"대놓고 그렇게 말하니까 무섭다, 너! 같은 반 친구잖아?!"

"멋대로 따라오는 건 어쩔 수 없지만 일부러 데리고 갈 이유는 없지."

"에엑?!"

"그 녀석들에게 악의는 없더라도 '기관'과 '연구소'는 신용할 수 없어."

토모치카가 볼 때 그녀들에게 무슨 꿍꿍이속이 있는 것 같진 않았다.

그렇지만 요기리에게는 다른가 보다.

과거에 무슨 일이 있었는지 모르겠지만 요기리는 그녀들이 속한 조직을 전혀 신뢰하지 않았다.

"에우페미아 씨 일행은?! 떠나기 전에 말이라도 해야지!"

거점을 손에 넣은 그녀들이 따라오진 않겠지만 그래도 인사 정도는 해도 괜찮지 않을까 하고 토모치카는 생각했다.

"귀찮아."

"귀찮다면 다야?"

"당당하게 문으로 나왔잖아. 사정이야 대충 알게 되겠지."

"리즐리 짱은?! 부탁할 게 있다고 했다고!"

리즐리는 느닷없이 찾아와서 요기리에게 프러포즈를 한 소녀인데 뭔가 부탁하고 싶은 게 있다고 했다.

"현자의 돌이라면 이미 받았으니까 괜찮아."

요기리가 배낭에서 투명감이 느껴지는 둥근 돌을 꺼낸다.

그것이 바로 현자의 돌이었다.

그냥 예쁜 돌로 밖에 보이지 않았지만 내부에 막대한 에너지를 가지고 있다고 한다.

"그럼 부탁을 들어주기로 한 거야?"

부탁이라는 건 누군가를 죽여 달라는 것이고 요기리는 난색을 표했었다.

"왜 내가 그런 살인청부업자 같은 짓을 해야 되지?"

"그럼 그건 왜 받았어?"

"어디선가 그것을 만나게 되면 상황에 따라 대응하기로 하고 받았지."

"약속한 건 하나도 없잖아! 게다가 그런 식으로 말하면 리즐리 짱도 거절할 수도 없는걸. 그게, 타카토 군을 좋아하는 것 같기도 하니까……."

"관심 없는 상대가 호의를 보여 봤자 귀찮기만 해."

"저기, 좀 더 부드러운 표현으로 바꿔서 말할 순 없을까?"

"나도 얼굴을 마주한 상태로 그런 말을 하진 않았어."

"음~ 과연 그럴까~."

아무리 생각해도 그 부분의 미묘한 뉘앙스를 잘 전달했을 것 같진 않았다.

"현자의 돌은 무슨 일이 있어도 필요해. 그렇지만 여동생을 죽여 달라는 말에, 네, 그렇습니까, 라고 할 순 없잖아."

"여동생?"

"어, 레인의 여동생이라더군. 리즐리 입장에서 보면 생면부지의 남이지만."

리즐리는 레인의 복제지만 기억은 물려받지 않았다. 그러니 부탁이라는 건 어디까지나 전해 듣기만 한, 남의 일인 셈이다.

"그래서 난 만나면 그때 생각해보겠다는 식으로 말할 수밖에 없었어. 그래도 괜찮다고 해서 돌은 받은 거고."

토모치카는 요기리 나름대로 성의를 보인 것이라고 생각해 납득했다.

"뭐, 이미 출발했으니 무슨 말을 해도 늦었지만. 이렇게 중요한 일은 사전에 상담해주면 안 될까?"

그렇게 말한 토모치카는 어느새 요기리와 함께 행동하는 것이 당연해졌다는 걸 깨달았다.

"다음부터는 그렇게 할게."

『너도 참 뻔뻔해졌구나.』

모코모코가 속삭였다.

"그나저나 동쪽에 뭐가 있어?"

토모치카는 얼버무리듯 물었다.

"황제를 맡고 있는 현자가 있다더군. 소재가 확실하니 만나러 가는 것도 편하지 않을까?"

"투신 다음은 황제……. 장난 아니게 수상쩍네……."

현자가 있는 곳은 베일에 쌓여 있다.

라이자는 도전을 받아들이기 위해 일부러 자신이 있는 곳을 공개했지만 이 경우는 예외다.

그리고 황제라는 자도 그 예외이리라.

토모치카 일행은 동쪽에 있는 제국으로 향하게 되었다.

17화 상위 존재 무브를
선보이는 고대의 무슨 용

산 정상에 있는 성채를 파괴시킨 후, 하나카와 일행은 제도로 가기 위해 동굴 속을 걷고 있었다.

제도로 가는 것뿐이라면 가도로 가면 훨씬 빠르고 안전하지만 예언서에 따르면 이래야 되는 모양이었다.

"무슨 일이든 이 녀석 혼자서도 충분하오!"

마법의 빛이 비추고 있는 거대한 지하 동굴.

그 안에는 다양한 마물이 살고 있었지만 아무 문제도 없었다.

뭐가 나오든 라그나가 간단히 해결해버리기 때문이다.

라그나는 눈이 휘둥그레질 정도로 특수한 능력을 가지고 있는 건 아니지만 무진장 강했다.

그래서 하나카와가 미끼가 되어 선두를 걷고 있더라도 전혀 위험하지 않았다.

"아~ 그거다. 오라 같은 것을 두르고 싸우는 엄청 주인공 같은 사람 말이오."

오라로 방어하고 오라를 발하는 검으로 공격하고 가끔은 오라를 날리기도 한다. 그것이 라그나의 전투 방법이었다.

"오라가 뭐지?"

마물들을 베어 쓰러뜨린 라그나가 하나카와에게 다가왔다.

다른 클래스메이트들은 조금 뒤에서 대기하고 있다.

별로 의미가 없는, 하나카와 미끼 작전은 지금도 속행 중이다.

"몸 주위에 희미하게 빛나는 것 말이오."

"아아, 이건 그렇게 대단한 게 아니라 건강법이야. 우리 마을에서는 다들 하고 있는 걸? 일정한 리듬에 따라 호흡을 하면 몸에 훈기가 도는데, 일종의 뜨거운 김 같은 것 아닐까?"

"아무리 봐도 김 같은 것은 아닌 것 같소만……."

평범한 마물이라면 닿기만 해도 소멸할 것 같은 그게 단순한 김일 리 없지만 라그나는 진심으로 그렇게 생각하는 것 같았다.

"돼지 군, 거기서 왼쪽."

앞길을 가로막는 마물들이 전멸해서 계속 앞으로 가려고 하자 오라클 마스터인 미타데라 시계히토가 지시를 내렸다.

"그렇지만 길은 앞으로만 계속 뻗어 있고 벽 밖에 없단 말이오. 설마 벽에 부딪치라는 것이오?"

"아, 그거 재미있을 것 같으니까 한번 해봐."

팜므 파탈인 쿠시마 레이가 그렇게 말했다.

"졸자의 입이 방정이오!"

"어서 해. 안 그러면 귀 속에 있는 벌레가 폭발할 거야!"

하나카와의 귀 속에는 크리에이터 마루후지 아키노부가 만든 무언가가 있다.

그것은 하나카와가 명령을 어겼을 때 폭발하도록 되어 있었다.

"가면 되지 않소!"

하나카와는 벽을 향해 달리기 시작했다.

다행히 하나카와에게는 회복 마법이 있기 때문에 벽에 부딪쳐

다치더라도 큰 문제는 되지 않는다.

"그래도 아픈 건 똑같단 말이오!"

하나카와는 단단히 각오하고 벽에 몸을 부딪쳤다. 그리고 벽에 부딪치는 느낌 없이 그대로 앞으로 쑥 빠져나갔다.

충격을 각오하고 있었는데 아무 일도 없었다.

있어야 할 벽이 없어서 달려오던 속도를 주체하지 못하고 바닥에 세게 넘어졌다.

얼굴이 바닥과 격돌하면서 그대로 미끄러져 간다.

"비밀 통로인가?"

하나카와의 뒤를 따라온 마법의 빛이 주위를 비춘다.

거대한 공간이었다.

전방에는 석조 건물이 즐비하게 세워져 있다.

도시인 모양이다. 하지만 그 어떤 인기척도 느껴지지 않았다.

그 건물들은 언제부터 그곳에 있었던 걸까. 이끼가 끼고 금이 간 건물들은 오랜 세월이 지났음을 보여주고 있는 것 같았다.

고개를 들어 위를 올려다봤지만 천장까지는 빛이 닿지 않아서 높이가 얼마나 되는지는 알 길이 없다.

돌아보니, 뒤는 무기질적이고 평평한 벽처럼 되어 있었고 하나카와가 지나온 주위가 희미하게 빛나고 있었다.

그 빛 속에서 시게히토의 목소리가 들린다.

"고대 도시다! 오메가 블레이드에 필요한 재료가 이곳에 있어. 게다가 이곳을 지나서 가면 제도에 더 빨리 갈 수 있으니까 일석이조인 셈이지."

시계히토는 오라클 마스터이기 때문에 예언서를 참고해서 그 사실을 알게 된 것이리라.

예언서는 이세계 안내서이자 공략본이다.

"저, 지름길이라고 했소? 그런데 왜 다들 이쪽으로 오지 않는 것이오?"

아무도 오는 기척이 나지 않자 불길한 예감이 든 하나카와가 물어본다.

"그 지름길에도, 재료를 입수하는 일에도 작은 수고가 필요하거든."

"하, 하하아. 고대 유적의 수수께끼를 풀어서 길을 개통하거나 아이템을 입수하거나, 뭐, 그런 것이오? 그렇지만 아무 힌트도 없이 그렇게 하라는 건."

보아하니 혼자 그 일을 다 하라는 뜻인 것 같지만 물론 하나카와에게 거부권 따원 없다.

"괜찮아. 저쪽에서 올 거니까."

"그건 무슨──."

그것이 발하는 기운에 하나카와는 할 말을 잃었다.

저 멀리서 희미하게, 날갯짓을 하는 것 같은 소리가 들려온다.

아직 모습을 보이지 않지만 그것이 절대적인 지배자의 기척임을 직감할 수 있었다.

"도…… 도대체 무엇이오!"

하나카와의 움직임은 재빨랐다. 이곳에 있으면 큰일이라는 사실을 깨달은 그는 빛나는 벽을 향해 돌진했다.

하지만 벽은 그냥 벽이었다.

벽에 부딪쳐 튕겨 나온 하나카와는 보기 흉하게 나동그라졌다.

"잠깐! 이게 어떻게 된 일이오!"

"미안. 여긴 일방통행이야."

"대화는 나눌 수 있는데 이런 게 어디 있소!"

몸을 일으킨 하나카와는 벽을 만지작거리며 확인했다.

단단한 벽이다. 자신이 이곳을 빠져나왔다는 사실이 도저히 믿기지 않았다.

"뭔가! 뭔가가 오고 있단 말이오!"

"고대 유적 같은 곳이니까 당연히 문지기 같은 놈이겠지."

날갯짓을 하는 소리가 점점 더 커지고 있다.

한기가 들었다.

그것은 천천히, 절망적인 공기를 두르고 다가온다.

그리고 등 뒤의 어딘가에 내려섰다.

"아~ 이거, 돌아보지 않는 게 좋을 것 같은 느낌이 드오만!"

하지만 하나카와는 뒤를 돌아보았다. 확인하지 않는 것도 무서웠기 때문이다.

그것은 낡은 건물 위에서 하나카와를 노려보고 있었다.

검은 비늘로 뒤덮인 거대한 몸.

강인한 팔다리에, 접었어도 알 수 있을 만큼 거대한 날개.

파충류 같은 머리에는 뿔이 달려 있고 그 입에는 날카로운 어금니가 가지런히 나 있다.

"히, 히익, 드, 드래곤?"

하나카와는 엉덩방아를 찧었다.

스테이터스가 은폐되어 있는지 감정 스킬은 아무 반응도 보이지 않았다.

하지만 그것이 예사롭지 않은 괴물이라는 건 감정 따위 하지 않아도 충분히 알 수 있었다.

그것은 재난과도 같은 존재다.

인간의 손이 미치지 못하는, 싸우려는 생각조차 해선 안 되는 존재.

하나카와는 꼼짝도 할 수 없었다.

무슨 짓을 당한 건 아니지만 보고 있기만 해도 숨을 쉴 수가 없었다.

『유한한 생명을 가진 자여, 나의 성역에는 무슨──.』

그리고 갑자기 용의 머리가 떨어졌다.

"으에? 으앗!"

드래곤의 머리가 데굴데굴 굴러 오자 하나카와는 엉덩방아를 찧은 자세 그대로 뒷걸음쳤다.

"하핫. 하나카와 군, 호들갑 떠는 거 아니야?"

어느새 옆에 라그나가 서 있었다.

주위를 뒤덮고 있던 위압적인 공기는 사라지고 몸도 움직일 수 있었다.

"어, 저, 혹시 드래곤을 물리친 것이오?"

"드래곤이라니, 이건 그냥 커다란 도마뱀인걸. 그런 거창한 게 아니야. 이런 건 우리 마을 근처에도 잔뜩 있는걸!"

"에? 그렇지만 방금 뭐라고 말도 했었단 말이오! 유한한 생명을 가진 자여, 어쩌고저쩌고. 상위 존재 무브를 선보이는 고대의 무슨 용 같은 놈 아니오?"

"아, 도마뱀을 고기 상태로만 본 도시 사람들은 잘 모르구나. 말을 하는 놈도 있어. 거만하게 구는 놈은 다 허세야. 약하니까 머리를 굴리는 게 아닐까?"

"말하는 동물을 죽여서 고기로 먹는단 말이오……?"

약간 질린 하나카와였다.

"식량이고 비싸게 팔리니까. 그야 말을 하는 동물을 죽이는 데 저항감이 없다고 하면 거짓말이지만 생명을 잡아먹는다는 건 원래 그런 거야."

──음, 희미하게 알고는 있었지만 역시 착각하고 있는 시골 용사계로군…….

그렇다면 아무리 상식을 지적해도 그 착각이 바로 잡힐 일은 없을 것이다.

귀찮아진 하나카와는 그냥 그런 것으로 생각하기로 했다.

──어, 어쨌든 이 분은 솔직하고 올곧으며 동정심도 있어서 졸자도 지켜주니 말이오!

하나카와의 생명줄이라고도 할 수 있는 존재였다. 그가 없었다면 하나카와는 벌써 죽었을 것이다.

"라그나, 제법인데?"

이제야 세 클래스메이트도 다가왔다.

"흑섬룡의 뿔이 이건가. 라그나 군, 잘라낼 수 있겠어?"

시계히토가 지시한다.

라그나는 드래곤의 머리에서 뿔을 잘라냈다.

"그 뿔이 오메가 블레이드의 검신이 되는 것이오? 과연 그게 필요하오?"

오메가 블레이드 따위 없어도 오라를 두른 라그나의 검이라면 무엇이든 간단히 벨 수 있을 것 같았다.

"남은 건 토벌 증명에 필요한 부위인가. 흑섬룡의 보옥이지. 어이, 돼지! 네가 가져와."

시계히토가 이번에는 하나카와에게 지시했다.

"아니, 가져오라고 해도 그게 어디 있는지."

"돼지 군, 구슬이니까 사타구니 사이라도 찾아보면 될 것 아니야?"

아키노부는 단순히 괴롭힐 요량으로 한 말이라는 걸 알았지만 하나카와는 그의 말을 거스를 수 없었다.

드래곤의 몸은 건물에서 떨어져 바닥에 쓰러져 있다.

하나카와는 멈칫거리며 드래곤을 향해 다가갔다.

"왜 그렇게 싫은 표정을 짓고 있지? 돼지 군, 이럴 때 도움이 되기 위해 따라온 거잖아~?"

──당신들이 억지로 끌고 온 것이지 않소!

물론 그런 말은 입 밖으로 꺼내지 못한다.

"하, 하하하! 이렇게 즐거울 데가! 이렇게 지저분한 일을 하는 것이 졸자의 즐거움이오!"

하나카와는 드래곤의 사타구니를 향해 다가갔다.

아무리 상위 존재인 양 거들먹거려도 신체적으로는 도마뱀과 비슷하니 먹고 싸는 건 당연하다.

물론 위생적일 리 없으니 가까이 갈수록 악취가 감돌았다.

──이 녀석들…… 반드시 죽이고 말 것이오! 언젠가! 반드시!

그러나 보옥은 드래곤이 손으로 쥐고 있었다.

*****

크리에이터 마루후지 아키노부는 자신이야말로 최강이라고 생각했다.

그의 능력은 창조이기에 다양한 생물을 만들어낼 수 있다.

완전히 무에서 유를 창조하는 것은 아니지만 그래도 파격적인 힘이라는 건 분명했다.

아키노부는 이 힘을 영혼을 주는 능력이라고 파악하고 있었다.

동물을 상대로 사용하진 못하지만 식물이나 사체는 그 대상으로 삼을 수 있다.

영혼이 있는 존재에게는 사용하지 못한다고 생각하면 이해하기 쉽다.

애당초 아키노부는 정말로 영혼이 있다고 믿고 있는 게 아니다. 영혼 같은 것으로 가정하면 설명하기 쉽다고 생각하는 것뿐.

만들어낸 생물은 아키노부의 명령에 따른다.

생물에게는 다양한 능력을 줄 수 있기 때문에 그 능력을 간접적으로 사용하는 것도 가능했다.

제한이라면 능력을 사용할 때는 직접 만져야만 한다는 건데 그것도 자신이 만들어낸 생물을 이용해서 어느 정도 극복할 수 있었다.

예를 들면 나무 같은 생물을 창조해서 뿌리를 뻗게 하면 된다.

아키노부가 창조물을 만지고 있으면 그것을 통해 힘을 주는 것도 가능하다.

지금은 창조할 수 있는 크기와 속도, 수에 한계가 있지만 그것도 능력이 성장하면 해소될 문제였다.

언젠가는 세계를 지배할 수도 있을 거라고 아키노부는 생각하고 있었다.

*****

오라클 마스터 미타데라 시게히토는 자신이야말로 최강이라고 생각했다.

그 능력은 운명의 예견이다.

아무리 스테이터스가 높고 파격적인 능력을 가지고 있어도 미래를 모르면 언젠가는 실패한다.

아무 생각 없이 힘을 사용하다가는 조만간 더 강한 자에게 타도당할 뿐이다.

게다가 그저 강하기만 해선 세상일이 뜻대로 되지 않는다. 그강한 힘 때문에 실패하는 일조차 있다.

목표를 달성하기 위해서는 정보가 필요한 법이다.

무엇을 쓰러뜨리고 무엇을 쓰러뜨려선 안 되는가.

어디에 가서 무엇을 손에 넣고 누구와 만나면 되는가.

시게히토의 예언서에는 목표를 달성하기 위한 순서가 적혀 있었다. 무엇을 하면 되는지 사전에 알 수 있는 것이다.

물론 책의 형태로 표시되기 때문에 모든 것이 다 적혀 있는 건 아니다.

그렇지만 공략에 필요한 최소한의 것은 적혀 있었다. 독해하는 데 어느 정도 요령이 필요하지만 시게히토는 그것을 마스터하고 있는 중이었다.

예언서는 목표를 설정하면 필요한 정보를 제시해준다.

현재 시게히토는 현자를 섬멸하고 세계에 군림하는 것을 목표로 삼고 있었다.

정면으로 맞서 싸우면 아키노부나 라그나에게도 이기지 못할 테고 이 기프트를 준 상위자인 현자에게도 이기지 못할 것은 분명하다.

그렇지만 기프트의 부모인 현자를 이기지 못한다는 것은 기프트의 능력을 직접 행사하지 못한다는 것뿐이다. 그건 현자를 물리치기 위해 필요한 정보를 얻지 못한다는 말은 아니다.

따라서 크리에이터는 현자를 이기지 못하지만 오라클 마스터는 이길 수 있다.

시게히토는 그를 위해 필요한 아이템과 인재를 모으고 있었다.

다행히 현재로서는 시간제한 것은 없다.

예언서를 다 읽고 신중하게 움직이면 언젠가 뜻을 이룰 수 있을 것이다.

시계히토는 정보를 다루는 자신이야말로 세계를 제압할 수 있다고 생각하고 있었다.

*****

팜므 파탈 쿠시마 레이는 자신이야말로 최강이라고 생각했다.

그 힘은 이성이 가진 이용가치의 계산과 농락.

즉 이용할 수 있는 남자를 찾아내서 유혹할 수 있는 능력이다.

크리에이터인 마루후지 아키노부도 오라클 마스터인 미타데라 시계히토도 자신이 레이의 지배 아래 있다는 사실조차 모를 것이다.

그들은 어느새, 자신들도 모르게, 레이를 거역하지 못하게 되었고 그녀의 의향을 자연스럽게 따르고 있었다.

원래 시계히토는 현자를 물리치고 세계를 지배한다는 야망을 가지고 있었던 게 아니다.

레이가 그러도록 만든 것뿐이었다.

그런 짓을 한 데는 별다른 이유가 없다.

그저 자신의 남자들이 자신을 위해 어디까지 자신의 무리한 요구를 들어줄지 시험해본 것뿐이었다.

그리고 이대로 어떻게 될지 즐기고 있다.

이 세계에서 안전하게 지내는 것뿐이라면 어떻게든 할 수 있을 것이다.

하지만 그런 삶을 택하면 그저 안온하고 따분한 인생을 보내게 될 뿐이다.

어차피 여기서 돌아갈 곳도 없다.

그렇다면 가능한 한 화려하고 자극적이며 향락적으로.

재미있고 즐거운 인생을 보내고 싶다고 레이는 생각했다.

*****

고대 도시를 나온 하나카와 일행은 긴 계단을 오르고 있었다.

지긋지긋할 정도로 긴 여정이 끝나고 마침내 지상으로 나오자 그곳은 숲속이었다.

출구였던 건물은 금방 흔적도 없이 사라진 걸 보니 일방통행인 모양이다.

숲을 나오니 가도가 있고 조금 떨어진 곳에 성벽이 보였다.

그곳이 엔트 제국의 제도인 것 같다.

끝없이 이어져 있는 성벽은 제도가 얼마나 큰지 말해주고 있었지만 하나카와는 조금 낙담했다.

지금까지 봐온 곳들과 별로 다르지 않았기 때문이다.

"동쪽 섬나라라고 해서 혹시 일본풍이지 않을까 기대하고 있었는데 지금까지와 별반 다르지 않군."

하나카와는 여전히 선두를 걷고 있었다.

별다른 지시가 없어서 그대로 제도로 향한다.

성문에서는 별도의 검문은 없었고 그대로 안으로 들어갈 수 있었다.

"이제 제도에 도착했으니 앞으로 어떻게 하면 되오?"

"다음은 모험가 길드. 흑섬룡의 보옥은 거기서 필요할 거야."

시계히토가 예언서를 참조해서 말했다.

"호오, 그런 것이 있다는 건 처음 듣소."

비슷한 시설은 마니 왕국의 왕도에도 있었지만 그곳은 마계에 들어갈 수 있는 입계권을 매매하는 곳이라 성격이 다르다.

예언서에는 길드로 가는 지도도 실려 있는지, 지시를 따라 가자 금방 도착했다.

내부는 기본적으로 술집 같았다.

테이블이 몇 개 있고 벽면에는 의뢰서가 빼곡하게 붙어 있다.

대낮부터 술을 마시며 떠들어대는 사람들이 있어서 그런지 제법 장사가 잘 되는 것 같았다.

"음, 뭐라고 할까, 상당히 전형적인 느낌이군! 이곳에 왔다는 건 길드에 등록한다는 흐름 아니오? 이래봬도 졸자, 레벨 99라오! 길드에 등록할 때 하는 스테이터스 체크에서 다들 경악하는 정석 같은 흐름 아니겠소!"

여기까지 억지로 끌려온 하나카와였지만 그건 그것대로 재미있을 것 같다고 생각했다.

이세계에 와서 지금까지 제대로 된 일이 하나도 없었다.

흔해빠진 전개라도 상관없으니까 슬슬 좋은 일도 경험해보고 싶었다.

"안 됐지만 그건 라그나 군이 할 거야."

"윽…… 그것을 위한 보옥이란 말인가! 길드에 등록할 때, 아, 맞다, 이곳에 오는 길에 쓰러뜨린 것이오. 같은 느낌으로 토벌 증명 부위를 제출해서 다들 놀라는 그런 시추에이션이오?"

하나카와는 그것도 재미있을 것 같다는 생각이 들었다.

자신이 주역이 아닌 건 아쉽지만 그 모습을 바로 가까이에서 볼 수 있다면 괜찮다고 생각했다.

"응? 등록을 하면 되는 거야?"

"그래. 등록을 해두면 마물을 퇴치할 때마다 돈을 받을 수 있거든."

라그나는 잘 이해가 안 되는 것 같은 모습이었지만 모두 함께 접수처로 향했다.

전원 다 등록하기로 한 것이다.

──오오! 뭐라고 할까, 새삼스럽긴 하지만 가슴이 두근두근거리오! 졸자, 드디어 모험가가 되는 것인가!

접수처는 안쪽에 있어서 술집 안을 지나야 했다.

그러면 주정뱅이들 사이를 지나가야 하는데 당연히 가는 길을 막는 다리가 튀어나왔다.

"이, 이건!"

하나카와는 감동했다.

불량한 모험가가 길드에 온 신입에게 시비를 건다. 소설 속에서 흔히 볼 수 있는 전개를 이 눈으로 직접 보게 될 줄은 몰랐기 때문이다.

그 건달은 빈약한 체격에 가죽 바지, 징이 달린 재킷을 입고 있었다. 그림에 그린 것 같은 전형적인 불량배로, 이 정도면 일 부러 그러는 게 아닐까 싶을 정도였다.

같은 자리에는 여자가 세 명 있었는데 하나 같이 다 예뻤다. 흔 해빠진 불량배보다는 그나마 괜찮을 것 같지만 그래도 말단 같 은 느낌은 지울 수 없지만.

"어이, 어이, 처음 보는 얼굴이다? 인사도 없이 지나가려고 하 다니, 어디서 배워먹은 짓이지?"

"안녕하세요!"

"그래, 안녕…… 이 아니라, 내 말은 그게 아니잖아?! 멍청이 냐?"

라그나는 상황이 이해가 되지 않는지 순순히 인사를 했다.

"그럼 뭘 말하는 건지?"

"길드에 등록하러 온 거지? 이 몸이 직접 심사해주마!"

건달은 자리에서 일어났다.

역시 비틀거리는 게 딱 봐도 약해 보이는 남자였다.

"심사라면?"

"길드에 등록하고 싶으면 나님부터 쓰러뜨려봐!"

건달이 주먹을 쥐고 자세를 잡았다.

그리고 입으로 효과음을 내면서 허공에 대고 흔들리는 주먹을 내지른다.

누가 봐도 약해 보였지만 그래도 하나카와는 만약을 위해 감정 스킬을 사용해봤다.

레벨 10이었다.

레벨 5만이 넘는 라그나라면 손가락 하나로도 쓰러뜨릴 수 있는 실력 차이다.

"요시후미, 또 그럴 거야?"

"됐으니까 술이나 마시자니까."

"신입 같은 거, 아무래도 상관없잖아."

여자들이 기가 막히다는 듯이 말한다.

신입을 보면 매일같이 해대는 일인 것 같았지만 요시후미라는 남자가 쓰러뜨릴 수 있는 건 진짜 의미에서의 신입 정도 밖에 없다.

"그런 말을 들으면 어떻게 하면 좋을지 곤란한데."

"라그나 군, 적당히 상대해주면 돼. 그래, 말 그대로 바닥에 쓰러뜨리면 되지 않을까? 그러면 납득할 거야."

이제 곧 길드에 등록을 할 텐데 사람을 죽이거나 크게 다치게 하면 곤란할 거라는 게 시계히토의 생각이었다.

"알았어. 그냥 넘어뜨리면 되지?"

"뭐어?! 그래, 그렇게 할 수 있으면 네가 이기는 거다!"

요시후미는 으름장을 놓았지만 하나카와조차 무섭다는 생각은 들지 않았다.

싸우기 전부터 승패를 알 수 있어서 일부러 웃기려고 그러나? 하는 생각 밖에 들지 않았다.

"그럼 간다."

"어서 덤벼!"

그리고 라그나의 머리가 날아갔다.

"하?"

하나카와는 무슨 일이 일어난 건지 이해가 되지 않았다.

라그나의 목에서 피가 솟구쳐 천장을 붉게 물들인다.

몸은 그대로 쓰러져 바닥을 피웅덩이로 바꾸었다.

"요시후미, 접수처 언니가 또 화낼지도 몰라!"

"청소하는 게 얼마나 힘든지 알아?"

"이러니까 신입이 안 오는 거라고."

요시후미가 주먹을 닦으며 의자에 앉는다. 아무래도 그 주먹으로 때린 것 같은데, 역시 이해가 안 되기는 매한가지였다.

"여어, 현자 후보들. 내 소개가 늦었군. 나는 이 엔트 제국의 황제. 현자 요시후미라고 한다. 잘 부탁하마."

"마, 말도 안 돼……. 황제가…… 현자가 이런 곳에……."

시계히토가 어안이 벙벙해진 채 서 있다.

"건달이 이기다니, 이게 어떻게 된 일이오?! 전형적인 전개를 원했건만!"

『현자를 물리치기 위해서는 세계검 오메가 블레이드가 필요하다! 엔트에서 할 가장 중요한 목표가 바로 세계검을 얻는 것인데 이곳에는 현자 요시후미가 있다! 검을 손에 넣기 전에 인카운터하면 반드시 전멸! 그러나 요시후미는 현자치고는 보기 드물게 황제이기도 하니 그가 있는 곳은 한정되어 있다. 신중하게 행동하면 피할 수 있을 터!』

하나카와는 예언서에 그렇게 적혀 있었던 것이 떠올랐다.

18화 막간 그건 상당히 비뚤어진 사고방식이네

아침.

료코가 잠에서 깨어나자 방 한쪽 구석에 있는 화분 뒤에 캐럴이 숨어 있었다.

료코는 그것을 숨어 있는 거라고 생각하고 싶지 않았지만 몸을 움츠린 채 숨을 죽이고 있는 걸 보니 역시 자기 딴에는 숨는다고 숨은 모양이었다.

"……들켰나? 잠에서 깨면 놀라게 하려고 했는데."

료코가 캐럴을 뚫어져라 쳐다보고 있었던 것이다. 캐럴도 머쓱해지기 시작한 것이리라.

"의도한 대로는 아니겠지만 충분히 놀랐었요."

"아~ 틀렸나~. 은신술이라는 스킬이 있어서 가능할 줄 알았는데."

"그 스킬에 은형(隱形) 효과가 있다 해도 새빨간 닌자 복장이 그 효과를 저해하고 있는 것이겠죠."

캐럴은 화려한 닌자 복장을 하고 있었다.

클래스에 대응하는 차림을 하면 능력의 향상을 꾀할 수 있지만 그 조합은 아무래도 궁합이 별로라는 생각 밖에 들지 않았다.

"그런데 무슨 용건이라도 있나요?"

"타카토 군과 단노우라가 사라졌어. 알고 있었어?"

"그런가요?"

"어젯밤에 떠난 것 같아. 리즐리는 난리가 났어."

"즉 우리를 놔두고 갔다?"

"음~ 뭐, 데리고 갈 의무는 없지만 타카토 군의 결단력에는 감탄했어."

"그럼 어떻게 하죠?"

그렇게 물은 료코는 캐럴이 어떻게 하든 상관없다는 사실을 깨달았다. 어느새 동료처럼 지내고 있었지만 원래 친구도 아니고 단순한 클래스메이트에 지나지 않는다.

"쫓아갈 생각인데, 료코는 어떻게 할 거야?"

"어째서죠? 이제 와서 감시 임무를 계속할 것도 아닌데."

연락할 수단도, 귀환할 방법도 없다. 임무를 계속 해봤자 아무 의미도 없었다.

"왜냐니…… . 그야 죽고 싶지 않기 때문이지."

요기리 옆에 있는 게 제일 안전하다는 뜻이리라.

이 세계는 너무 위험하다. 이곳에 얌전히 숨어 지내더라도 현자 같은 어마어마한 존재가 갑자기 찾아오면 그것으로 끝이다.

"그들은 원래 세계로 돌아가려 하고 있어요."

"알아. 그렇지만 우리가 귀환하는 것까지 도와주지는 않을지도 몰라."

"아뇨. 아마 그건 괜찮을 겁니다. 같이 행동하면 단노우라 씨가 우릴 버릴 리 없으니까요."

"그 점은 나도 기대하고 있긴 해."

"……만약 귀환할 수 있다면, 타카토 씨가 사라진 이 세계에 있는 게 더 안전하진 않을까요?"

"그건 상당히 비뚤어진 사고방식이네."

그렇지만 료코가 보기에 캐럴은 타카토 요기리라는 존재를 과소평가하고 있었다.

분명 이 세계는 위험으로 가득하다. 하지만 요기리야말로 그 무엇보다 무섭고 위험한 존재가 아닐까.

"……그렇지만 역시 이곳에 계속 있을 이유도 없는 것 같네요."

이곳에 온 건 요기리 일행과 동행하고 있었기 때문이다.

그들이 없다면 반마와 함께 이곳에서 살 이유도 딱히 없다.

이곳이 특별히 안전한 곳도 아니다. 오히려 위험하다. 이곳이 반마의 거점이라는 사실을 언제까지고 계속 숨기는 건 불가능하니 말이다.

"있지, 그것 좀 보여줘."

캐럴이 베갯맡을 가리킨다.

료코는 거기 놔둔 스마트폰을 집어 들었다.

예전에 배터리가 거의 다 떨어졌는데 요기리가 들고 있던 충전기를 빌려서 충전해뒀다. 게임기용 충전기라고 했지만 용도에 따라 케이블을 교체할 수 있도록 되어 있었다.

"타카토 씨가 향하고 있는 곳은 동쪽이에요."

이 스마트폰에는 감시툴 기능이 있다. 요기리가 있는 방향과 능력의 봉인 단계를 알 수 있도록 되어 있다.

"스마트폰으로 대충 방향을 알았으니 따라잡을 수 있을 거야.

일단 같이 가지 않을래?"

"그렇군요. 앞으로 어떻게 하든 이곳에서 생각만 하고 있어봤자 아무 소용없으니까요."

몸을 움직여야 알 수 있는 것도 있다. 료코는 그렇게 긍정적으로 생각하기로 했다.

*****

"에우페미아 씨! 요기리 씨가 없어졌어!"

리즐리는 에우페미아의 집무실로 뛰어들었다.

"네. 시장에게 마차를 제공해줬다는 연락을 받았습니다. 그걸 타고 나가신 게 아닐까요?"

책상 앞에 앉아 서류를 확인하고 있던 에우페미아가 고개를 들었다.

"마차를 제공했다니, 그건, 더 이상 돌아올 생각이 없다는 뜻이야?!"

"그럴지도 모르지만…… 우리에겐 그들을 붙들어둘 권리도, 이유도 없다고 생각하는데요."

"그, 그건 그렇지만……."

리즐리의 기세가 누그러들었다. 확실히 그 말이 맞다고 생각한 것이다.

그들은 탑에서 테오디지아를 도와줬고 반마의 거점을 확보하는 데도 도움을 줬다.

친절한 마음에서 그런 건지, 단순한 변덕인지는 모르지만 언제까지고 계속 반마와 함께 있을 이유는 없다. 그들에게는 그들의 목적이 있기 때문이다.

"부탁은 드렸나요?"

"응……. 확약은 받지 못했지만……."

리즐리의 근원인 현자 레인에겐 쌍둥이 여동생 세이라가 있다. 레인은 유언에서 세이라를 죽여 달라고 호소했다.

솔직히 만나본 적도 없는 레인과 그 여동생의 일은 리즐리에게는 아무래도 상관없었다.

리즐리와 레인은 완전히 별개의 인간이다. 언니가 대체 무슨 생각으로 여동생을 죽이라는 말을 했을까. 그 속내 역시 알 길이 없었다.

"타카토 씨도 당황했죠?"

"응. 이 녀석, 무슨 말을 하는 거야? 하는 표정을 지었어. 가장 난색을 표한 건 죽일 이유를 잘 모른다는 점이었고."

세이라는 레인과는 다른 요인으로 인해 불사의 몸이 되었다고 한다.

불사자를 죽이기 위해 요기리의 힘을 필요로 하고 있다는 건 알겠지만 죽여야 하는 이유를 잘 모르는 것이다.

"그럴 만 하죠. 그냥 죽이라는 말을 들으면 누구나 그럴 겁니다."

"레인은 만나보면 알 거라는 메시지 밖에 남기지 않았단 말이야. 도대체 뭘까?"

"가능성을 생각해보면 호기심을 자극해서 의욕이 없는 리즐리

님을 유도하는 작전이 아닐까요?"

　레인의 부탁은 강제적인 것은 아니기 때문에 리즐리는 무시할
수도 있다.

　그렇지만 요기리를 사모하는 마음 때문에 그를 만나러 와버렸
고 그와 대화를 나누기 위해 레인의 유언을 전하고 말았다.

　아마 여기까지는 레인의 생각대로일 것이다.

"현자의 돌은 주셨나요?"

"응. 가지고 있어봤자 딱히 사용할 데도 없고."

　현자라면 유용하겠지만 리즐리는 현자가 아니고 특수한 힘을
가지고 있지도 않다. 현자의 돌 따윈 그녀에게 있으나 마나 한 것
이었다.

"어디선가 세이라를 만나게 되면 그때 상황을 보고 생각해보겠
다고 했어."

　세이라가 정확히 어디 있는지는 모르지만 지금은 현자 반과 함
께 있는 것 같다고 요기리에게는 말해뒀다.

　가장 중요한 반이 있는 곳을 모르니 거의 도움이 되지 않는 정
보이긴 하다.

　요기리는 현자를 찾고 있으니 어디선가 만나게 될지도 모른다.
그 가능성에 기대하는 수밖에 없었다.

"그럼 리즐리 님의 원래 목적은 달성한 셈이네요."

"그렇긴 해. 그렇긴 하지만. 이런 건 납득할 수 없단 말이야!"

"그런가요? 이미 차였으니 더 이상 끈질기게 강요하지 않는 게
좋지 않을까요?"

"으으…… 역시 좀 더 얌전히 있을 걸 그랬나."

"아뇨. 타카토 씨는 단노우라 씨 외에는 전혀 관심을 보이지 않으셨으니 무슨 짓을 해도 소용없을 겁니다."

"역시?"

"네. 저도 나름대로 외모에는 자신이 있고 남자들의 호감어린 시선을 받는 일도 많이 있지만 타카토 씨에게선 아무것도 느끼지 못했으니까요."

상당한 자신감이지만 거기에선 그 어떤 자만도 느껴지지 않았다. 에우페미아는 단순한 사실로 그렇게 생각하고 있는 것뿐이었다.

"에우페미아 씨도 안 되면 어떻게 하란 거야!"

"결국 연애 감정이라는 건 늘 곁에 있는 사람에게 느끼도록 되어 있는 게 아닐까 싶어요."

그러니 포기하라고 말하고 싶은 것이리라. 하지만 리즐리는 그렇게 생각하지 않았다.

"그럼 역시 만나러 갈래!"

"뭐가 역시인지 잘 모르겠지만 타카토 씨를, 말인가요?"

"응! 그치만 난 달리 하고 싶은 일이 있는 것도 아닌걸!"

갑자기 이 모습으로 깨어나 그때까지의 기억이 없는 리즐리에게 요기리에 대한 마음은 둘도 없는 것이었다.

"알겠습니다. 그럼 저도 함께 가죠."

"에? 그치만 에우페미아 씨는 이 도시의 책임자이잖아?"

"행정에 관한 대부분의 일은 지금까지처럼 시의회가 담당하고 있습니다. 반마의 대표로서 할 일은 테오 언니도 잘 할 수 있을 거예요."

"정말 그래도 괜찮겠어?"

"네. 게다가 리즐리 님 혼자 타카토 씨 일행을 쫓아가는 건 불가능하지 않습니까?"

"……맞아. ……여기까지도 온 것도 전부 에우페미아 씨에게 맡겼으니까……."

"전 반마이기 이전에 리즐리 님의 충실한 부하입니다."

그건 흡혈귀가 되면서 강제적으로 심어진 감정일지도 모른다.

하지만 그런 식으로 따지면 요기리를 향한 리즐리의 마음도 비슷한 셈이다.

지금 그렇게 느끼고 있으니 그것으로 충분하다고 리즐리는 생각한다.

"그럼 같이 갈까!"

리즐리는 다시 요기리를 만나러 가기로 결심했다.

전혀 상대가 되지 않았습니다만,

최강이라 이세계 녀석들이

즉사 치트가 너무

번외편

-신작 외전-

불길한 아이

그것은 인류의 존속을 건, 세계를 뒤흔든 대전이었다.

세계의 대부분을 이성과 과학에 의해 지배하는 현세 인류와 모든 것을 신비와 괴이로 점철하려는 어둠의 세력의 싸움.

물론 그런 싸움을 평범한 사람들이 알 리 없다.

그것은 뒷세계, 일명 어둠의 세계에서 일어난 일이기 때문이다.

그걸 아는 건 종교 세력 중에서도 극히 일부에 지나지 않았다.

그 싸움은 모든 것을 결정짓기 위해 시작되었다. 그것이 끝날 때는 어느 한 쪽이 멸망할 수밖에 없는, 그런 싸움이었다.

수많은 사람들이 보기에 그건 불합리한 일일 것이다.

자신이 모르는 사이에 일부 인간에게 싸움의 행방을 맡긴 셈이니 말이다.

하지만 그 또한 어쩔 수 없는 일이었다.

그러한 암흑의 위협은 대다수의 인간은 인식조차 못하기 때문이다.

그것은 인류에게는 절망이라고 밖에 할 수 없는 것이었다.

그 유명한 마신, 사신, 대요괴.

동화 속에나 나옴직한, 신화에나 나오는 존재가 약속이라도 한 것처럼 전세계에서 일제히 싸움을 시작한 것이다.

갑자기 인류는 열세에 빠졌다.

그때까지 인류가 어둠의 세력에 대항할 수 있었던 것은 그들의 활동이 산발적이고 우발적이었기 때문이다.

인간은 약하고 여리다.

인간들이 모여서 지혜를 짜낸 덕분에 간신히 어둠을 억누르고 있었던 것에 지나지 않았다.

바로 그때 어둠을 이끄는 존재가 나타났다.

협조성이라고는 찾아볼 수 없는 제멋대로인 성격과 생태. 모든 것이 다른 어둠의 존재.

그것들을 한데 이끌 수 있는 존재가 나타난 것만으로도 인간의 패배는 결정적인 것이 되었다.

그래도.

인류는 잘 했다고 말할 수 있을 것이다.

인류는 포기하지 않았다.

인류의 종언까지 남은 시간을 조금 연장한 것에 지나지 않더라도, 설사 개죽음으로 끝나게 되더라도, 그들은 마지막까지 싸우는 불퇴전(不退戰)의 각오를 하고 있었다.

그리고 그 초조한 발버둥에 지나지 않는 단순한 시간 벌기는 효과를 보이게 된다.

정말 불가사의하게도 갑자기 싸움이 끝난 것이다.

멸망 직전에 있던 인류에게는 더없이 기쁜 일일 것이다.

사람들 모르게 벌어지고 있던 싸움은 사람들 모르게 그 끝을 맞이했다.

대부분의 사람들은 인류가 멸망 직전에 있었다는 사실조차 모른다.

그렇지만 이 싸움의 결말은 인류를 구하기 위해 싸웠던 자들조차 이해할 수 없는 것이었다.

왜 인류는 구원을 받았나?

왜 어둠의 세력은 싸움을 그만둔 것인가?

왜 홀연히 사라진 것일까?

그것을 알게 되는 건 조금 더 지난 후의 일이었다.

*****

한낮, 승려 모습을 한 남자가 산속을 걷고 있었다.

이름은 도겐. 일본에서 벌어진 어둠의 세력과의 싸움의 중심이 되었던 장년의 남자다.

그는 갑자기 싸움이 끝난 것을 의아하게 생각하고 있었다.

인류는 멸망의 위기에서 벗어난 걸 마냥 기뻐할 수는 없었다.

왜냐하면 어둠의 존재는 변덕이 심하기 때문이다. 거의 확실하게 이길 수 있는 싸움을 갑자기 포기하는 일도 있을 수 있다. 그리고 그것이 단순한 변덕 때문이라면 다시 싸움을 시작할 가능성도 있다는 뜻이다.

어둠의 움직임을 읽는 건 불가능하다. 도겐은 지금까지의 싸움을 통해 그 점을 잘 알고 있었다.

그들은 무자비하고 잔혹하다. 사람을 가지고 놀고 먹어치우고 파멸시킨다.

하지만 그러다가도 무슨 변덕인지 대충 봐주거나 때로는 못 본 척 해주기도 한다.

도겐도 지금까지 그런 그들에게 얼마나 호되게 당했는지 모른 다. 굴욕적이게도 상대가 살려준 적도 여러 번 있다.

──통솔자가 있기 때문인가?

이번 정전에도 통솔자가 관여하고 있다면 거기엔 어떤 함정이 나 책략이 있을지도 모른다.

그렇게 생각하면 싸움이 끝났다고 한가하게 있을 수는 없었다.

도겐은 어둠의 기운을 찾아다녔다.

그리고 일본을 멸망시키려 했던 대요괴의 기운을 포착했다.

그것이 이곳에 온 이유이다. 도겐은 이 산속에서 요기를 감지한 것이다.

지도를 봐선 이 산에는 특필할 만한 것은 없었다.

그러나 산이라면 대요괴가 숨어 지낼 곳은 얼마든지 있다. 그 것은 직접 확인해보는 수밖에 없다.

직접 와보니 예사롭지 않은 곳이라는 걸 한눈에 알 수 있었다.

어떤 이유에서인지 군대가 이 근방에 자리를 잡고 침입자를 경 계하고 있었다.

──그리고 보니 비의가 전해지는 마을이 있다고 들은 적도 있 는데.

그게 이곳이었나 하고 이제야 생각이 미쳤다.

도겐은 뒷세계의 일을 잘 알고 있다. 당연히 정부에 의해 은폐 된 마을이 있다는 것 정도는 알고 있었다.

하지만 이 마을에 무엇이 감춰져 있는가 하는 것까지는 몰랐고 그것으로 충분하다고 생각했다.

고대부터 끊임없이 계승되어오는 비의에 의해 무언가를 봉인하고 있다. 그렇다면 지금까지 잘 봉인되고 있다는 뜻이다. 그러니 쓸데없는 참견은 불필요하다.

그러나 이번만은 이야기가 다르다.

일본을, 세계를 멸망시킬지도 모르는 대요괴가 그 마을에 숨어 있다면 조사해봐야만 한다.

마을에 침입하는 것은 간단했다.

사람을 제대로 죽여본 적도 없는 군대가 상대다. 그 눈을 피해 마을 안으로 들어가는 건 도겐에게는 누워서 떡먹기였다.

산속에 있는 작은 집락. 그곳은 별다른 특징 없는 시골 마을에 지나지 않았다.

*쇼와 초기 즈음에 시간이 멈춘 것 같은 가난한 마을이다.

시간이 더 흐르면 문화적인 가치도 발생할 수 있을지 모르지만 현 시점에서는 그냥 낡기만 한 마을이다.

──자, 외계와는 확실히 구별되는 마을이다. 섣불리 마을 주민과 마주치는 건 곤란하겠지…….

도겐은 나무 뒤에 숨어 마을을 살피고 있었다.

논과 밭에서 농사일을 하는 사람들의 모습이 보인다. 폐쇄적인 마을이다. 도겐이 외부인이라는 건 한눈에 알 수 있을 것이다.

도겐은 어둠을 틈타는 게 좋겠다고 판단했다.

---

*쇼와: 1926년부터 1989년까지 사용된 일본의 연호.

마을 중심부에 있는 커다란 건물. 양식은 불분명하지만 어떤 종교 관련 건물이리라. 그곳에서 수상한 기운이 느껴졌다.

그곳으로 가려면 차폐물 하나 없는 논밭 한가운데를 지나야 한다. 은형술을 행사하면 갈 수 있을지도 모르지만 도겐의 술법은 전투에 특화되어 있었다. 즉 들키지 않을 리 없었다.

도겐은 되돌아가기 위해 뒤로 돌아섰다.

그곳에 청년이 서 있었다.

상하의가 붙은 작업복을 입고 삽을 든 남자. 농사일을 하다가 빠져나온 듯한 모습이었다.

"잠깐. 싸울 마음은 없어. 어차피 난 이기지도 못할 테니까. 그 차림을 보아 하니 산에 사는 사람?"

도겐은 반사적으로 독고저를 들고 남자와 마주하고 있었다.

"지금 타이밍에 밖에서 사람이 온 걸 보면 용건은 뻔하겠군. 안내해줄 테니 소란은 피우지 않도록 해줘."

적의는 없는 것 같아서 무기를 거두었다.

"참고로 말하는데, 이제 어떻게 침입할지 고민해봤자 소용없어. 결계 속으로 발을 들여놓은 순간, 이 마을에 있는 사람들은 모두 당신의 존재를 알게 됐으니까. 그러니 당신이 할 수 있는 일이라곤 마주치는 사람들을 죄다 죽이며 마을로 들어오거나 얌전히 안내해주는 대로 따라오는 것뿐."

"안내를 부탁한다."

도겐은 순순히 안내를 부탁했다. 기이한 상황에 대해 알아내는 것이 최우선 과제이지만 그것을 위해 불필요한 살생을 할 생각은 없었다.

비록 겉으로만 승려의 모습을 하고 있을지언정 일단 불문에 한 발을 담근 몸이다.

"나만 따라와."

도겐은 청년의 뒤를 따라갔다. 농로를 지나 마을 중심부로.

그곳에는 멀리서 본 것보다 더 거대한 건물이 있었다.

이 마을은 이 건물을 위해 존재한다. 그렇게 느껴질 정도의 존재감이 그 신사에 있었다.

도겐은 그곳을 신사라고 생각했지만 신도와는 아무 상관도 없는 것 같았다. 원통형 건물은 굳이 따지면 대륙에서 기원한 것 같았다.

"그곳으로 들어가면 돼."

청년이 문을 가리켰다. 같이 안에 들어갈 생각은 없어 보인다.

도겐은 돌계단을 올라가 문을 열고 안으로 들어갔다.

그곳은 *가람당이었다. 마룻바닥에 높은 천장. 밖에 본 그대로 원통형 공간이 펼쳐져 있다.

바깥쪽 가장자리에는 촛대가 몇 개나 세워져 있고 양초에는 희미하게 불이 켜져 있었다.

중심부는 보이지 않았다.

등 뒤에 있는 문으로 빛이 들어오고 있는데도, 몇 개나 되는 촛불이 켜져 있는데도 중심부까지는 빛이 닿지 않았다.

도겐은 펜라이트를 꺼내 스위치를 켰다. 역시 갑자기 빛이 사라

---

*가람당: 가람신을 모시는 사당.

지는 공간이 존재하고 있었다.

아마도 결계와 비슷한 종류일 것이다. 내부와 외부를 나누는 원통형 결계가 그곳에 있다.

도겐은 그곳에서 희미하게 흘러나오는 요기를 느낄 수 있었다.

역시 녀석은 이곳에 있고 이 안에서 무언가를 하고 있다.

그것은 승리를 목전에 두고도 싸움을 그만둬야 했을 정도의 일이다. 그렇다면 인류에게 재앙을 가져올 가능성은 충분히 있을 것이다.

도겐은 각오를 하고 어둠 속으로 발을 내딛었다.

숨이 막혔다.

──뭐지, 이건…….

시간 감각이 애매해지고 상하조차 흐릿해진다. 도겐은 자신이 어떤 자세를 하고 있는지조차 알 수 없어졌다.

시야가 일그러지고 명멸했고 그곳에 뭐가 있는지 인식하기 힘들어졌다.

하지만 오히려 그게 다행이었다.

그것을 똑바로 보게 되면 제정신을 유지하지 못하게 된다는 것을 도겐은 직감할 수 있었다.

그곳에 있는 것은 최악이었다.

이 세상 모든 악을 압축해놓은 것 같은 그것을 도겐은 최악이라고 밖에 표현할 길이 없었다.

혼자서 세계를 위기로 몰아넣었던 마신이 이곳에서는 일부에 지나지 않는다.

그것들은 압축되고 혼합되어 그곳에 가득 들어차 있었다.

그저 그곳에 있는 것만으로도 이 세상 모든 것을 저주할 수 있을 것이다. 만약 이것이 풀려난다면 그 순간 모든 것이 썩어 문드러질 터.

하지만 도겐에게 그런 일은 사소한 것에 불과했다.

──무언가가, 있다.

그 소름끼치는 재앙은 덮개에 지나지 않았다. 그것은 무언가를 에워싸듯 존재하고 있었다.

더 이상 가지 말라고 도겐의 본능은 호소했다.

그것을 확인해봤자 무슨 의미가 있단 말인가.

이곳에 있는 것은 그저 절망일 뿐이다.

인간은 어떻게 할 수 없는 막다른 골목이 있는 것에 지나지 않는다.

더 깊은 곳이 있다 해도 그것을 봐서 대체 뭘 어떻게 하겠다는 것인가.

그런데도 도겐은 그것이 보고 싶었다.

무시하고 돌아가는 것이 현명한 선택일 것이다.

어째서 그렇게 되었는지는 모르지만 이것은 결계 안에 있다. 이 마을은 그것을 봉인해두고 있는 것이다. 그렇다면 그러도록 놔두면 된다.

하지만 그래서 어떻게 할 것인가. 앞으로의 인생을, 이곳에 무엇이 있었는지 신경 쓰면서 살아가라는 말인가.

이곳에 있는 것은 극한이다.

좋든 나쁘든 궁극의 존재인 그것을 이 눈으로 보고 싶다는 게 뭐가 나쁘다는 것인가.

도겐은 바닥에 엎드려 기었다.

더 이상 서 있을 수도 없었지만, 그래도 어디로 가면 되는지는 알 수 있었다. 그렇다면 팔다리만 움직이면 언젠가는 그곳에 도착할 수 있다.

"이런 곳까지 오다니, 상당히 정열적이군요. 나를 싫어하는 줄 알았는데 그렇지도 않나봐."

청량한 목소리에 도겐은 움직임을 멈췄다. 그 목소리는 도겐이 향하는 곳, 어둠의 중심부에서 들려왔다.

"하지만 그냥 그 정도로 해두는 게 어때요? 그대로 계속 오면 죽을 테니 내가 그쪽으로 가도록 하죠."

갑자기 눈앞이 새하얗게 변했다. 햇빛이 어둠에 익숙해진 도겐의 눈을 찔렀다.

그리고 도겐은 자신이 돌바닥에 쓰러져 있다는 사실을 자각하고 신사에서 내동댕이쳐졌다는 사실을 깨달았다.

점점 빛에 익숙해지자 신사 앞에 있는 돌계단에 한 여자가 걸터앉아 있는 게 눈에 들어왔다.

헐거운 기모노를 입은 요염한 모습의 여자다. 그 여자를 본 적은 없지만 도겐은 이 여자가 바로 그가 찾아 헤매던 대요괴라는 것을 확신할 수 있었다.

"그런 곳에 쓰러져 있지 말고 이리 오시지?"

여자는 상냥하게 말을 건넸지만 도겐은 묘한 위화감을 느꼈다.

밤의 어둠 속에서만 대치했던 상대와 대낮에 만나는 건 왠지 우스꽝스러웠다.

이 여자와 싸워야 할지도 모른다. 그게 바로 도겐의 사명이다.

하지만 그런 것을 보고 나자 그것 역시 아무래도 상관없다는 생각이 들었다.

여자는 신사 안에 있는 것에 대해 이야기할 생각이리라. 그건 도겐도 바라 마지 않는 일이다.

이 여자의 말에 마냥 순종하는 건 혐오감이 들었지만 이대로 여자가 내려다보는 가운데 이야기를 하는 것도 내키지 않았다. 도겐은 혀를 차며 여자의 옆에 앉았다.

"갓난아기예요."

"뭐가?"

"신경 쓰지 않았나요? 이 안에 있는 건 갓난아기란 말입니다."

갓난아기란 건 태어난지 얼마 안 되는 아이란 소리다. 그런데 저런 가람당 안에 갓난아이를 놔두다니, 도대체 무엇을 꾸미고 있는 거지?

"그건 아니죠. 내가 갓난아이를 가둬두고 나쁜 계략을 꾸미고 있는 게 아니랍니다."

의문이 얼굴에 드러난 걸까, 아니면 마음을 읽기라도 한 걸까. 여자는 도겐의 의문에 대답했다.

"그 이유가 궁금한 것이겠죠. 가르쳐줄 테니 당신이 그걸 가지고 돌아가 줄 수 있나요?"

일방적으로 이야기할 생각인 모양이다. 도겐은 그 제안을 받아

들였다. 솔직히 무엇을 물어보면 좋을지 고민하고 있었다.

"우선 갓난아이 말인데, 이 마을에서는 오카쿠시사마라 불리고 있어요."

"*카미카쿠시라도 당한 아이인가?"

어린 아이가 행방불명이 되고 거기에 요괴 같은 존재가 관련되어 있다는 건 흔히 들을 수 있는 이야기였다.

"그 아이는 감추는 쪽. 그리고 그 힘이 얼마나 어마어마한지, 생각할 수 있는 모든 것을 감출 수 있죠."

여기서 말하는 감춘다는 건 죽음을 의미하는 말일 것이다. 하지만 모든 것이라는 건 다소 과장되었다.

"그 정체는 모르지만 오래 살아도 백 년 정도면 죽고 계속 해서 대를 이어갑니다. 전대가 죽으면 다음 대가 태어나는 거죠. 그것이 바로 그 아이예요."

"그걸 왜 너희들이 신경 쓰지?"

"그야 그냥 놔두면 인간도 요괴도 세상도 전부 다 죽어버리니까요. 우린 세상을 지키고 있는 거랍니다! 당신이 신경 쓰는, 왜 싸움을 그만뒀는가 하는 의문에 대한 답도 바로 그것. 우리는 우리가 활개 치고 다닐 수 있는 세상을 원하는데 세상 자체가 죽어 버리면 아무 의미도 없지 않겠어요?"

그 말이 사실이라면 당연히 우선순위가 변한다. 지배할 세계가 사라지면 인간에게 이겨봤자 아무 의미도 없으니 말이다.

"그렇게 골치 아픈 건 어서 죽여버리면 되지 않느냐고 생각할지

---

*카미카쿠시: 갑자기 행방불명이 되는 것을 가리키는 말로 옛날에는 마신이나 요괴의 소행으로 믿었음.

도 모르지만 그런 짓을 해봤자 보복만 당하게 될 뿐. 아무도 그것을 이기지 못해요."

도겐은 쉽게 믿을 수 없었다. 유명한 괴물들이 갓난아이 하나 감당하지 못하다니, 아무리 생각해도 이상했다.

"그런데 갓난아이는 아무 생각도 없잖아요? 즉 그 힘은 언제 어디로 향할지 모른답니다. 잘못하면 젖을 먹고 싶다고 울기만 해도 세계가 멸망할지도 모르죠."

갓난아이는 기분 나쁘면 울고 원하는 게 있어도 우는 존재다. 그런 것이 세상에 영향을 미칠 정도의 힘을 가지고 있다니, 상상만 해도 무서운 이야기였다.

"그래서 우리는 목숨을 걸고 아이를 돌봐주고 있는 거예요. 무적의 괴물이라도 막 태어난 순간만은 빈틈이 있으니까요. 그 다음부터는 계속 꿈을 꾸게 하고 있죠."

"아무 불만도 없는, 만족스러운 꿈 말인가?"

"아까워라. 하지만 그러면 이기적인 아이가 되겠죠? 우리가 하고 있는 건 또 하나의 세계로 그 아이를 덮어두는 것. 만에 하나라도 그 힘의 창끝이 이 세계를 향하지 않도록, 이 세계 자체를 인식하지 못하도록 하는 거죠. 아무리 그 아이라도 한 번도 본 적 없는, 존재조차 모르는 것까지 없애진 않을 테니까요."

도겐은 어째서 그렇게 일을 복잡하게 만드는지 이해가 되지 않았다. 그런 일이 가능하다면 그냥 그 꿈속에 유폐시켜두면 되지 않나.

"그렇지만 그 아이는 잘 자라서 세상을 지켜줘야만 해요. 그래서 그냥 내버려둘 수 없는 거고요."

"세상을 지키다니, 잘도 그 입으로 그런 말을 하는군."

"이런, 어차피 우리가 하는 일은 내부 경쟁 같은 거랍니다. 훨씬 더 어마어마한 것들이 세계 바깥에 우글거리고 있거든요."

여자가 일어났다. 이야기는 그것으로 끝이라는 뜻인가 보다.

"따라서 그 아이가 철이 들 때까진 여기에 매달려 있어야 합니다. 그럴 리 없겠지만 쓸데없는 짓은 하지 않도록 하세요."

설사 이 여자가 하는 말이 거짓이라도 신사 안에 있는 그 사악함의 집약체 같은 것을 어떻게 하는 건 불가능할 것 같았다.

여자가 신사로 가다가 뭔가 생각난 것처럼 뒤를 돌아본다.

"맞다, 이게 이번 생의 작별의 순간이 될지도 모르는데 사랑 고백 같은 건 없나요?"

"웃기지 마!"

"그렇군요. 하긴 10년이나 지나면 기력도 예전만 못하니, 그때까지 살아 있으면 또 놀아주세요."

여자는 그렇게 말하고 신사 안으로 들어갔다.

도겐은 한동안 그 자리에서 꼼짝도 할 수 없었다.

*****

"여우! 왜 이곳에 있나!"

그곳은 정부에 의해 설립된, 출입금지구역 재해 대책실로 마련된 회의실이었다.

도겐은 일본 최고봉의 술자로 비공식적 초청을 받았다.

물론 비공식이라는 건 다른 것들도 다 비공식이라는 말이다.

애당초 정부는 지도에 없는 마을의 존재를 승인하지 않았다. 하물며 그곳에서 나타난 초현실적인 존재가 사람을 죽이며 이동하고 있다는 건 더더욱 인정할 수 없었던 것이다.

"그 아이에 대해서는 잘 알고 있고 조언자로 불려온 겁니다."

기모노를 느슨하게 입은 여자가 의자에 앉아 바로 앞에 있는 노트북을 가만히 만지고 있다.

그녀의 모습은 도겐이 10년 전에 본 모습과 똑같았다.

"안녕하세요. 시도 마사미치라고 합니다. 이곳의 실장을 맡고 있죠."

안쪽에 있는 남자가 도겐에게 말을 건넸다.

도겐은 비어 있는 자리에 걸터앉았다.

"저 같은 사람이 실장이라니, 건방지다고 생각할지도 모르지만 거기에는 이유가 있습니다. 전 그 마을의 분가 출신이거든요. 예로부터 마을이 전멸했을 때의 오퍼레이션은 저희가 맡도록 되어 있습니다."

그 마을은 늘 전멸할 가능성을 가지고 있었다. 그래서 리스크를 피하기 위해 관계자를 분산시켜둔 것이라.

"마을이 전멸했다고 들었다. 그것이 한 짓인가?"

"모두 다 모였으니 브리핑을 시작하겠습니다. 우선 도겐 씨의 질문에 대답을 드리죠. 마을이 전멸한 건 그의 탓이 아닙니다."

시도가 앞에 있는 컴퓨터를 두드린다. 그러자 벽면 스크린에 사진이 나타났다.

다다미가 깔린 일본 전통식 방에 몇 명이나 되는 사람이 쓰러져 있었다.

다다미는 피로 물들어 있고 사람들은 고통스러운 표정을 짓고 있다.

"모두 참살 당했습니다. 즉 그것이 길을 잃고 나온 건 누군가의 의도에 의한 것이란 뜻입니다."

"그건 알겠는데 그놈은 상식을 벗어난 괴물이라고 들었다. 대책은 있나?"

지금은 사건의 원인은 아무래도 상관없다. 가장 우선시해야 하는 것은 괴물들이 모여도 죽이지 못하는 그것을 무력화 시키는 것이었다.

"물론이죠. 우리도 괜히 오랜 가르침을 계승하고 있는 게 아니니까요."

시도는 자신만만하게 말했다.

"말은 그렇게 하지만 대부분의 경우는 잘 되지 않지만요."

여자가 나지막하게 중얼거린다. 도겐도 동감했다.

*****

"저기 말이죠, 정기 보고를 하러 올 때마다 이야기를 조금씩 풀어놓는 건 도대체 뭐죠?"

연구소 지상부에 있는 회의실에서 타카토 아사카는 분개하고 있었다.

"다분히 민감한 내용을 담고 있다 보니 한 번에 다 설명하는 건 별로일 것 같아서 그런 거죠."

정기 보고 후에 잡담 같은 것을 나누는 시간. 그곳에서 아사카는 지금까지 요기리에게 일어난 일들에 대해 듣고 있었는데 아무리 기다려도 중요한 부분은 나오질 않았다.

"모든 것을 알게 된 타카토 씨가 의욕을 잃게 되면 곤란하니 그 점에 대해서는 신중해질 수밖에 없어요."

"뭐…… 됐어요. 조만간 이야기는 들을 수 있는 거죠?"

"글쎄요? 기밀이기도 해서."

"어이!"

"아뇨, 형식적이긴 해도 일단 상사의 허락이 필요해서……. 그러고 보니 제가 타카토 씨의 상사인 것 같은데요……."

"아, 죄송합니다."

시라이시 앞에선 늘 편한 태도를 취하게 되는데 구분할 건 확실히 구분해야 한다. 아사카는 조금 반성했다.

"그런데 시라이시 씨의 상사분들, 꽤 많이 돌아가시지 않았나요? 시라이시 씨가 승진하진 않으세요?"

"그런 일은 없네요. 위쪽은 자기들끼리 알아서 교체되고 있거든요."

"그런 건가요."

"그런 겁니다."

이야기는 그걸로 끝인 것 같아서 아사카는 자리에서 일어났다.

회의실을 나와 엘리베이터로 향한다. 여기서부터 지하 마을까지는 조금 긴 여정이다.

엘리베이터를 몇 번이나 갈아탄 다음 긴 복도를 하염없이 걸어간다.

"아～ 여긴 도저히 익숙해지질 않는다니까……."

그곳은 검은 복도였다.

천장, 바닥, 벽. 눈에 보이는 모든 곳에 검은 글자가 빼곡하게 적혀 있었다.

"이렇게 경전을 밟다가 벌 받는 거 아니야?"

시라이시의 설명에 따르면 그것은 경전의 내용이고 그것이 통하는 무언가에 대한 대책이라고 했다.

"그나저나 통하는 무언가라니, 너무 애매하잖아! 무슨 비과학적인 말을 하는 거야!"

하지만 이곳에 있으면 무엇이 과학이고 무엇이 비과학인지 그 경계가 애매해진다.

그렇게 한동안 가면 이번에는 부적이 잔뜩 붙어 있는 복도가 나온다. 바닥까지 붙어 있진 않지만 의미를 알 수 없는 기호 같은 문자가 불길한 느낌을 풍기고 있다.

"움직이는 것 같은 느낌이 드는 건…… 기분 탓이겠지?"

펄럭이는 거라면 그나마 낫다. 아사카가 지나갈 때 생기는 바람에 의해 부적이 흔들리는 건 충분히 있을 수 있는 일이다. 그렇지만 움직이는 건 부적에 적혀 있는 글자였다.

잠깐만 눈을 떼면 방금 전과 다른 글자로 변해 있을 것 같은 기분이 들었다.

"기분 탓…… 기분 탓……. 앗, 방금 부적이 떨어졌지?"

두 장 정도가 팔랑거리며 떨어졌다.

아사카는 부적이 붙어 있던 벽을 봤다.

시선이 느껴졌다.

아무것도 없는 잿빛 벽만 있을 뿐인데 왠지 그곳에서 뭔가가 보고 있는 것 같은 느낌이 들어 견딜 수 없었다.

"이 직장, 정말 이상하다니까!"

어느새 아사카의 다리는 달리고 있었다.

*****

아침에 출발해서 잠깐 보고를 하고 점심 때까지는 돌아온다.

아사카는 요기리에게 그렇게 말했고 그 말대로 지하 저택에 돌아올 수 있었다.

"그곳을 지나지 않아도 되는 루트는 없을까."

투덜거리면서 저택 정원으로 들어간다.

요기리는 정원에서 애완견 니코리와 놀고 있었다.

참고로 이름이 이렇긴 하지만 니코리는 콜리가 아니다. 셔틀랜드 쉽독이다.

"아사카 씨, 어서 와~!"

아사카를 발견한 요기리가 니코리와 함께 달려왔다.

"잘 놀고 있었지? 이제 밥 먹을 거니까 손 씻고 와."

"네~."

요기리가 정원 구석에 있는, 손으로 눌러야 하는 형태의 펌프를 향해 갔다.

집안에 상수도가 있긴 하지만 요기리는 손으로 꾹꾹 눌러서 물을 긷는 작업을 마음에 들어 했다.

"그런데 왜 당신이 이곳에?"

아사카는 툇마루에 앉아 있는 여자에게 물었다.

"한가해서?"

"한가하면 나올 수 있구나……. 이곳 보안은 대체 왜 이 모양인지……."

이 연구소에는 요기리 외에도 다양한 위험인물들이 수용되어 있다.

아사카는 자세히는 모르지만 이른바 초능력자라고 불리는 존재들인 모양이다.

"난 세상에서 제일 아름다우니까."

여자가 자신만만하게 가슴을 편다.

확실히 그 아름다움은 작업복 같은 셔츠와 바지를 입고 있어도 퇴색되지 않았다.

"그것과 거기서 나올 수 있는 게 무슨 관계가 있다는 건지?"

"내가 너무 아름다우니까 누구든 내 말을 들어주거든. 전자 자물쇠 같은 것도 물론이고."

"엄청나네요……. 하지만 그 말은 언제든지 탈출할 수 있었단 소리잖아요?"

"약 때문에 늘 멍한 상태로 있었거든. 한 번 그 상태에서 빠져나오면 나머지는 어떻게든 돼."

"역시 여긴 위험해……. 에스테르라고 했나요?"

본명은 아닐 것이다. 그렇지만 일본인지는 알 수 없었다.

일본어는 유창하고 행동은 일본인 같지만 얼굴 생김새로 봐서는 국적을 알기 힘들었다.

미모도 이 정도가 되면 인종적인 특징은 희미해지는 건지도 모르겠다.

"여기서 붙여준 코드네임인데 그냥 그렇게 부르면 돼."

"한가하다는 말은 들었는데 왜 굳이 이곳에?"

"음~ 본격적으로 탈출하면 나를 쫓아오겠지. 하지만 여기라면 괜찮지 않을까 싶어서."

그녀의 말대로 요기리가 있는 이곳에 추적자를 보내진 않을 것이다. 연구소는 요기리를 자극하는 일을 굉장히 두려워하고 있기 때문이다.

"게다가 요기리 군, 귀엽잖아."

"아~ 저기, 너무 가까이 가지 않도록 해주세요. 교육에 나쁘니까요."

에스테르는 그저 그곳에 있는 것만으로도 성적 매력을 느끼게 만드는 여자였다. 가능하면 어린아이에게는 보여주고 싶지 않은 타입의 어른이다.

"그 점은 걱정하지 마. 요기리 군은 내 미모를 공격의 일종으로 판단하고 있으니까."

그래서 요기리 앞에서는 세계에서 가장 아름다운 능력은 사용하지 않기로 했다고 한다.

──세계에서 가장 아름다운 능력이라니, 그건 또 뭐야…….

그런 게 초능력이라니, 아사카는 당혹스러울 뿐이었다.

"뭐, 중학생 정도 되면 흥미진진해질지도 모르지만!"

"입맛은 왜 다시고 그래!"

그런 천박한 행동조차 요염하게 보이는 걸 보면 역시 보통 능력은 아니다.

"그만 됐어. 밥 먹고 갈래요?"

"응."

요기리가 돌아오자 모두 툇마루를 통해 거실로 이동했다.

아사카는 그대로 주방으로 가서 소면을 삶는다.

요기리도 상을 차리는 것을 도와주자 세 사람이 먹을 식사가 금방 완성되었다.

"소면, 맛있어."

요기리는 순수하게 기뻐했지만 아사카는 복잡한 기분이었다. 딱히 공들여 한 것도 없다 보니 미안한 기분이 들었던 것이다.

"간단해서 그런지, 나도 모르게 이걸 만들게 된다니까. 이젠 질렸지?"

"확실히 그렇긴 해. 여름철엔 이것만 나오잖아. 아, 그래도 지금은 오랜만에 먹어서 그런지 맛있어."

"역시 에스테르 씨는 일본인이네요."

"응. 순수 일본인이야. 여긴 일본 연구소니까 잡혀 있는 사람도 당연히 일본인이지."

"잡혀 있다고 하니 말인데요, 식사는 어떻게 하고 있어요?"

"영양제 같은 걸 푹 하고 맞았지."

"생각했던 것보다 더 비참해!"

"아~ 약 때문에 몽롱해 있어서 그때는 별 생각 없었어."

"아니죠, 그건 정말 최악이잖아요."

역시 이곳은 악의 비밀 연구소 같은 곳이라 사람을 사람으로 보지 않는다.

"뭐, 나 같은 사람을 그냥 풀어두면 큰일이기 때문에 그렇다는 건 알고 있으니 불평할 생각도 없지만."

"에스테르 씨 같은 사람이 이곳에 많이 있나요?"

"있을 거야. 나도 다른 사람들에 대해서는 잘 모르지만."

"그런 사람이 또 탈주해오면 곤란하겠네요."

분명 요기리를 격리해두기 위한 시설인데 최근 들어 외부인이 너무 많이 오고 있다는 생각이 드는 아사카였다.

"저기, 무슨 소리 들리지 않아?"

"뭐지?"

그 말에 귀를 기울이니 복도 쪽에서 작게 벨을 누르는 것 같은 소리가 들렸다.

아사카는 소면을 먹던 손을 멈추고 복도로 향했다.

그 소리의 정체는 전화였다.

"……그런데 전화가 연결되어 있었나?"

이 저택에는 오래된 검은 전화기가 있었지만 지상에 연락할 수

단으로 사용하진 못할 것이다. 그러니 당연히 그건 장식품인 줄로만 알았다.

"여보세요."

아사카는 일단 전화를 받았다.

잡음이 심했다. 목소리 같은 소리는 들리지만 무슨 말을 하는지는 모르겠다. 마치 저 먼 곳에서 말을 걸고 있는 것 같았다.

"어~이? 누구시죠?"

"……아아, 드디어 연결되었네……."

낮고 흐릿한 목소리. 남자 목소리 같다.

"여보세요? 시라이시 씨인가요?"

"……네, 맞아요, 시라이시입니다."

그 말을 들으니까 정말 시라이시의 목소리처럼 느껴지기 시작했다.

"그런데 이 전화, 사용할 수 있었던 거예요?!"

"……긴급사태입니다. 지금 당장 이쪽으로 와주세요……."

그리고 전화는 갑자기 끊어졌다.

"응? 어떻게 된 거지?"

아사카는 영문을 몰라 당황했다.

"지상과는 연락이 안 된다고 들었는데 긴급시에는 저쪽에서 연락할 수 있도록 되어 있다…… 는 건가?"

충분히 있을 수 있는 이야기지만 예외가 있다면 사전에 설명해 두었으면 좋겠다.

"뭐…… 가보면 알겠지."

아까 만났는데도 다시 호출을 하는 걸 보니 보통 일이 아닌가 보다.

아사카는 요기리에게 뒷정리를 지시하고 다시 지상으로 가보기로 했다.

*****

결론부터 말하면 그건 단순한 우연이었다.

아사카가 연구소 지하에 있었기 때문도 아니고 요기리와 관계가 있기 때문도 아니다.

그건 어디에든 나타나고 누구를 먹잇감으로 선택할지는 단순한 변덕에 지나지 않는다.

어둠의 함정은 어디에나 있기에. 더 간단히 말하면 아사카는 굉장히 운이 나빴던 것이다.

아사카는 끝없이 이어지는 무기질적인 복도를 걷고 있었다.

평소처럼 분명 지상으로 이어지는 길을 걷고 있는데 아무리 시간이 지나도 위로 올라가는 엘리베이터가 나타나지 않았다.

──분명 외길이었는데?

멈춰 서서 뒤를 돌아본다.

복도는 한없이 계속되고 있고 끝이 보이지 않았다.

"뭐? 잠깐만?!"

엘리베이터까지는 외길이지만 일직선은 아니었다. 분명 모퉁이를 몇 번이나 돌아야 하는데 그런 것도 없이 복도만 쭉 뻗어 있을 뿐이다.

아사카는 어떻게 하면 좋을지 그 즉시 판단을 내리지 못했다.

이런 영문을 알 수 없는 상황에 대한 대처법 따위 알 리 없다.

아사카는 숄더백을 확인했다. 물통과 필기도구 정도가 들어 있을 뿐이다.

"어떻게 하면 될까……."

할 수 있는 일이라곤 이곳에서 대기, 계속 앞으로 가기, 다시 돌아가기. 이 세 가지 정도.

──기다리고 있으면 누가 올지도 몰라…….

그런 생각도 들었지만 애당초 걸려왔던 전화가 수상하다는 생각이 들기 시작했다.

그 전화가 시라이시 씨로부터 걸려온 게 아니라면 아무리 기다려도 소용없다.

아사카는 되돌아가기로 했다.

아직 첫 번째 엘리베이터에도 도착하지 않았다. 차라리 여기서 돌아가는 게 더 낫다.

──돌아갈 수 있다면, 말이지만.

똑바로 걸어간다. 당연히 끝이 보이지 않으니 출구에 도착할 리도 없었다.

아무리 걷고 또 걸어도 모퉁이는 없고 출구도 찾을 수 없었다.

어느새 벽은 벗겨져 떨어져 있었다.

안에서는 녹슨 철근이 드문드문 보였다.

천장의 조명은 점점 약해지더니 어느새 어두컴컴해져 있었다.

그 동안 쇠 냄새가 감돌기 시작하더니 벽과 바닥에는 끈적끈적한 피를 바른 것 같은 흔적이 눈에 띄기 시작했다.

주위 모습이 방금 전과 명확하게 달라지고 있었다.

"……이런 게임이 있었던 것 같은데……."

아사카는 더는 멈춰 있을 수 없었다.

이대로 계속 걸어가지 않으면 세계의 변용에 휩쓸려서 썩어문드러지게 될 것이다. 그런 강박적인 생각에 사로잡혀 있었던 것이다.

"말도 안 돼……."

그리고 안개가 끼기 시작했다.

눈앞이 하얘지면서 시야가 희미해진다.

안개가 몸에 엉겨 붙자 습기와 땀으로 피부가 끈적거렸다. 기온도 오르고 있는지 불쾌감만 점점 더 심해진다.

아사카는 기계적으로 걷고 있었다.

발밑이 질퍽거리든 한 발 내딛을 때마다 뭔가가 뭉개지고 작은 비명이 들려오든, 그 모든 것들을 의식에서 쫓아내며 계속 앞으로 걸어간다.

작고 가냘픈 목소리가 아사카를 괴롭혔다.

어떤 언어인지도 모르는, 마치 주문 같은 말의 나열을 누군가가 귓가에서 속삭이고 있는 것 같았다.

참다못해 뒤를 돌아봤지만 아무도 없다. 그리고 어디선가 눌러죽인 웃음소리가 들려온다.

이제 한계다. 견딜 수 없다.

그렇게 생각했을 때 빛이 보였다.

전방에 지금까지 보이지 않았던 네모난 빛이 희미하게 보인 것이다.

출구다.

그렇게 생각한 아사카의 발은 빨라졌다.

네모난 구멍을 지나 복도에서 뛰쳐나간다.

갑자기 안개가 걷히고 눈앞이 순식간에 넓어지더니 아사카의 무릎이 꺾였다.

──이곳은 지옥이다.

이런 곳을 표현할 말을 아사카는 달리 알지 못했다.

지면은 언제 붕괴해도 이상하지 않은 녹슨 철망으로 만들어져 있었다.

그 밑에 보이는 것은 시커먼 피를 담아둔 것 같은 바다이고 하얀 뼈로 이루어진 무언가가 튀어 오르고 있었다.

피의 바다에서는 몇 개나 되는 검은 탑이 철망을 뚫고 하늘을 향해 뻗어 있었다.

하늘에는 붉은 달이 떠 있었다. 하늘은 붉은색으로 물들고 붉은 달빛이 지상을 비추고 있다.

뒤를 돌아보니 방금 지나온 복도는 당연히 사라지고 없었다.

그곳에는 철망으로 된 바닥도 없고 붉은 바다만 끝없이 펼쳐져 있다.

바다에는 배로 보이는 물체가 떠 있었다.

배가 아사카가 있는 곳으로 다가온다.

배는 꿈틀거리고 있었다.

가까이 온 걸 보니 그것은 배가 아니었다. 그것은 벌레였다.

그것은 검고 윤이 나는 외골격을 가졌고, 울퉁불퉁한 다리가 무수히 많이 달려 있었다. 그리고 그 다리를 무질서하게 움직여서 수면을 이동하고 있었다.

그 우스꽝스럽기도 한 벌레의 행군을 보고 있자 피의 바다에서 수많은 촉수가 나타나기 시작했다.

그 촉수들은 철망 가장자리를 잡고 자신의 몸을 끌어올렸다.

아사카는 엉덩방아를 찧은 채 뒷걸음쳤다.

이형(異形)이었다.

인간의 얼굴과 손발, 무수한 촉수를 가진 거대한 물고기.

그런 괴물이 잇달아 철망 위로 기어 올라온다.

그리고 거대한 산 같은 것이 해수면을 가르고 나타났다.

그것도 이형이다. 인간을 아무렇게나 뭉개서 만든 지네 같은 고깃덩어리가 저 높은 곳에서 아사카를 내려다보고 있다.

그것을 본 순간, 더 이상 어떻게 할 방법이 없다는 것을 깨달았다.

존재로서의 격의 차이를 뼈저리게 실감한 것이다.

자신은 산제물이라는 것을, 이형의 신에게 바쳐진 공물이라는 것을 알았다.

그리고 아사카 안에서 무언가가 폭발했다.

"누가! 네놈들 따위를 두려워할까 보냐!"

이런 괴물이 작정하고 공격하면 여자 한 명 정도는 간단히 죽일 수 있을 것이다.

하지만 그렇게 하지 않는다. 그렇다면 이놈들은 아사카가 겁을 먹고 공포에 떠는 모습을 즐기고 있는 것이다.

웃기지 마.

눈물이 배어났다.

이가 딱딱거릴 정도로 떨린다.

그래도 아사카는 외쳤다.

이런 놈들의 생각대로 될 수는 없다고 자신을 고무시켰다.

물론 이런 건 단순한 허세에 불과하고 시간 벌기도 되지 못한다. 차라리 겁에 질려 도망 다니는 게 살아날 가능성이 높다.

그런데도 아사카는 이렇게 영문을 알 수 없는 불합리한 일에 굴복하고 싶지 않았다.

"아사카 씨, 이제 슬슬 저녁 먹을 시간이야."

그 순간 공기가 변했다.

괴물들에게 어느 정도의 지능이 있는지는 모른다. 하지만 그곳에 있는 건 당혹감이었다.

"요기리 군?!"

어느새 요기리가 옆에 서 있었다.

도대체 어떻게 이곳에 왔나 하고 보니 요기리의 뒤에 구멍이 뚫려 있었다.

왜 그렇게 되었는지는 모르지만 공간에 뻥 뚫린 구멍 같은 것이 있었다. 그리고 그 너머에는 저녁노을에 물든 마을 풍경이 보였다.

"내가 여기 있는 건 어떻게 알았어?!"

"아사카 씨가 돌아오지 않아서 물어보러 갔어. 그랬더니 통로를 지나던 도중에 갑자기 카메라에 찍히지 않더라고."

"그걸로 안 거야?"

"응. 그쪽에 없으면 여기겠구나 생각했어."

이곳이 다른 세계이고 세계와 세계를 가로막는 벽 같은 것이 있다면 그 벽의 일부를 요기리가 죽여서 구멍을 뚫은 것이다. 아마 그렇게 한 거겠지만, 아사카는 그 의미도 이론도 전혀 이해할 수 없었다.

"아사카 씨, 우는 거야?"

"응? 아니, 이건."

부끄러워진 아사카는 눈물을 닦았다.

그것을 계기로 당황해서 움직임을 멈추고 있던 괴물들이 움직이기 시작한다.

이제 조금씩 공포를 주는 건 그만두기로 한 모양이다.

아사카는 괴물들이 내뿜는 살의에 꼼짝도 못하고 있었다.

괴물들은 오직 살육만을 위한 움직임을 보이려 했다. 그들에게는 더 이상 대상을 가지고 놀 생각이 없어 보였다.

"아사카 씨를 괴롭히지 마!"

하지만 그 한마디로 모든 것이 끝났다.

이형의 물고기들은 엎드려 쓰러지고 바다를 미끄러지듯 움직이던 갑충은 가라앉는다.

하늘에 떠 있는 달은 추락하고 높이 솟은 지네 같은 고깃덩어리는 붕괴해서 산산조각이 났다.

그리고 세계가 흔들렸다.

이 세계를 뒤덮고 있던 눈에는 보이지 않는 악의조차 죽었다는 것을 아사카는 느낄 수 있었다.

"배고파. 집에 돌아가자."

"그, 그래……."

비틀거리며 일어나 요기리의 손을 잡는다. 세계에 뚫린 구멍 같은 것으로 들어가자 금방 마을로 돌아올 수 있었다.

점심 식사를 하던 중에 나갔는데 벌써 저녁이 되어 있었다. 그만큼 길을 잃고 헤맨 기억은 없지만 그 기이한 공간 속에서 시간 감각이 이상해졌다고 해도 전혀 이상하지 않았다.

"……이 일을 시작하고 나서 이상한 체험을 자주 하긴 했지만 이번은 좀……."

요기리가 조금만 더 늦게 왔다면 정신이 나갔을 것이다.

"요기리 군, 뭐 먹고 싶어?"

"함박스테이크가 먹고 싶어."

"아~ 지금부터 준비하면 꽤 시간이 걸릴 것 같은데……. 불고기는 어때?"

"그것도 좋아."

──그나저나 그 세계는 뭐였을까?

방금 빠져나온 구멍을 힐끗 쳐다보니 아직 건너편 세계가 그대로 다 보였다. 어쩌면 이건 줄곧 이대로 있을지도 모른다.

　요기리가 구하러 오지 않았다면 그녀는 분명 죽었을 것이다.
살아날 방법은 전혀 없었다.

　자신을 구하러 와준 건 정말 고마웠다.

　하지만 그 힘은 역시 무시무시했다.

　세계에까지 구멍을 뚫을 수 있다니, 그 힘의 규모가 얼마나 큰
지 상상조차 할 수 없었다.

　그 힘이 인류를 향했을 때, 인류는 아무것도 못한 채 그대로
멸망하는 수밖에 없다.

　──물론 그렇게 된다면 인류에게 잘못이 있는 거겠지.

　아사카는 그렇게 생각하기로 했다.

　아사카가 이런 일을 당한 데 특별히 이유는 없다.

　그녀는 터무니없을 정도로 운이 나빴을 뿐이다.

　그리고 아사카를 습격한 쪽은 더 운이 나빴다.

　어쩌다 눈에 들어온 먹잇감이 타카토 요기리와 친했을 뿐이다.

　그것이 얼마나 무서운 일인지, 세계의 밖에서 꿈틀거리는 괴물
들은 알지 못했다.

후기

드디어 5권입니다!

지금까지 함께 해주셔서 감사합니다!

아, 왠지 이대로 끝날 것 같은 분위기의 서두가 되어 버렸지만 연재 종료 선고를 받지 않는 이상 앞으로도 계속 써나갈 생각이 니 잘 부탁드립니다.

네, 후기입니다.

이번에도 어느 정도의 분량이 필요하지만 제가 쓰는 후기를 기 다리고 있는 사람이 과연 있을까요?

인쇄 사정에 따른 페이지 조정의 의미도 있으니 쓸데없다고 생 각하진 않지만, 전 도대체 누구에게 무슨 목적으로 이야기하고 있는 걸까……. 이런 생각이 들지 않는 것도 아닙니다.

그래도 이번에는 알려드릴 것도 있으니 그것으로 페이지를 채 워볼까 합니다.

첫 번째 화제입니다.

무려 이 작품, 만화화가 되었답니다.

즉 이 소설의 이야기를 만화로 가볍게 볼 수 있다 이겁니다!

제목은 소설판과 조금 다르게,

『즉사 치트가 너무 최강이라 이세계 녀석들이 전혀 상대가 되지 않습니다만. −ＡΩ−』

가 되었습니다. '−ＡΩ(알파 오메가)−'가 마지막에 붙었답니다.

만화를 담당해주시는 분은 난토 하나마루 선생님입니다!

이렇게 이상한 이야기를 어떻게 만화로 만들까 싶었는데 정교한 구성으로 멋진 만화가 탄생했으니 꼭 한번 봐주세요.

한 번 읽은 이야기가 만화가 되어 나왔다 해도……. 이렇게 생각할지도 모르지만 아마 여러분 모두 1권 내용도 잘 기억나지 않으실 겁니다.

이 타이밍에 만화를 보면 새로운 느낌일 겁니다.

그리고 단순히 만화가 되면 뭐든 이해하기 쉽고 재미있잖아요!

또 모든 등장인물이 소설 일러스트에 실린 건 아니지만 만화에서는 당연히 모든 인물이 그림으로 나오기 때문에 '이 녀석은 어떤 모습일까?' 하는 생각을 했던 분들께도 추천해드립니다.

만화판은 코믹 어스 스타(http://comic-earthstar.jp/detail/sokushicheat/).

여기서 대호평을 받으며 연재 중입니다. 최신화는 월말 즈음에 공개되니 꼭 봐주세요.

그리고 이 책과 만화판 1권은 동시에 발매됩니다!

그러니 서점에서 이 후기를 읽고 계신 분은 만화 코너로 가서 만화판을 찾아봐주세요!

만화판에도 특전소설이 게재되니 그쪽도 기대해주시면 감사하겠습니다.

소설 1권에서 토모치카가 호텔 방에서 혼자가 되고 모코모코가
나타난 직후의 이야기입니다.

모코모코가 비전을 전수해주겠다고 말한 후, 다음 날 아침 장
면에서 토모치카는 피곤한 모습을 보였죠?

즉 밤중에 무언가를 했다는 건데 바로 그 이야기랍니다.

본 줄거리와 직접적인 관련이 없는 장면이라 읽지 않아도 문제
는 없지만 단노우라 궁술이란? 같은 것에 관심이 있는 분은 꼭
읽어주세요.

만화에 특전으로 소설을 주는 게 이상하진 않을까, 독자들이 읽
어주긴 할까? 라는 생각이 들지 않는 건 아닙니다만······.

만화와 관련된 이야기를 하고도 아직 페이지가 남았으니 다음
은 pixivFANBOX 선전을 해보겠습니다.

주소는 다음과 같습니다. (http://www.pixiv.net/fanbox/
creator/1559348)

pixivFANBOX는 크리에이터를 응원하는 서비스랍니다.

지원해주셔도 '작가가 무진장 기뻐하며 의욕을 보인다'라는 것
말고는 다른 보상이 없는 플랜만 있습니다. 그래도 괜찮으시다면
잘 부탁드립니다.

아, 신작 선행 공개는 유료 플랜으로 진행할지 모르지만 현재
로선 미정입니다. 이런 식으로 약속을 해버리면 갑자기 힘들어지
기 때문에.

'VALU 같은 것도 안 했어?'라고 생각할지도 모르지만, 음, 그거, 전혀 유행하지 않았잖아요……. 그만둔 건 아니지만요…….

음, 아직 뭔가 더 써야 할 것 같네요.

캐릭터 모집은 이제는 그만해도 되겠죠? 별로 보내주시지도 않았고.

그럼 인터넷판과의 차이점에 대해 말씀드릴게요.

이번에는 인터넷판에 꽤 많은 가필을 해서 완성되었습니다.

애당초 인터넷에서 공개했던 분량이 상당히 적고 시계열을 이해하기 힘든 문제도 있어서 거의 새로 쓴 것이나 다름없는 작업이 되었습니다.

그러니 인터넷판을 읽고 불만을 가지셨던 분이라도 즐겁게 읽으실 수 있는 내용이 되지 않았나 하고 생각합니다.

그런 반면, 너무 가필을 해서 인터넷판이 요약본처럼 되어 버린 문제는 있지만……. 그건 뭐, 이렇게 서적판을 사주신 분에게는 아무 문제 되지 않을 겁니다!

5권부터는 새로운 전개로 들어갈 예정이니 다음 권도 기대해주세요.

그럼 감사 인사입니다.

담당자 님, 8월에 발매가 예정되면서 오봉에도 작업을 진행하느라 이래저래 많은 폐를 끼쳤습니다. 이번에도 정말 감사했습니다.

일러스트를 맡아주신 나루세 치사토 선생님. 늘 멋진 일러스트 감사합니다.

트위터에서는 카운트다운 일러스트를 그려주셔서 역시 감사드립니다.

4권 카운트다운은 나루세 치사토 선생님이 소개하는 즉사 치트의 재미있는 부분이었습니다. 늘 감사합니다.

그리고 6권.

중단된다는 말은 아직 듣지 못했으니(매번 끈질기게 굴어서 죄송합니다) 나올 예정입니다만 판매량이 나쁘면 어떻게 될지 모르니 잘 부탁드립니다.

재미있게 보신 분은 응원해주세요!

만화도 구입해주시면 더 큰 응원이 될 것 같으니 그쪽도 잘 부탁드립니다.

그럼 다음 권에서 뵐게요!

후지타카 츠요시

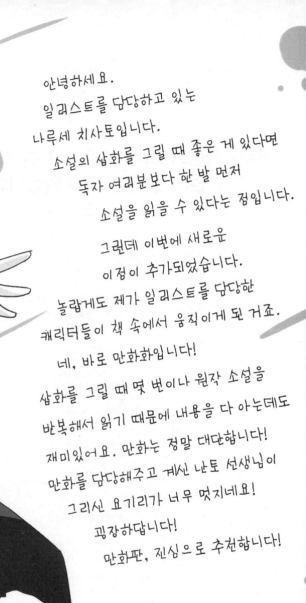

안녕하세요.

일러스트를 담당하고 있는

나루세 치사토입니다.

　소설의 삽화를 그릴 때 좋은 게 있다면

　　독자 여러분보다 한 발 먼저

　　　소설을 읽을 수 있다는 점입니다.

　　그런데 이번에 새로운

　　이점이 추가되었습니다.

　놀랍게도 제가 일러스트를 담당한

캐릭터들이 책 속에서 움직이게 된 거죠.

　네, 바로 만화화입니다!

삽화를 그릴 때 몇 번이나 원작 소설을

반복해서 읽기 때문에 내용을 다 아는데도

재미있어요. 만화는 정말 대단합니다!

만화를 담당해주고 계신 난토 선생님이

　　그리신 요기리가 너무 멋지네요!

　　　광장하답니다!

　　만화판, 진심으로 추천합니다!

　　　　　나루세 치사토

NEXT

즉사 치트가 너무 최강이라 이세계 녀석들이 전혀 상대가 되지 않습니다만.
5

2019년 1월 5일   제1판 제1쇄 인쇄
2019년 1월 10일   제1판 제1쇄 발행

지음 | **후지타카 츠요시**
일러스트 | **나루세 치사토**
옮김 | **권미량**

발행인 | 오태엽
편집팀장 | 김충영
편집담당 | 안세연
한국어판 디자인 | Design Plus
라이츠사업팀 | 이은선, 조은지, 이선, 백승주
출판영업팀 | 안영배, 이풍현, 경주현
제작담당 | 박석주

발행처 | (주)서울미디어코믹스
등록일 | 2018년 3월 12일
등록번호 | 제 2018-000021
주소 | 서울특별시 용산구 새창로 221-19(한강로2가)
전화 | (02)799-9181(편집), (02)791-0752(마케팅)
팩스 | (02)799-9334(편집)
인쇄처 | 코리아 피앤피

ISBN 979-11-6403-014-9
ISBN 979-11-89126-18-6 (세트)

● 잘못된 책은 구입하신 곳에서 교환해 드립니다.

Sokushi chitoga saikyosugite, isekaino yaturaga marude aiteni naranaindesuga. Vol.5
By Tsuyoshi Fujitaka, Chisato Naruse
ⓒ2018 by Tsuyoshi Fujitaka, Chisato Naruse
First published in Japan in 2018 by EARTH STAR Entertainment Co.,Ltd
Korean translation rights arranged with EARTH STAR Entertainment Co.,Ltd
through Shinwon Agency Co.

'서울문화사 만화부문'이
'서울미디어코믹스'로
새롭게
출발합니다!

S E O U L
M E D I A
C O M I C S

'대한민국 만화의 종가' ㈜서울문화사가 창립 30주년을 맞아 만화부문을 분사해
㈜서울미디어코믹스로 재탄생하였습니다. ㈜서울미디어코믹스는 출판에서 디지털
까지 새롭게 도약하여 국내 최고의 콘텐츠회사로 거듭 날 것입니다.

독자 여러분들의 뜨거운 관심과 애정 부탁드립니다.

Stories Make Culture!